INEZ CORBI

Rebel Sisters

Weitere Titel der Autorin:

Die Gärten von Heligan. Spuren des Aufbruchs
Die Gärten von Heligan. Ruf der Fremde
Die Gärten von Heligan. Boten des Sturms

Über die Autorin:

Schon früh stand für Inez Corbi fest, dass sie Schriftstellerin werden möchte. Nach dem Studium der Germanistik und Anglistik arbeitete sie zunächst jedoch einige Jahre als Assistentin der Geschäftsführung eines Pflegedienstes, bevor Erfolge bei Kurzgeschichtenwettbewerben sie motivierten, ihren ersten Roman zu schreiben. Mittlerweile sind acht Romane und zwei Jugendbücher aus ihrer Feder erschienen. Inez Corbi lebt mit ihrer Familie bei Frankfurt.

INEZ CORBI

REBEL SISTERS

DIE PILOTIN

Roman

Lübbe

NACHHALTIG PRODUZIERT

Die Bastei Lübbe AG verfolgt eine nachhaltige Buchproduktion. Wir verwenden Papiere aus nachhaltiger Forstwirtschaft und verzichten darauf, Bücher einzeln in Folie zu verpacken. Wir stellen unsere Bücher in Deutschland und Europa (EU) her und arbeiten mit den Druckereien kontinuierlich an einer positiven Ökobilanz.

FSC www.fsc.org
MIX
Papier | Fördert gute Waldnutzung
FSC® C014496

Textredaktion: Ulrike Brandt-Schwarze, Bonn
Umschlaggestaltung: Massimo Peter-Bille
Umschlagmotive: © Arcangel: Joanna Czogala | © shutterstock:
Andreas Muth-Hegener | Helen Hotson | vectortatu
Satz: two-up, Düsseldorf
Gesetzt aus der Bembo
Druck und Verarbeitung: GGP Media GmbH, Pößneck

Printed in Germany
ISBN 978-3-7577-0028-7

1 3 5 4 2

Sie finden uns im Internet unter luebbe.de
Bitte beachten Sie auch: lesejury.de

Prolog

Salt Basin Dunes, Texas, Juli

Mit sonorem Geräusch glitt die Kameradrohne über die weiße Fläche der Gipswüste mit ihren hohen Dünen. Die Wüste war einst ein großer See gewesen, der schon vor langer Zeit ausgetrocknet war und der jetzt nur noch aus Gipskristallen bestand, die der Wind zu spektakulären, bis zu sechzig Fuß hohen weißen Dünen aufgetürmt hatte.

Es war sehr heiß. Juan, der junge Mann, der die Drohne bediente, wischte sich mit einer Hand den Schweiß aus dem Gesicht. Er kannte die Gegend von früheren Besuchen und hatte vorsichtshalber seine Basecap und eine Wasserflasche mitgenommen. Sein Blick glitt über die endlose Landschaft aus glitzerndem Gips.

Das Surren der Rotoren erfüllte die Stille. Die Drohne war neu, ein Geschenk von Juans Eltern zum dreiundzwanzigsten Geburtstag. Wo er wohnte, konnte er das Gerät nicht fliegen lassen, also war er hierhergefahren, um es auszuprobieren.

Juan ließ die Drohne probeweise ein paar Kurven fliegen, dann wurde er mutiger und ließ sie in größere Höhe aufsteigen. Er genoss den Moment, als er die Kontrolle über das kleine Fluggerät spürte, das nun hoch über den Dünen schwebte.

Auf dem Display seines Controllers konnte er die Aufnahmen sehen, die die Drohne machte. Der Kontrast zwischen dem bewaldeten Hochland weiter hinten und der ausgedehnten Wüstenlandschaft mit ihren strahlend weißen Dünen hätte kaum größer sein können. Es war atemberaubend. Fast hatte Juan selbst das Gefühl zu fliegen. Er nahm einen tiefen Atemzug und lächelte, während er die majestätische Schönheit der Szenerie auf sich wirken ließ.

Wind kam auf und wirbelte weiße Schwaden hoch, die einer Schneewehe ähnelten. Auf dem Display verdunkelten sich die Drohnenaufnahmen.

Das war jetzt wohl schon seit Tagen so. Der Angestellte einer nahe gelegenen Tankstelle, bei der er sich heute Morgen etwas zu trinken geholt hatte, hatte erzählt, es habe in den vergangenen Tagen immer wieder ungewöhnlich starken Wind gegeben.

Juan ließ das Gerät höher steigen, über die Düne hinweg, aber auch das änderte nichts daran, dass die Sicht schlagartig schlechter geworden war. Feine, piksige Körner trommelten auf die Kamera und verhinderten eine klare Sicht. Er ärgerte sich. Wenn das sich nicht bald änderte, würde er einpacken und diesen Ort verlassen müssen. Er konnte schließlich nicht riskieren, dass die teure Drohne Schaden nahm.

Ein Glück: Der Wind ließ wieder nach. Juan ließ die Drohne in einem langsamen Sinkflug kreisen.

Die Düne hatte sich ein wenig verändert. Der Wind hatte sie an ihrem oberen Ende weiter abgeschliffen, eine neue Form geschaffen und etwas darunter freigelegt.

In den unbarmherzigen Strahlen der Sonne glänzte etwas in hellem Kupfer, das aus der Düne hervorragte.

Womöglich ein Stück Metall?

Juan veränderte die Flugbahn der Drohne und lenkte sie tiefer. Dann zoomte er mit der Kamera näher heran, um das unbekannte Teil besser untersuchen zu können.

Ja, es handelte sich wirklich um ein gebogenes Stück Metall, womöglich aus Messing oder Kupfer. Und es gehörte eindeutig nicht dorthin.

Die Verbindung zur Drohne brach ab. Mist! Juan versuchte es erneut, rüttelte am Controller, aber sie reagierte nicht.

Dann fiel die Drohne wie ein Stein zu Boden.

Juan fluchte laut und begann zu laufen, so schnell es der Untergrund erlaubte. Mit jedem Schritt versank er in dem lockeren Sand. Staubfein rutschte es unter seinen Sohlen, als er die steile Düne erklomm.

Er fand die Drohne, nahm sie auf und registrierte erleichtert, dass nichts kaputt war. Vermutlich war es nur eine Fehlfunktion.

Aus dem Sand, kurz unterhalb der Stelle, wo die Drohne gelegen hatte, ragte etwas heraus. Ein kurzes, dickes Messingrohr, in das etwas eingeprägt war. Juan konnte nur ein paar einzelne Buchstaben erkennen. P MP. Sollte das Pumpe heißen?

Da war noch mehr. Er trat einen Schritt zurück.

Weißer Sand wehte, es war heiß. Mit einer Hand wischte Juan die aufgewirbelten Gipskristalle fort und zog sich den Schirm seiner Cap tiefer ins Gesicht.

Das sah fast aus wie … Ja, wie ein Flügel. Der stoffbespannte Flügel eines Kleinflugzeugs, wie man sie früher geflogen hatte, von Sand und Wüstenluft konserviert. Juan hatte erst vor Kurzem einen Bericht über die Anfänge der Fliegerei gesehen.

Mit beiden Händen schaufelte er den weißen Sand beiseite, der immer wieder von oben nachrieselte. Dann erstarrte er: Aus den weißen Gipskristallen ragte der Teil eines Knochens.

1.

SARAH

Cork, Irland, Mitte März

»Sarah, ich muss mit Ihnen reden!«

Sarah seufzte. Ihre Schicht hatte gerade erst angefangen, der Laden war voll, aber ihre Chefin schien mit ihrem Anliegen nicht warten zu können. »Ich komme.«

»So geht das nicht«, sagte Karen, kaum dass sie die Tür zu dem winzigen Besprechungszimmer hinter Sarah und sich geschlossen hatte. Sogar hier hörte man die Musik aus den Verkaufsräumen, wenn auch nur gedämpft. »Ich darf von meinen Mitarbeitern ein Mindestmaß an Kooperation und Identifikation mit dem Unternehmen erwarten.«

»Ich verstehe nicht ganz.« Sarah sah sie fragend an. Manchmal drückte Karen sich unnötig kompliziert aus.

»Ich meine damit«, sagte ihre Vorgesetzte und stützte beide Hände auf den Tisch vor sich, »dass Sie sich nicht an die geltenden Kleidungsvorschriften halten.«

Geltende Kleidungsvorschriften? Sie war doch jetzt schon weitaus spießiger angezogen, als sie normalerweise herumlaufen würde – mit dezentem Make-up, Jeans und einem schlichten hellgrauen Pulli.

»Es ist kurz vor St Patrick's Day. Da ist es unseren Kunden gegenüber angebracht, das Irische etwas mehr zu betonen. So, wie es alle Ihre Kollegen auch tun.«

Besagte Kollegen und Kolleginnen trugen grüne Hosenträger mit Kleeblättern, bunte Zylinder oder Strickmützen mit Wikingerhörnern – ein Aufzug alberner als der andere.

»Ich wüsste nicht«, entgegnete Sarah, »dass in meinem Vertrag steht, dass ich mich wie eine Idiotin anziehen muss.«

Karen sah sie hinter ihrem glitzernden grünen Brillengestell in Kleeblattform ein paar Sekunden lang schweigend an. »Sie halten mich also für eine Idiotin?«

»Nein. Natürlich nicht. Entschuldigung.«

»Sie sind nicht unersetzlich, Sarah. Ihnen ist hoffentlich klar, dass es viele andere Männer und Frauen gibt, die um Ihren Job betteln würden.«

Sarah nickte stumm.

»Um es Ihnen etwas leichter zu machen, habe ich Ihnen ein paar Sachen mitgebracht. Suchen Sie sich etwas davon aus.«

Sie wies auf einen kleinen Tisch neben sich, auf dem ein überdimensionierter Zylinder lag, daneben ein weiteres Brillengestell in Kleeblattform und ein Haarreif mit Fühlern, an deren Enden große Kleeblätter wippten. Sarah schluckte eine aufgebrachte Erwiderung hinunter und entschied sich schließlich mit Todesverachtung für den Haarreif, den sie sich ins dunkle Haar drückte.

Wenn sie nicht so dringend auf das Geld angewiesen wäre, hätte sie schon längst gekündigt. Aber irgendwann, da war sie sicher, würde sie Karen und ihren Laden auf den Mond schießen.

Sie atmete tief durch, dann strich sie sich über die Haare,

richtete den Reif neu, setzte ein – so hoffte sie – professionelles Lächeln auf und betrat erneut den Verkaufsraum im Erdgeschoss, in dem es von Kunden wimmelte.

»Es ist nur ein Job«, sagte sie sich im Stillen. »Keine Ehe.«

Der Laden, über dem die Aufschrift Karen's Irish Craft & Gift Shop prangte, lag in Corks bester Einkaufsgegend und erstreckte sich über zwei Etagen. Es waren nicht die Kunden, die Sarah nervten – die meisten von ihnen waren schließlich nett, aufgeschlossen und dankbar für ihre Hilfe. Es war vor allem die ständige Geräuschkulisse aus immer denselben irischen Liedern, von morgens bis abends in Dauerschleife. Wenn sie Glück hatte, wurde die CD gegen Mittag gewechselt, dann erschollen statt *Danny Boy* auch mal *Molly Malone* oder *The Wild Rover.* Sarah hätte jedes davon Silbe für Silbe mitsingen können.

Dennis, einer ihrer Kollegen, der einen riesigen grünen Hut trug, zwinkerte ihr zu. Sie zwinkerte lächelnd zurück. Wenigstens waren die Kollegen in Ordnung. Sie trat an ein Regal und begann, ein paar Pullover, die ein Kunde durchwühlt hatte, zusammenzulegen.

»Entschuldigen Sie«, hörte sie eine weibliche Stimme hinter sich. »Könnten Sie mir vielleicht helfen?«

Sie drehte sich um, ein verbindliches Lächeln im Gesicht. »Natürlich, gern.«

Vor ihr stand eine Frau in den Siebzigern, die eine mit keltischen Motiven verzierte Kochlöffelablage in der Hand hielt.

»Ich würde das hier gern kaufen. Können Sie mir sagen, ob und wie ich es nach Massachusetts bekomme?«

»Also in die USA?«

»Ja, genau. Sagte ich das nicht? Verzeihen Sie, Kindchen, ich bin manchmal so vergesslich.«

Die Kundin lächelte. Sie sprach mit einem gut verständlichen amerikanischen Akzent – nicht die breite, gedehnte Aussprache aus dem Süden, sondern eher von der Ostküste.

»Das ist kein Problem«, erklärte Sarah. »An der Kasse wird alles gut verpackt, und dann schicken wir es Ihnen, wohin immer Sie möchten.«

»Oh, das ist sehr gut. Sehr gut.« Die ältere Dame wies mit einem Kopfnicken auf Sarahs Haarreif. »Sieht lustig aus.«

Sarah zwang sich zu einem Lächeln. »Ist halt wegen St Patrick's Day.«

»Oh, ja, natürlich. Wissen Sie, in Boston gibt es jedes Jahr am St Patrick's Day eine große Parade.«

»Ich habe gehört, man würde den Fluss in leuchtendem Grün färben.«

»Ja, das ist richtig. Den Charles River. Mit einem umweltfreundlichen Farbstoff. Es sieht wirklich wundervoll aus, wenn sich das Grün allmählich im Wasser ausbreitet.« Sie schien etwas zu überlegen, dann gab sie sich einen Ruck. »Könnten Sie mir vielleicht noch mal weiterhelfen?«

»Aber gern.«

»Nun …« Sie unterbrach sich. »Wie heißen Sie?«

»Sarah.« Es war nicht ungewöhnlich, dass Kunden nach ihrem Namen fragten.

»Ich bin Helen. Nun, Sarah, ich habe mich gefragt, ob ich meinem Sohn auch etwas mitbringen sollte. Aber ich muss gestehen, ich habe nicht die leiseste Ahnung, was ihm gefallen könnte.« Sie sah Sarah erwartungsvoll an.

»Wofür interessiert er sich denn?«, fragte Sarah höflich.

»Sehen Sie, das ist ja das Problem. Ich weiß es nicht.« Helen hob die Schultern. »Was würden Sie denn zum Beispiel Ihrem Vater schenken?«

Sarah konnte sich gerade noch zurückhalten, nicht das Gesicht zu verziehen. »Keine Ahnung. Wir sehen uns nicht so häufig.«

»Oh, das tut mir leid.«

»Was halten Sie davon?«, fragte Sarah und wies auf ein Regal. »Das verkaufen wir viel.«

Sie zog ein Badehandtuch heraus und faltete es auf. Eine große Irland-Karte war darauf zu sehen.

»Für Männer werden auch immer gern Whiskey-Pralinen genommen. Oder ein gestrickter Aran-Pullover. Oder eine Schirmmütze. Oder ein paar Guinness-Gläser.«

»Halt, halt!« Helen lachte. »Das sind ja mehr Sachen, als ich mir merken kann.«

Sarah nahm sich die Zeit, mit ihrer Kundin durch den Laden zu gehen und sie eingehend zu beraten. Dabei erzählte sie Helen von den Hintergründen der verschiedenen Souvenirs, von der Geschichte des Aran-Strickens und den Traditionen des Guinness-Brauens. Helen hörte aufmerksam zu, während sie die Auswahl betrachtete. Zum Schluss entschied sie sich für einen dunkelgrünen Schal aus Merino-Wolle und ein paar alkoholhaltige Pralinen.

Bevor sie sich auf den Weg zur Kasse machten, blieb Helen stehen und sah Sarah an.

»Sie waren so hilfsbereit und hatten so viel Geduld mit mir – darf ich Sie nach Feierabend vielleicht auf einen Kaffee oder Tee einladen?«

Zuerst wollte Sarah reflexartig ablehnen. Allerdings: Es war nicht verboten, sich mit Kunden zu treffen. Helen machte einen wirklich netten Eindruck. Und sie war schon lange nicht mehr zu irgendetwas eingeladen worden.

»Ein Kaffee wäre schön«, sagte sie. »Ich habe heute Nachmittag um drei Uhr Feierabend.«

Das Café lag in einer Seitenstraße und gehörte zu Sarahs Lieblingsplätzen – ein gemütliches Vintage-Café mit Holzmöbeln, zentral am Ufer des River Lee gelegen. Leider hatte sie sich in letzter Zeit oft dieses Vergnügen versagen müssen, wenn sie bis zum Monatsende mit ihrem Geld auskommen wollte.

Um kurz nach drei hatte sie sich mit Helen dort verabredet. Das Wetter war wie oft im März kühl, aber wenigstens regnete es nicht.

Als sie das Café betrat, sah sie aus dem Hintergrund jemanden winken. Tatsächlich: Helen war schon da.

»Ich freue mich sehr, dass Sie mich nicht versetzt haben«, sagte sie.

»Warum hätte ich das tun sollen?« Sarah nahm auf dem Stuhl Helen gegenüber Platz.

»Nun ja, es hätte ja sein können, dass Sie es sich kurzfristig anders überlegt haben.« Helen schaute sich um. »Das ist ein wirklich nettes Café. Können Sie etwas empfehlen?«

»Außer Kaffee? Der Karotten-Nuss-Kuchen ist hier ziemlich lecker.« Sarah war hungrig; das Sandwich von heute Mittag war schon verdaut.

Helen nickte, und als kurz darauf eine Kellnerin vorbeikam, bestellte sie für sie beide Kaffee und Carrot Cake.

»Kennen Sie sich gut in Cork aus?«, fragte Helen, als die Kellnerin gegangen war.

»Eigentlich schon. Ich wohne schon mein ganzes Leben hier.«

»Erzählen Sie mir ein bisschen von sich, Sarah. Gefällt Ihnen der Job im Andenkenladen?«

»Er ist okay«, gab Sarah distanziert zurück. Sie würde sicher nicht den Fehler begehen und zugeben, wie sehr ihre Arbeit – und vor allem ihre Chefin – sie manchmal nervte.

»Dann würden Sie lieber in einem anderen Beruf arbeiten?«

Sarah hob die Schultern. »Ich habe letztes Jahr meine Ausbildung in Grafikdesign abgeschlossen. Aber leider gibt es zurzeit keine Stelle für mich.«

»Sie sind Grafikdesignerin? Was macht man da?«

Sarah überlegte einen Augenblick, bevor sie antwortete.

»Grafikdesign ist eine kreative Tätigkeit«, erklärte sie dann. »Man entwickelt visuelle Konzepte, entwirft Logos, gestaltet Layouts und trägt zur Entwicklung von Werbekampagnen bei. Das würde ich auch gerne machen. Aber wie ich sagte – momentan hatte ich noch kein Glück, was eine passende Stelle betrifft.«

Die Bedienung kam mit Kaffee und einem großen Stück Karottenkuchen mit einem cremigen Frischkäse-Überzug für jede, und für eine Weile widmeten sie sich schweigend der süßen Leckerei.

»Sie haben recht, dieser Kuchen ist fantastisch!« Helen legte die Gabel zur Seite. »Und Ihre Eltern? Leben die auch in Cork?« Sie sah Sarah an. »Entschuldigen Sie bitte, wenn ich zu neugierig bin. Das war schon immer ein schrecklicher Fehler von mir. Sie müssen nicht antworten, wenn Sie nicht wollen.«

Sarah schüttelte den Kopf. »Nein, ist schon gut. Mein Vater ist viel unterwegs. Meine Mutter lebt nicht mehr.«

Helen sah sie betroffen an. »Das tut mir schrecklich leid. Das muss schlimm für Sie sein.«

Bei den freundlichen Worten dieser ihr fast unbekannten Frau stiegen Sarah plötzlich Tränen in die Augen. Sie blinzelte.

»Ist schon gut«, sagte sie nochmals. »Das alles ist lange her. Meine Mutter starb, als ich noch ganz klein war. Ich kann mich kaum mehr an sie erinnern.«

»Und Ihr Vater?«

»Der ist meistens irgendwo im Ausland.«

Helen sah sie fragend an.

»Er ist Forscher«, erklärte Sarah. »Klimatologe. Momentan ist er auf einer Forschungsstation in der Antarktis.«

»Das hört sich ausgesprochen spannend an.«

»Ist es auch.«

Für ihn. Für seine Tochter weniger. Sarah wünschte, er würde sich auch einmal so sehr für seinen Nachwuchs begeistern wie für seine Forschungen. Aber das sagte sie natürlich nicht.

»Und sonst? Haben Sie keine anderen Verwandten? Großeltern, Onkel, Tanten?«

»Nein, niemanden. Meine Eltern waren beziehungsweise sind Einzelkinder. Meine Mutter war Waise, und die Eltern meines Vaters sind auch schon sehr lange tot. Ich habe sie nie kennengelernt.«

Helen schwieg eine Weile. »Das ist wirklich sehr bedauerlich«, sagte sie dann leise.

»Und dann«, fuhr Sarah fort, bevor sie sich zurückhalten konnte, »habe ich mich vor Kurzem auch noch von meinem Freund getrennt. Sie sehen also«, sagte sie in bitterer Ironie, »es könnte gerade kaum besser laufen.«

Sie wunderte sich über sich selbst, dass sie Helen so viel von sich erzählte. Aber es tat einfach gut, jemanden zum Zuhören zu haben. Und dennoch: Irgendetwas war an Helen anders als heute Vormittag.

Sarah beäugte ihre Tischnachbarin unauffällig. Diese blickte sie offen an.

»Wie heißt es bei Ihnen?« Helen lächelte. »Einen Penny für Ihre Gedanken.«

»Ich wundere mich nur …«, begann Sarah, dann stoppte sie. Sie konnte ja kaum sagen, dass Helen heute Vormittag einen sehr viel älteren und reichlich unbeholfenen Eindruck gemacht hatte. »Sie wirken irgendwie – ganz anders als vorhin im Laden«, sagte sie schließlich.

»Ich weiß. Und Sie müssen verzeihen, Sarah. Manchmal gebe ich mich ein bisschen hilfloser, als ich bin. Aber nur so konnte ich sehen, was für eine nette und hilfsbereite Person Sie sind. Und ich bin auf der Suche nach einer solchen Person.«

Sarah ließ ihre Gabel sinken. »Warum?«, fragte sie misstrauisch.

»Wissen Sie, eigentlich wollte ich diese Reise mit einer Freundin machen. Aber die hat im letzten Moment kalte Füße bekommen, sodass ich ohne sie hierhergekommen bin. Aber ich reise nicht gern allein. Ich würde mich über jemanden freuen, der mir einen Tag lang ein bisschen die Stadt zeigt. Natürlich gegen eine angemessene Bezahlung.«

»Sie suchen also eine Reiseführerin?«

»Ja, so in etwa.«

»Und wie stellen Sie sich das vor?«

Helen hob die Schultern. »Das liegt ganz bei Ihnen. Vielleicht können Sie mir ein paar Sehenswürdigkeiten zeigen oder mit mir in ein interessantes Museum gehen. Ich bin da ganz offen.«

Sie nannte einen Betrag, der Sarah angemessen vorkam – nicht zu hoch, aber nachdenkenswert.

»Also gut«, stimmte sie schließlich zu. »Wie wäre es gleich mit morgen? Da habe ich meinen freien Tag.«

»Das wäre absolut wunderbar.«

Sarah schloss die Wohnungstür im vierten Stock des Hauses auf. Niemand da. Sie teilte sich diese Wohnung mit drei anderen Leuten, von denen jeder sein eigenes Zimmer hatte, Bad und Küche aber für alle gemeinsam waren. Eine Zweck-WG, in die sie nach dem Ende ihres Studiums gezogen war. Das Einzige, das für diese Wohnsituation sprach, war der Preis. Der Preis und die Lage. Nur so war es ihr überhaupt möglich, in Cork nahe der Innenstadt zu leben.

Gerade waren sie alle fort – arbeiten, feiern oder Freunde treffen. Auch wenn Sarah kein Problem mit dem Alleinsein hatte – wer wüsste das besser als sie, haha –, vermisste sie in diesem Moment ihre Mitbewohner. Oder einfach eine nette Person, mit der sie reden konnte. Bis vor Kurzem hatte sie noch gehofft, demnächst mit Elias zusammenzuziehen. Aber Elias hatte sich als Nullnummer erwiesen.

Was sollte sie mit einem Mann anfangen, der es mit fünfundzwanzig noch nicht für nötig befand, einer geregelten Arbeit nachzugehen und am liebsten den ganzen Tag lang vor der Spielekonsole saß?

Sie ließ ihre Sachen in ihrem Zimmer aufs Bett fallen, das unter einem schlecht schließenden Fenster stand, und zückte ihr Handy. An einem Tag wie diesem musste sie einfach mit jemandem reden.

Bereits beim zweiten Klingeln nahm Naomi ab. Das hübsche, dunkle Gesicht ihrer besten Freundin erschien auf dem Display.

»Sarah, Schatz«, flötete sie ins Telefon. »Alles klar bei dir?«

»Geht so«, gab Sarah zu. »Was machst du gerade?«

»Backen«, sagte Naomi. »Aber das kann warten. Schieß los, was hast du auf dem Herzen?«

»Ich hatte heute eine seltsame Begegnung.«

»Seltsam gut oder seltsam schlecht?«

»Ich glaube, gut trifft es eher.« Sarah erzählte von Helen, dem anschließenden Treffen im Café und Helens Angebot, Sarah für einen Tag als Reiseführerin zu engagieren.

»Ist doch super«, sagte Naomi. »Die alte Tante weiß offenbar nicht, wohin mit ihrem Geld. Du willst doch nicht etwa absagen?«

»Nein, will ich nicht. Und sie ist auch keine alte Tante, sondern sogar ziemlich fit.«

»Wo liegt dann das Problem?«

»Ach, ich weiß nicht. Es ist …«

»Ach, Süße«, sagte Naomi in plötzlich verändertem Tonfall. »Ich weiß, das ist gerade alles nicht leicht für dich. Soll ich rüberkommen und versuchen, dich ein bisschen aufzumuntern? Leonard kommt erst in einer Stunde nach Hause.«

Sarah schüttelte den Kopf. »Das ist sehr lieb von dir, aber nein. Es ist nur … Ich werde das Gefühl nicht los, dass da noch mehr ist. Dass sie mir irgendwas verschweigt.«

2.

SARAH

Cork, Mitte März

Es wurde dann wirklich ein netter Tag, und das hing nicht nur mit dem Geld zusammen, das Helen ihr schon zu Beginn gezahlt hatte. Sarah nahm ihre Heimatstadt erstmals mit den Augen einer Touristin wahr und nicht mit denen einer Einheimischen.

Sie waren in den überdachten Markthallen des English Market gewesen, einem Paradies für Feinschmecker, wo Helen begeistert die vielfältigen Auslagen betrachtet und vieles probiert hatte. Da das Wetter mitspielte, hatten sie sich danach den hölzernen, inzwischen stark verwitterten Anlegeplatz im Hafen von Cobh angesehen, von dem vor mehr als hundert Jahren die *Titanic* nach ihrer Abfahrt von Southampton einst kurz Zwischenstation gemacht hatte. Sarah zeigte Helen auch die Statue der jungen Annie Moore, der ersten Immigrantin, die 1892 Ellis Island vor New York betrat. Anschließend besuchten sie das Cobh Heritage Centre, wo es um die Geschichte der irischen Auswanderung ging.

Jetzt saßen sie im angeschlossenen Tea Room vor den Resten ihres kleinen Mahls und beobachteten die Leute, die vorbeiflanierten.

»Wenn man sich vorstellt«, sagte Helen, »wie schwer das damals für die Menschen gewesen sein muss, alles zurückzulassen und in ein fremdes Land auszuwandern, ohne zu wissen, was einen erwartet …«

Sarah nickte. »Ja, vor allem nach der großen Hungersnot Mitte des neunzehnten Jahrhunderts, aber auch noch später. Man mag es sich gar nicht ausmalen, was für schwierige Entscheidungen das gewesen sein mochten.« Sie musterte die ältere Frau prüfend. An irgendjemanden erinnerte Helen sie, aber sie kam nicht darauf, an wen.

»Es gibt viele Amerikaner, die nach Irland kommen, um ihre Wurzeln zu erforschen. Sind Sie vielleicht auch irischer Herkunft?«

Helen verzog das Gesicht zu einem kleinen Lächeln. »Sie sind sehr klug, Sarah. Und ja, ich gebe zu, das ist einer der Gründe, weshalb ich hier bin. Ein Teil meiner Familie hat irische Wurzeln.«

»Und die wollen Sie gern zurückverfolgen?«

Helen bejahte.

»Wie heißen Sie mit Nachnamen?«

Helen lächelte. »Miller«, sagte sie.

Sarah lachte. »Das ist nun wirklich kein seltener Name. Und auch kein irischer. Ich nehme an, das ist der Name Ihres Mannes?«

Helen nickte. »Mein Mann ist im vorigen Jahr gestorben«, sagte sie, den Blick irgendwo ins Nichts gerichtet.

»Tut mir sehr leid«, murmelte Sarah.

»Er war kein einfacher Mensch«, erzählte Helen weiter. »Er konnte manchmal recht streitsüchtig und nachtragend sein. Und Reisen machte ihm überhaupt keinen Spaß. Also habe ich nach seinem Tod beschlossen, einiges nachzuholen.«

»Und deswegen wollen Sie also Ihre Familiengeschichte erforschen?«

»Ja, aber nicht nur deswegen. Es gab noch einen anderen Grund.« Sie öffnete ihre Handtasche und zog einen Umschlag heraus. »Ich möchte Ihnen etwas zeigen. Vielleicht haben Sie davon gehört: Letzten Sommer wurde in einer texanischen Wüste ein abgestürztes Flugzeug gefunden.« Sie sah Sarah fragend an.

In Sarah tauchte eine verschwommene Erinnerung auf. »War es nicht sogar ein sehr altes Flugzeug?«

»Ganz genau. Dieses Flugzeug«, fuhr Helen fort, »lag schon sehr lange unter den Gipsdünen des Salt Basin. Mehr als hundert Jahre, wie man schließlich herausfand. Hier, ich habe den Artikel dabei.«

Sie öffnete den Umschlag, fischte einen zusammengefalteten Zeitungsausschnitt heraus und reichte ihn Sarah.

Hundert Jahre altes Flugzeug in Salt Basin Dunes von Texas gefunden – Rätsel um Piloten, lautete die Überschrift.

Mit Datum vom August des Vorjahres wurde darüber berichtet, dass ein junger Student dort bei einem Drohnenflug eine Art frühe Benzinpumpe entdeckt habe. Die bald daraufhin eingeleitete Aktion zur Bergung habe zur allgemeinen Freude das gut erhaltene Wrack eines Doppeldeckerflugzeugs aus den Anfängen der Motorfliegerei freigelegt. Offenbar war das Flugzeug über einem menschenleeren Teil der Wüste abgestürzt und für viele Jahrzehnte unter einer Düne begraben gewesen.

Außerdem habe man ein paar menschliche Knochen gefunden, die vermutlich dem Piloten gehörten.

»Das ist alles hochinteressant und auch ein bisschen gruselig«, gestand Sarah, »aber ich verstehe noch nicht, was das mit Ihnen zu tun hat.«

»Warten Sie, es geht noch weiter«, sagte Helen. »Mein Vater – Gott hab ihn selig – wurde als Kleinkind adoptiert. Von einer wohlhabenden Familie aus der Nähe von Boston, die ihn wie ihr eigenes Kind aufzog. Ich weiß leider nicht viel von der wahren Herkunft meines Vaters. Es hieß immer nur, dass er als kleiner Junge in einem Waisenhaus abgegeben worden sei. Und dass sein echter Nachname früher Sheridan lautete und er irischer Herkunft war. Eine Zeitung hat einen Bericht darüber gebracht. So bin ich überhaupt erst darauf gekommen.«

Helen öffnete erneut den Umschlag und förderte ein paar Papierbilder zutage. »Bei dem Wrack des Flugzeugs wurden auch einige Papiere gefunden, leider größtenteils zerfallen und daher unleserlich. Aber darunter war auch eine fast unversehrte Fluglizenz. Sie lag in einem ledernen Mäppchen, daher hatte die Zeit ihr kaum etwas anhaben können. Hier, die Zeitung war so freundlich, mir ein paar Abzüge davon zukommen zu lassen.«

Helen reichte ihr ein Foto – einen Ausdruck von einem Zeitungsartikel.

Die Fluglizenz war registriert auf den Namen Aidan Sheridan, geboren in Glengarriff, Grafschaft Cork, ausgestellt im Oktober 1911. Die Seite mit dem dazugehörigen Passbild zeigte einen jungen Mann mit ordentlich gestutztem Schnurrbart.

»Und Sie glauben, dass das womöglich Ihr Vorfahre war?«, fragte Sarah.

Helen nickte.

»Ich will Sie ja nicht enttäuschen, aber es gibt Tausende Iren mit Nachnamen Sheridan«, wandte Sarah ein.

»Das weiß ich natürlich. Aber in dem Mäppchen mit der Fluglizenz war ein weiteres Foto. Hier, ich habe mir auch davon einen Abzug machen lassen.«

Sie reichte Sarah die Kopie einer alten Schwarz-Weiß-Fotografie. Ein junger Mann, der Ähnlichkeit nach derselbe wie auf dem Foto der Fluglizenz, wenn auch ohne Schnurrbart, war darauf zu erkennen, und daneben ein kleines Kind in Matrosenkleidung. Es hielt einen Teddybären im Arm.

»Mein Vater ist vor mehr als zwanzig Jahren verstorben«, sagte Helen. »In seinem Nachlass fand sich unter anderem das hier.« Sie zog ein weiteres Bild aus dem Umschlag und reichte es Sarah. Es zeigte einen zerfledderten alten Teddybären zwischen einigen Büchern. »Der kleine Kerl sitzt seitdem in meinem Bücherregal.«

»Sie glauben, das ist der gleiche Bär?« Sarah kniff die Augen zusammen und verglich die beiden Bilder.

»Nicht nur der gleiche, sondern derselbe. Es ist ein selbst genähter, aus dunkelblauem Baumwollstoff. Sehen Sie die Form von Augen und Nase?«

Es stimmte, was Helen sagte. Das Gesicht des Bären war aus hellgrauem Garn aufgestickt worden und zeigte ein leicht melancholisches Lächeln.

»Und Sie glauben …«

»Ich glaube«, sagte Helen, »mein Vater war dieses Kind.

Und der Pilot mein Großvater.« Sie reichte Sarah noch einen Abzug. »Hier, es gibt noch ein Bild.«

Das Foto zeigte mehrere junge Männer und Frauen mit Tennisschlägern, darunter auch – vermutlich – Aidan Sheridan. Im Hintergrund war ein niedriger runder Turm zu sehen.

»Ich würde sehr gern meine irischen Wurzeln erforschen und Licht in diese Sache bringen. Was meinen Sie, Sarah: Könnten Sie sich vorstellen, mir dabei zu helfen? Natürlich wieder gegen Bezahlung.«

»Ich?« Sarah lachte auf. »Aber – ich bin keine gelernte Rechercheurin. Ich bin ja nicht einmal besonders gut im Rätselraten. Ich glaube nicht, dass ich Ihnen eine große Hilfe wäre.«

»Aber natürlich wären Sie das! Sie haben mir bislang schon sehr geholfen, und ich würde mich wirklich sehr darüber freuen.«

Sarah zögerte. Dieses Angebot war fast zu gut, um wahr zu sein.

»Wo ist der Haken?«

»Es gibt keinen Haken. Sie helfen mir bei der Suche nach meinen Vorfahren, und ich bezahle Sie dafür.«

»Aber warum ich? Warum fragen Sie nicht jemanden vom Fach, der das sicherlich besser könnte als ich?«

»Weil ich denke, dass Sie die Richtige sind.« Helen sah sie mit einem irgendwie zärtlichen Blick an. »Seit Ihre Mutter bei diesem schrecklichen Autounfall ums Leben gekommen ist, haben Sie es sicher nicht leicht gehabt.«

Sarah schob ihren Teller zurück, schlagartig ernüchtert. »Woher wissen Sie das? Ich habe Ihnen nie erzählt, dass meine Mutter bei einem Autounfall gestorben ist.« Sie erhob sich. »Wer sind Sie? Was wollen Sie von mir?«

»Setz dich, Sarah. Ich werde dir alles erklären.« Helen griff nach ihrer Hand. »Ich bin nicht zufällig hier. Ich habe nach dir suchen lassen.«

»Nach mir? Warum?«

»Weil …«, Helen sah ihr in die Augen, »weil ich deine Großmutter bin. Die Mutter deines Vaters.«

»Wie bitte?« Sarah schüttelte heftig den Kopf. »Wer immer Sie sind, das sind Sie nicht. Meine Großeltern leben alle nicht mehr. Das hat mir mein Vater gesagt.«

»Nun«, meinte Helen sanft. »Dann hat er gelogen.«

3.

SARAH

Cork, Mitte März

Sarah griff nach ihrem Handy. Wog es in der Hand und legte es wieder weg.

Sie war zu Hause. Mittlerweile hatte Helen mehrmals angerufen und Textnachrichten auf ihr Handy geschickt, die sie alle nicht beantwortet hatte.

Inzwischen bereute Sarah, dass sie das Gespräch mit ihr so überstürzt abgebrochen hatte und ohne ein Wort gegangen war. Aber bevor sie sich auch nur ansatzweise weiter damit befassen konnte, musste sie eine wichtige Sache klären.

Sie nahm das Handy erneut und scrollte durch die Namenssuche.

Andrew O'Malley. Ihr Vater.

Einen weiteren langen Moment zögerte sie, dann drückte sie auf das Wählen-Symbol. Und wartete.

Das Klingeln lief ins Leere. Sie legte auf und versuchte es noch einmal, aber wieder dasselbe: nichts. Vermutlich war er wieder einmal Robben beobachten und hörte das Klingeln nicht. Oder er nahm gerade eine Probe aus den eisigen Gewässern. Oder er musste irgendeine schrecklich wichtige Messung vornehmen.

Andrew O'Malley war Klimaforscher und Biologe und befand sich für die nächsten Monate auf der Rothera-Station, einer Forschungsstation auf den Adelaide-Inseln, die als Versorgungsbasis für die britischen Antarktisstationen diente.

Davor war er auf den Hebriden gewesen. Und davor irgendwo in Tansania, bei einem Klimaschutzprojekt.

Sarah kannte es nicht anders. Er war nicht da gewesen, als sie die Schule beendet hatte. Oder bei ihrer Führerscheinprüfung. Oder als sie ihren Studienabschluss gemacht hatte. Eigentlich bei jeder wichtigen Prüfung in ihrem Leben. Sarah hatte ihre Schulzeit größtenteils in Internaten verbracht. In den wenigen Wochen zwischen zwei Forschungsaufträgen, in denen sie Ferien hatte und ihr Vater zu Hause war, verbrachten sie viel Zeit miteinander. Das waren die seltenen Momente gewesen, wo ihre Welt in Ordnung gewesen war. Bis ihr Vater wieder fortmusste und Sarah zurück ins Internat.

Kurz überlegte sie, ob sie ihm eine Mail schreiben sollte, und verwarf diesen Gedanken gleich wieder. Sie wollte persönlich mit ihm sprechen.

Dann klingelte ihr Telefon. Ihr Vater.

Sie hob ab. »Hi, Dad. Warum bist du nicht ans Telefon gegangen?«

»Sarah!«, meldete sich die leicht verzerrt klingende Stimme ihres Vaters. Wider Erwarten war sie froh, ihn zu hören. »Ich war draußen. Der antarktische Sommer ist bald vorbei, und es muss noch so viel getan werden, bevor der Winter kommt. Ist etwas passiert?«

»Allerdings«, gab Sarah mit neu aufflammender Wut zurück. Sie hielten sich beide nicht mit längerem Vorgeplänkel auf. Die telefonische Verbindung in die Antarktis war alles andere als stabil. Bei der relativ geringen Bandbreite über die Satellitenverbindung, die für sämtlichen Datenverkehr in der Station reichen musste, brachen Telefongespräche oft schnell zusammen.

»Ich habe gerade eine Frau getroffen, eine ältere Amerikanerin. Sie nennt sich Helen Miller und behauptet, deine Mutter zu sein.« Sie machte eine kurze Pause. »Aber das kann ja gar nicht sein, denn meine Großeltern sind ja schon vor meiner Geburt gestorben, hast du immer gesagt. Nicht wahr?«

Es knisterte und knackte in der Leitung.

»Dad, bist du noch da?«

»Ja. Ja, bin ich.« Er räusperte sich. »Nun, möglicherweise habe ich dir über meine Eltern nicht ganz die Wahrheit gesagt …«

»Nicht ganz die Wahrheit? Du hast mich angelogen!«

»Hör mal, Sarah, wenn ich wieder zurück bin, dann sprechen wir über alles. Aber jetzt muss ich zurück an die Arbeit.«

Die Verbindung wurde unterbrochen. Sarah starrte das Bild ihres Vaters auf dem Display an, das ihn in dickem Anorak und Kapuze vor einer verschneiten Landschaft zeigte. Dann warf sie das Telefon aufs Bett.

Am liebsten hätte sie es an die Wand geworfen.

Sarah war noch immer wütend. Was bildete ihr Vater sich ein, sie über so etwas Wichtiges anzulügen? Was bildete sich Helen ein? Was bildeten sie sich alle ein?

Und dennoch: Ein Teil von ihr beschäftigte sich fast ohne ihr Zutun mit den Fragen, die Helen aufgeworfen hatte. Dem Rätsel um den vor vielen Jahren abgestürzten Piloten, bei dem es sich womöglich um Helens Großvater gehandelt haben könnte.

Aber sie hatte viel zu wenige Informationen, um damit irgendetwas Sinnvolles herausfinden zu können. Sie hatte ja nicht einmal ein Foto von irgendeiner der Unterlagen gemacht, die Helen ihr gezeigt hatte.

Sie erinnerte sich an den Namen – Aidan Sheridan – und das Datum der Fluglizenz. Oktober 1911. Und an ein Bild mit mehreren Menschen, das einen niedrigen Turm im Hintergrund zeigte. Der Geburtsort fiel ihr nicht mehr ein. Zu dumm, dass sie keine Fotos von den Bildern gemacht hatte.

Was konnte man mit diesen Informationen schon anfangen? Das Ganze war schließlich über hundert Jahre her.

Aidan Sheridan. Grafschaft Cork.

Mit diesen spärlichen Informationen würde man kaum irgendetwas herauskriegen können.

Das Bild von dem niedrigen Turm kam ihr erneut in den Sinn. Davon gab es einige in Irland. Hießen diese Dinger nicht Martello-Türme? Und stand so ein Turm nicht auch auf dieser kleinen Insel in der Bantry Bay?

Falls ja, würde das die Suche erheblich eingrenzen.

Wie von selbst griff sie wieder nach ihrem Handy und ging ins Internet.

Sie hatte richtiggelegen: Ein reicher Engländer hatte die kleine Insel namens Garinish Island 1910 gekauft und in den Folgejahren zu einem kleinen Gartenparadies umgestaltet, das noch heute viele Besucher anzog. Und ja, es gab dort einen Martello-Turm, der aus der Zeit der Napoleonischen Kriege stammte. Die Insel war von Glengarriff aus mit dem Boot erreichbar.

Glengarriff. War das nicht der Geburtsort des Piloten, der in der Fluglizenz gestanden hatte?

Und dann fiel es ihr wie Schuppen von den Augen: der Zensus. Natürlich! Erst vor Kurzem hatte sie darüber gelesen, dass es Anfang des zwanzigsten Jahrhunderts mehrere Volkszählungen in Irland gegeben hatte, in der möglichst detaillierte Angaben zur Bevölkerung gemacht worden waren. Vielleicht konnte sie mehr darüber herausfinden?

Sie klappte ihr Laptop auf – solche Sachen gingen damit besser als auf dem Handy – und startete eine weitere schnelle Internet-Recherche.

Ja, sie hatte recht gehabt. Es hatte damals zwei Volkszählungen gegeben: 1901 und 1911, und man konnte sogar online darin suchen.

Die Angaben für 1901 waren spärlich und wirkten unvollständig; Sheridans gab es nur sehr wenige. Das war also vermutlich nichts. Sie wählte 1911 aus und gab auch hier die wenigen Daten ein, die sie hatte.

Nachname: Sheridan. Grafschaft: Cork.

Den Vornamen ließ sie vorerst aus, das konnte sie später noch eingrenzen.

Eine Liste mit 76 Einträgen erschien. Sarah wählte noch *Geschlecht: männlich* aus, und die Einträge schrumpften auf nur noch 33.

Sie überflog die Liste, und dann entdeckte sie es: *Aidan Sheridan. Wohnort: Glengarriff.*

Halleluja!

Bei demselben Wohnort war ein weiterer Name angegeben: *Graham Sheridan.*

Sarah klickte ein Häkchen an, das weitere Informationen versprach. Es erschienen Angaben zu Alter, Beruf, Religion und ob man lesen und schreiben konnte.

Aidan Sheridan war zum Zeitpunkt der Zensuserhebung zwanzig Jahre alt gewesen und als Student eingetragen; Graham Sheridan wurde mit fünfzig Jahren und als Familienoberhaupt und Doktor der Medizin angegeben.

Da sie an derselben Adresse wohnten, handelte es sich bei diesen beiden Sheridans vermutlich um Vater und Sohn. Das war ja hochinteressant! Ob man noch mehr herausfinden konnte? Sarah klickte den Namen des Vaters an, und sofort erschienen sämtliche Bewohner des betreffenden Hauses in Glengarriff.

War es möglich, dass sie Helens Vorfahren gefunden hatte?

Sie zögerte, dann griff sie nach ihrem Telefon und suchte nach der erst kürzlich gespeicherten Nummer von Helen. Ihrer Großmutter.

Auch wenn Sarah eigentlich immer noch sauer war.

»Sein Vater war Arzt, und sie lebten in Glengarriff«, sagte sie ohne jegliche Vorrede, als Helen sich gemeldet hatte.

»Wie bitte? Sarah, wovon sprichst du?«

»Von Aidan Sheridan. Dem Mann, von dem du glaubst, dass er dein Großvater war. Ich habe ein bisschen weiter geforscht. Im Zensus von 1911. Den kann man online einsehen. Es gab einen Doktor Sheridan, der in Glengarriff lebte. Im Zensus werden acht Personen als im Haushalt lebend aufgeführt«, las Sarah die neuen Informationen vor. »Doktor Sheridan, seine Frau und vier Kinder: drei Töchter und einen Sohn. Der Sohn hieß Aidan. Dazu noch zwei Angestellte.« Sie lehnte sich zufrieden zurück. »Ich glaube, ich habe deine Vorfahren gefunden.«

Am anderen Ende der Leitung herrschte für einen Moment Schweigen.

»Helen, bist du noch da?«

»Das ist … Sarah, du bist fantastisch!«

»Danke«, murmelte Sarah, etwas irritiert von Helens Begeisterung.

»Und – Sarah?«

»Ja?«

»Es sind auch deine Vorfahren.«

4.

JOANNA

Irland, Bahnhof von Bantry, Juni 1910

Joanna warf einen ungeduldigen Blick auf die große Uhr, die am Bahnhof hing. Der Zug aus Cork musste jeden Moment eintreffen.

Eine frische Brise strich durch ihre Haare, und dicke Wolken zogen am Himmel auf, als könnte jederzeit ein Regenschauer niedergehen. Sie hatte den bärbeißigen Kutscher eines Mietfuhrwerks gebeten, sich bereitzuhalten und ihr beim Tragen zu helfen. Sein Blick auf ihren Mechanikeroverall hatte zwar Bände gesprochen – vermutlich hatte er noch nie eine Frau in Hosen gesehen –, aber ihr Versprechen auf einen guten Lohn hatte ihn überzeugt. Der Anzug aus festem Baumwollstoff war eigentlich für Männer gemacht und etwas zu groß, aber Joanna hatte Ärmel und Hosenbeine ein wenig aufgekrempelt und einen Gürtel in der Taille festzogen.

Wo blieb der Zug nur? Sie konnte es kaum erwarten – Aidan hatte schließlich telegrafiert, dass er alles bekommen habe.

Endlich konnte sie den Zug herannahen sehen, schnaufend und rauchend, und sie atmete erleichtert auf.

Bantry war Endstation der Cork, Bandon & South Coast Linie; etliche Leute stiegen aus. Joanna reckte sich und stieß einen leisen Freudenschrei aus, als sie ihren Bruder in der Menge erblickte.

»Aidan, hier!« Sie winkte und beeilte sich, zu ihm zu kommen. »Wo ist er?«

»Im Gepäckwagen.«

Ihr ein Jahr jüngerer Bruder fuhr sich durch die braunen, leicht zerzausten Locken. »Was bin ich froh, wieder hier zu sein. Das war eine ziemlich weite Reise nach Manchester und wieder zurück.«

»Dafür werde ich auf ewig in deiner Schuld stehen.«

»Das hoffe ich doch, Jojo.« Er grinste.

Aidan war der Einzige, der sie so nennen durfte. Jojo war sein Kosename für sie, als sie beide noch sehr jung gewesen waren, und er hatte sich gehalten, selbst jetzt, da Joanna demnächst zwanzig Jahre alt werden würde.

Zwei große, zugenagelte Holzkisten wurden entladen und auf Joannas Bitte auf das bereitstehende Fuhrwerk gepackt. Am liebsten hätte sie sofort einen Blick in das Innere der Kisten geworfen, aber das musste warten, bis sie im Schuppen waren.

»Und wie kommen wir selbst nach Hause? Etwa auch mit dem Fuhrwerk?«, fragte Aidan. »Dann hat das Pferd aber schwer zu ziehen.«

Joanna deutete auf den schwarzen Renault am Ende des Bahnsteigs.

Aidan hob erstaunt die dunklen Brauen. »Vater hat dir sein Auto überlassen?«

Sie nickte. »Nur ungern, aber ich musste ja irgendwie

hierherkommen. Ich habe ihm versprochen, gut darauf aufzupassen und ganz vorsichtig zu fahren.«

»Steig ein«, sagte Aidan, sobald sie das Automobil erreicht hatten. »Ich kurbele.«

»Das musst du nicht. Zu Hause habe ich das auch allein hingekriegt.«

»Das kann ich mir denken. Aber zu zweit ist es einfacher.«

Da hatte er allerdings recht.

Sie setzte sich hinter das Lenkrad, dann begann Aidan zu kurbeln. Der Motor sprang an, Joanna legte den Gang ein und löste die Handbremse.

Autofahren war nicht schwer, fand sie. Gas, Bremse, Kuppeln, Schalten, Lenken – mehr brauchte es nicht.

Mit Aidan als Beifahrer fuhr sie gemächlich vor dem Karren mit den beiden Kisten her, die gewundene Straße an der Bantry Bay entlang. Normalerweise liebte sie die Aussicht auf die weite Bucht mit ihrer herrlichen Küste, aber heute hatte sie keinen Blick dafür. Wenigstens lief sie mit dem langsamen Fuhrwerk hinter sich nicht Gefahr, die zulässige Höchstgeschwindigkeit von zwanzig Meilen pro Stunde zu überschreiten. Dennoch war sie nervös. Nicht auszudenken, wenn sie mit der wertvollen Fracht einen Unfall hätten.

Der Schuppen, den sie ansteuerten, lag nahe am Wasser und gehörte eigentlich Onkel Elliot, aber der hatte keine Verwendung dafür und daher erlaubt, dass Joanna ihn nutzte. Sie schloss ihn auf und öffnete die beiden hölzernen Türen weit. Helles Sonnenlicht fiel in den einfachen Raum, als Aidan und der Fahrer je eine Kiste hineintrugen. Die

Wände des Schuppens waren mit Plänen, Zeichnungen und Notizen bedeckt. In der Mitte des Raums stand eine halb fertige Konstruktion aus Holz, Metall und Stoff: die *Sparrow*.

»Was soll das werden?«, fragte der Kutscher, als sie die Kisten abgeladen hatten.

»Ich baue ein Flugzeug«, verkündete Joanna stolz.

Er hob in sichtbarem Zweifel beide Brauen. »Tatsächlich?«

»Warten Sie es ab, bald werde ich damit fliegen.«

Sie entlohnte den Mann, der in sein Fuhrwerk stieg und das Pferd antrieb, dann konnte sie endlich die Kisten öffnen.

In der ersten fand sich der luftgekühlte leichte Zweitaktmotor, den sie bei A. V. Roe & Co. in Manchester in Auftrag gegeben hatte. Hundert Pfund hatte sie dafür bezahlt. Und dann hatte sich die Auslieferung immer wieder verzögert, bis Aidan angeboten hatte, nach Manchester zu fahren und die Sachen selbst abzuholen.

In der zweiten, ein wenig größeren Kiste war der Propeller. Alles sah komplett aus, ganz so, wie sie es bestellt hatte.

»Danke, Aidan«, sagte sie glücklich. »Ich schulde dir was.«

»Immer wieder gern, Schwesterherz. Brauchst du mich dafür?« Aidan deutete auf die Kisten. »Ansonsten würde ich mich nämlich auf den Weg nach Hause machen.«

»Tu das. Und nimm Vaters Auto.«

Kaum war auch ihr Bruder fort, nahm Joanna den bereits zum größten Teil fertig montierten Motor aus der mit zusammengeknülltem Zeitungspapier ausgepolsterten Kiste und stellte ihn auf den Tisch. Danach kamen einige kleinere

Anbauteile, die einzeln verpackt waren. Dann nahm sie die Betriebsanleitung zur Hand und machte sich hoch konzentriert daran, alles fertig zusammenzubauen. Jede Schraube, jeder Bolzen musste schließlich an seinem richtigen Platz sitzen.

Natürlich kam sie zu spät zum Abendessen. Jedes Mal, wenn sie an der Maschine arbeitete, verlor sie das Zeitgefühl, und die Minuten und Stunden verstrichen dann stets wie im Flug.

Als sie endlich ihr Elternhaus erreichte, wurde bereits die Suppe serviert.

»Ich komme gleich!«, rief sie in Richtung Esszimmer und beeilte sich, in den ersten Stock zu ihrem Zimmer zu gelangen. Im angeschlossenen Badezimmer zog sie sich den verdreckten und ölverschmierten Overall aus, wusch sich so gründlich, wie es eben ging, die Hände und das Gesicht, schlüpfte in eine helle Bluse und einen langen, dunklen Rock und eilte dann wieder nach unten, ins Esszimmer.

Als sie den Raum mit dem lang gestreckten Tisch betrat, richteten sich fünf Augenpaare auf sie.

»Wo warst du so lange?«, tadelte ihre Mutter sie.

»Tut mir leid«, erwiderte Joanna, während sie sich eilig auf ihren Platz setzte. »Aber ich musste unbedingt den Motor für die *Sparrow* fertig zusammenbauen.«

»Ich verstehe nicht, warum du so besessen von diesem Ding bist«, sagte ihre Schwester Carol mit leicht gerunzelter Stirn.

»Das ist kein Ding, das ist ein Flugzeug«, gab Joanna zurück.

Ihre Mutter warf einen langen, missbilligenden Blick auf Joannas Hände. Eine ihrer fein gezupften Augenbrauen hob sich leicht. Joanna blickte auf ihre Hände und sah, was die Mutter sah: Trotz der hastigen Wäsche zeichneten sich dunkle Ränder unter ihren kurz geschnittenen Fingernägeln ab, die Seife und Wasser nicht hatten entfernen können.

Während der Hauptgang aufgetragen wurde – Fischpastete, Gemüse und frisch gebackenes Brot –, unterhielt sich ihr Vater mit Carol und Aidan über einen Patienten, der ihn heute wegen starker Magenschmerzen aufgesucht hatte. Dr. Graham Sheridan war Allgemeinmediziner mit eigener Praxis, und Joanna und ihre Geschwister waren es seit frühester Kindheit gewohnt, dass Patienten in ihrem Haus ein und aus gingen.

Als einzigem Sohn lag es an Aidan, die Familientradition fortzuführen. Er studierte Medizin in Cork, aber momentan war vorlesungsfreie Zeit, die er zu Hause verbrachte. Eigentlich wäre Carol viel besser geeignet gewesen, in Vaters Fußstapfen zu treten, hatte sich Joanna schon so manches Mal gedacht. Carol interessierte sich für alles, was mit Medizin und Biologie zusammenhing. Bei Aidan hatte Joanna bisweilen den Eindruck, er studiere das Fach nur, um Vater zu gefallen.

Joanna aß schnell und mit gutem Appetit. Die Arbeit am Flugzeugmotor hatte sie hungrig gemacht, und sie hörte nur mit halbem Ohr zu, was Vater, Aidan und Carol zu sagen hatten.

»Lavinia, sitz gerade!«, ermahnte die Mutter, und die Kleine richtete sich ein wenig in ihrem Stuhl auf.

Joanna bedachte ihre jüngste Schwester, die ihr gegenübersaß, mit einem zärtlichen Blick. Lavinia war das Nesthäkchen der Sheridans und wurde von allen abgöttisch geliebt. Mit ihren gerade einmal acht Jahren wirkte Lavinia manchmal wie das kleine Abbild ihrer Mutter. Und doch meinte Joanna, unter dem sittsamen Benehmen ihrer kleinen Schwester immer mal wieder eine gewisse Aufsässigkeit aufblitzen zu sehen.

Manchmal missbilligte Joanna, wie ihre Mutter die jüngste Tochter maßregelte. Sie konnte sich erinnern, früher selbst immer wieder so zurechtgewiesen worden zu sein. Aber immer waren es nur ihre Töchter, die Mutter ermahnte – nie ihren Sohn.

5.

AIDAN

Sheridan House, Juni 1910

Aidan lauschte. Nein, niemand zu hören, die Luft war rein. Mit ein paar raschen Schritten ging er zum Schreibtisch im Behandlungszimmer seines Vaters, öffnete die oberste Schublade und entnahm ihr einen schmalen Schlüssel. Den Schlüssel für das Medizinschränkchen.

Vorsichtig schloss er die Tür des Schränkchens auf und griff im obersten Fach nach einer kleinen Schachtel, der er einige weiße Tabletten entnahm.

»Aidan, wo bist du? Hast du gerade Zeit?« Die Stimme seines Vaters scholl durch das Erdgeschoss.

Aidan durchfuhr ein heftiger Schreck. Eilig stellte er die Schachtel zurück, schloss das Schränkchen ab und legte den Schlüssel wieder in die Schublade. Keine Sekunde zu früh: Vater trat ein.

»Ach, hier bist du. Was machst du hier?«

»Ich habe ein Buch gesucht«, erklärte Aidan schnell. »*The Principles and Practice of Medicine* von William Osler. Ich dachte, das hätte ich bei dir gesehen. Ich wollte dort etwas nachschlagen.«

Dr. Sheridan nickte wohlwollend und zog das erwähnte

Buch aus dem Regal hinter seinem Schreibtisch. »Natürlich, nimm es nur.« Er legte das Buch auf den Tisch und schwenkte die neueste Ausgabe des *Lancet* in der Hand. »Ich wollte dir etwas zeigen. Sieh her, sie haben es tatsächlich gedruckt!« Er setzte sich auf eine Ecke seines Schreibtischs, schlug die medizinische Fachzeitschrift auf, blätterte kurz und präsentierte seinem Sohn dann die Überschrift eines Artikels.

»Pneumonie: Eine Untersuchung einiger Zustände, die im Brustkorb von Erwachsenen auftreten können, die an einer Infektion mit Pneumokokken leiden, und Beobachtungen zur Behandlung mit besonderem Augenmerk auf die Verwendung von Morphium. Von Dr. Graham Sheridan, Cork, Irland.«

»Ich bin beeindruckt, Dad«, sagte Aidan.

»Lies es«, forderte sein Vater ihn auf. »Und sag mir, was du davon hältst.«

Aidan seufzte lautlos auf, überflog aber gehorsam den Artikel. Der Text war fünf eng gedruckte, doppelspaltige Seiten lang, enthielt mehrere Tabellen sowie eine Zeichnung von krankem Lungengewebe und war gespickt mit medizinischen Formulierungen. Aidan verstand nicht alles davon.

»Ganz wunderbar, Dad, wirklich. Deine Fachkollegen werden sicher Augen machen.«

Graham Sheridan nickte zufrieden. »Und du? Was macht das Studium? Kommst du gut voran?«

Das war die Frage, vor der Aidan sich gefürchtet hatte.

»Ja, alles kein Problem«, behauptete er und gab seinem Vater den *Lancet* zurück. »Aber jetzt muss ich noch einen Blick in meine Bücher werfen.«

»Tu das, mein Junge, tu das.«

Aidan spürte den Blick seines Vaters im Rücken, als er das Behandlungszimmer mit dem Buch unter dem Arm verließ und die Treppe zu seinem Zimmer hinaufstieg.

Seit einem Jahr studierte er Medizin an der Universität von Cork. Vater hatte sich alles schon genau ausgemalt: Sobald Aidan mit dem Studium fertig wäre, würde er in Vaters Arztpraxis mit einsteigen und sie später ganz übernehmen.

Im zurückliegenden Studienjahr hatten vor allem Grundlagenfächer wie Anatomie, Physiologie und Pathologie auf dem Programm gestanden, zudem Laborübungen und ein klinisches Praktikum im Krankenhaus. Jetzt war vorlesungsfreie Zeit. Normalerweise wurden diese Wochen bis zum Beginn des nächsten Studienjahrs im Oktober fürs Lernen genutzt, und Aidan gab auch vor, sich immer wieder in den Büchern zu vergraben. In Wahrheit aber tat er gar nichts.

Er öffnete das Schreibfach in seinem Sekretär und kramte ganz hinten, bis er die lederne Mappe fand. Hier bewahrte er auf, was er in den vergangenen Jahren geschrieben hatte – Gedichte, Essays und andere kurze Texte. Aber er machte sich keine Illusionen: Auch diese Ergüsse waren schlecht. Stümpereien. Zum Poeten eignete er sich genauso wenig wie zum Arzt.

Schon bei den ersten Prüfungen am Ende des letzten Trimesters hatte er nicht gut abgeschnitten, und die Examina, die vor Kurzem stattgefunden hatten, waren katastrophal gelaufen. Nur eine Nachprüfung hatte ihn vor dem Scheitern gerettet. Und die Pillen.

Aber das erzählte er niemandem. Nicht einmal Joanna, die ihm am nächsten stand.

Er beneidete sie um ihre Zielstrebigkeit. Sie hatte schon immer gewusst, was sie wollte. Und das war schon seit einiger Zeit die Fliegerei. Auch er selbst fand die Vorstellung, sich mit einem Fluggerät in den Himmel zu erheben, interessant und half seiner Schwester gern bei der Verwirklichung ihrer Träume, wenn auch bei Weitem nicht mit der gleichen Leidenschaft wie Joanna.

Er stellte sicher, dass die Tür abgeschlossen war und ihn niemand stören würde. Dann griff er in die Tasche seiner Weste und holte die Tabletten aus feinem, gepressten Kokainpulver heraus. Er schluckte zwei davon trocken, dann lehnte er sich zurück, schloss die Augen und wartete, bis das vertraute Hochgefühl einsetzte.

★

Joanna stand vor der *Sparrow* und strich über den Rumpf ihres Flugzeugs, das alles andere war als elegant. Klein und kompakt – wie ein Spatz eben, dem es seinen Namen verdankte.

Schon immer war sie fasziniert von den Vögeln gewesen, die sie über den Klippen und Hügeln ihrer Heimat hatte fliegen sehen. Die Möwen, die über den Wellen tanzten, oder die Schwalben, die elegante Bögen am Himmel zogen. Als Kind wollte sie bis ans Ende des Regenbogens fliegen, um den angeblich von einem Leprechaun, einem der irischen Naturgeister, dort versteckten Goldschatz zu finden.

Und dann hatte Onkel Elliot ihr im vorigen Jahr eine Postkarte aus Paris geschickt, auf der die Details des Flugzeugs zu sehen waren, mit dem Louis Blériot im Juli als erster Mensch von Frankreich nach England über den Ärmelkanal geflogen war. Joanna war wie elektrisiert gewesen. Das war es! Als ihr Onkel kurz danach aus Frankreich zurückkehrte, hatte es wenig Überzeugungsarbeit bedurft, bis er einwilligte, dass sie seinen Schuppen nutzen durfte, der einst als Lager für seine Antiquitäten gedient hatte, inzwischen aber leer stand.

Und hier war sie nun, mit ihrem selbstgefertigten Flugzeug. Den Motor hatte sie eingebaut, und auch der Propeller saß dort, wo er sollte. Für die Flügel hatte sie Holzrahmen aus Esche hergestellt, die sie mit einem festen Baumwollgewebe bespannt hatte. Die Tragflächen ähnelten denen des Fluggeräts von Louis Blériot, die Form des Rumpfes hatte sie dagegen dem Ferguson-Eindecker entlehnt.

Jetzt fehlten nur noch der Benzintank und die passenden Schläuche. Diese Sachen hatte sie ebenfalls in England bestellt, aber die Lieferung verzögerte sich.

Ebenso wie Aidan. Ihr Bruder hatte ihr eigentlich helfen wollen, war jedoch nicht erschienen.

Aber Joanna konnte nicht mehr warten. Nun, da der Motor eingebaut war, wollte sie endlich ausprobieren, ob er auch lief. Und dafür würde sie eben improvisieren.

Sie hatte eine leere Whiskeyflasche mit einem Benzin-Öl-Gemisch gefüllt – das würde ihr provisorischer Tank sein. Aber sie brauchte immer noch einen Schlauch, um den Kraftstoff zum Motor zu leiten.

Vielleicht konnte Onkel Elliot ihr weiterhelfen.

Der alleinstehende ältere Bruder ihres Vaters wohnte ganz in der Nähe. Der Kunstsammler und -händler neigte ein wenig zur Exzentrik. Joanna liebte ihn.

Schon von Weitem hörte sie das laute, melodiöse Lachen ihres Onkels, als sein Diener Mr Chambers, der zugleich als Butler und Faktotum für alles fungierte, sie bei ihm ankündigte.

»Onkel Elliot!« Sie gab ihm einen Wangenkuss.

Elliot war groß, breit gebaut, fast ein wenig linkisch, aber mit erlesenem Geschmack gekleidet und eingerichtet.

»Mpenzi wangu, Joanna«, sagte er. *»Habari yako?«*

Joanna lachte. »Ich freue mich auch, dich zu sehen, Onkel Elliot«, gab sie auf Französisch zurück – die einzige Fremdsprache, die sie halbwegs sicher sprach. »Ich habe leider nichts verstanden. Was war das – Japanisch?«

»Kisuaheli. Es bedeutet: ›Meine Liebe, wie geht es dir?‹«

Onkel Elliot pflegte seine Marotten. Er reiste gern und viel und hatte sich angewöhnt, seine Mitmenschen in allen nur erdenklichen Sprachen zu begrüßen. Joanna hatte ihn einmal gefragt, wie viele Sprachen er beherrsche, und er hatte lächelnd abgewunken. »Nur ein paar wenige«, hatte er gesagt. »Aber ich bemühe mich, in so vielen wie möglich grüßen und mich bedanken zu können.«

»Komme ich ungelegen?«, fragte sie jetzt.

»Du kommst nie ungelegen, meine hübsche Nichte. Was kann ich für dich tun?«

Joanna erläuterte ihm das Problem. »Und jetzt brauche ich etwas, das ich als Schlauch verwenden kann, um das Benzin vom Tank in den Vergaser zu bekommen. Wenigstens für einen Probelauf.«

»Natürlich helfe ich dir«, sagte er. »Lass mich überlegen, ob ich etwas habe, was für deine Zwecke infrage käme.« Er ging mit großen Schritten im Zimmer auf und ab, dann blieb er stehen. »Ich hab's! Komm mit.«

Sie folgte ihm durch die exquisit ausgestatteten Räume bis in sein Arbeitszimmer. Dort griff er in ein Regal und präsentierte Joanna eine altertümliche Ohrtrompete, wie sie schwerhörige Menschen früher benutzt hatten.

»Was hältst du davon?«

»Ein Hörrohr?« Joanna wog das gebogene, am einen Ende schmale, am anderen Ende trichterförmige Rohr in der Hand. »Ja, warum eigentlich nicht?«

»Es stammt von einer lange verstorbenen Großtante«, erklärte Elliot. »Du kannst es dir gern ausleihen.«

»Vielen Dank, Onkel Elliot, damit hast du mir sehr geholfen! Und natürlich werde ich es dir so schnell wie möglich zurückgeben.«

»Ich würde am liebsten mitkommen, um bei deinem ersten Versuch zuzusehen. Aber leider erwarte ich einen Gast zum Tee.« Er zwinkerte Joanna zu.

»Kein Problem.« Sie ahnte, dass es Herrenbesuch war, den er empfangen würde.

So schnell wie möglich kehrte sie in den Schuppen zurück. Dort verband sie das Hörrohr mit der Flasche, die ihr als Tank diente. So würde sie den Kraftstoff in den Vergaser leiten. Sie wickelte noch einen alten Lappen als Dichtung zwischen der Flasche und der trichterförmigen Öffnung um den Flaschenhals.

Der Motor war jetzt startbereit. Es war schon spät, aber sie wollte unbedingt ausprobieren, ob er funktionierte.

Sie öffnete den Benzinhahn, trat vor die *Sparrow* und drehte langsam den Propeller. Einmal, zweimal, dreimal ganz herum, damit der Motor Gelegenheit hatte, sich mit Treibstoff zu füllen. Dann eine weitere, diesmal kräftige Umdrehung …

Es rauschte, es gluckerte, und dann, mit einem stotternden Knattern, erwachte der Motor zum Leben.

Joanna jubelte auf.

Wie eine Horde wildgewordener, sich bekämpfender Katzen hörte sich der Motor an, fauchend und zischend. Der ganze Schuppen schien zu beben, vermutlich konnte man den Lärm bis weit über die Bucht hören. Das Flugzeug zitterte und wackelte. Die Vibrationen lösten allmählich die Schrauben. Dann riss mit einem lauten Knall ein Draht zwischen den Streben, die alles zusammenhielten.

Nein, das war zu riskant.

Mit einem Seufzer des Bedauerns schaltete Joanna die Zündung aus. Der Propeller drehte langsamer, der Motor tuckerte leiser, bis er ganz erstarb.

Joanna durchströmte ein tiefes Glücksgefühl. Der Motor hatte bewiesen, dass er funktionierte. Jetzt musste sie nur noch auf den Benzintank mit dem dazugehörigen Schlauch warten, dann würde sie endlich zu ihrem ersten Flug aufbrechen können.

6.

JOANNA

Sheridan House, August 1910

Im August, kurz nach Joannas zwanzigstem Geburtstag, wurden der Tank und die fehlenden Schläuche für die *Sparrow* geliefert. Joanna baute alles ein, aber dann regnete es lange Zeit, sodass bei den durchweichten Wiesen an einen Start natürlich nicht zu denken war.

Endlich, an einem Sonntag Ende August, stimmten die Bedingungen. Es hatte zu regnen aufgehört, und die Wiese vor dem Schuppen war genügend getrocknet, um einen guten Start- und Landeplatz zu bieten. Und Aidan hatte Zeit, um ihr zu helfen.

Die *Sparrow* war erstaunlich leicht zu bewegen. Aidan und Joanna hatten beide Türen der Hütte geöffnet und das Flugzeug so vorsichtig wie möglich herausgerollt. Die *Sparrow* hatte zwei Räder, die von Joannas altem Fahrrad stammten. Auch den Fahrradlenker hatten sie verwendet – er würde das Flugzeug steuern.

Die Wiese neben dem Schuppen war für einen ersten Start gut geeignet – sie musste nur darauf achten, frühzeitig abzuheben, um nicht im Wasser der Bantry Bay zu landen. In der anderen Richtung begann ein kleines Wäldchen, und dahinter erhob sich die niedrige Gebirgskette der Shehy Mountains.

Die Geschwister drehten die Nase der *Sparrow* in Richtung Wasser, dann lag die leuchtend grüne Wiese vor ihnen.

Joanna kletterte auf den einfachen Pilotensitz aus Segeltuch, der ähnlich wie eine Hängematte geformt war, und griff nach dem Lenker.

»Und du bist wirklich sicher, dass du das tun willst?«, fragte Aidan.

Joanna nickte. »Natürlich. Dafür habe ich sie doch gebaut.«

»Nun denn. Bereit?«

Sie hob den Daumen und nickte, aufgeregt und voller Vorfreude.

Sofort öffnete sie den Benzinhahn, und Aidan drehte den Propeller, bis der Motor mit lautem Schnarren ansprang.

Als das Flugzeug sich langsam in Bewegung setzte, ging Aidan zur Seite. Die *Sparrow* rollte los, anfangs nur gemächlich, dann immer schneller. Sie holperte über die Wiese wie über eine extrem löchrige Straße, und Joanna befürchtete, dass die Maschine womöglich unter ihr auseinanderbrechen würde. Immer näher kam das blaue Wasser der Bantry Bay. Joanna zog den Fahrradlenker zu sich. Das Flugzeug machte einen kleinen Hüpfer und setzte sofort wieder auf. Joanna zog erneut am Lenker, und diesmal, zu ihrer unbeschreiblichen Freude, spürte sie, wie die *Sparrow* sich mit beiden Rädern vom Boden löste und nach oben stieg.

Sie flog! Sie flog wirklich und tatsächlich!

Nicht sonderlich hoch, nur ungefähr zehn Fuß über dem Boden, aber das allein war schon unglaublich. Sie bewegte den Lenker und steuerte die *Sparrow* in einer sanften Kurve zurück, wo sie Aidan stehen sah. Kurz wagte sie es, eine Hand vom Lenker zu nehmen und ihm zuzuwinken, und er winkte zurück.

»Ich fliege!«, rief sie ihm begeistert zu.

Sie landete auf der Wiese, holpernd, aber sicher. Noch bevor ihr Bruder sie erreicht hatte, war sie ausgestiegen.

»Ist es wirklich wahr?«, fragte sie lachend. Dann rannte sie dorthin zurück, von wo sie gestartet war. Aidan folgte ihr.

»Was tust du?«

»Ich will es sehen. Ich will sehen, dass ich wirklich in der Luft war.«

»Das warst du, Jojo. Das kann ich bezeugen.«

Sie verfolgte die beiden parallelen Spuren, die die Räder der *Sparrow* im Gras hinterlassen hatten – und die dann aufhörten, genau dort, wo sie abgehoben hatte.

»Ich will das noch mal machen«, sagte sie und eilte zurück zu ihrem Flugzeug.

»Jojo, warte!« Aidan hielt angestrengt mit ihr Schritt. »Meinst du nicht, es reicht fürs erste Mal? Die *Sparrow* hat doch bewiesen, dass sie fliegt. Vielleicht sollten wir es für heute lieber dabei belassen.«

»Erst, wenn ich noch mal geflogen bin!«

Sie stieg wieder in ihr Flugzeug, wartete darauf, dass Aidan den Propeller drehte, und startete erneut. Gleich darauf war sie schon wieder in der Luft.

Diesmal zog sie die *Sparrow* ein wenig höher, bis auf dreißig Fuß, schätzte sie. Sie flog eine Kurve und kreiste über der Wiese.

Der Wind wehte ihr ins Gesicht und ließ ihre Augen tränen. Einige Strähnen hatten sich aus ihrem Kopftuch gelöst und flatterten wild und ungebunden umher. Sie musste sich unbedingt eine Fliegerkappe besorgen. Und eine Pilotenbrille wäre vielleicht auch nicht falsch.

Fliegen war wunderbar! Leicht wie ein Vogel glitt sie dahin, genau, wie sie es sich immer vorgestellt hatte. Sie würde sich einfügen in die Reihe wagemutiger Flieger, die den Himmel eroberten – Blériot, Farman, Latham …

Der Motor lief irgendwie unrund, seine Vibrationen ließen das gesamte Flugzeug erbeben. Und jetzt machte er auch noch ein komisches Geräusch, ein ratterndes Keuchen, das sich gar nicht gut anhörte.

Joanna versuchte, die Benzinzufuhr zu regulieren, aber das machte es nur noch schlimmer.

Sie spürte, wie ihr am ganzen Körper der Schweiß ausbrach, ihr Herz raste. Fiel jetzt etwa der Motor aus? In dieser Höhe?

»Nein, nein, nein«, murmelte sie wie ein Gebet vor sich hin.

Abermals betätigte sie den Benzinhebel, dann den Zündschalter – nichts.

War der Motor womöglich zu heiß geworden? Das war auch Monsieur Blériot bei seinem Flug über den Ärmelkanal passiert, aber erst, nachdem er schon fast am Ziel gewesen war. Und sie war doch erst ganz kurze Zeit in der Luft!

Sie vernahm ein lautes Klappern und dann nichts mehr. Das Flugzeug begann an Höhe zu verlieren.

Unter ihr rief Aidan etwas. Durch das laute Motorgeräusch konnte sie ihn kaum verstehen, aber es hörte sich an wie: »Nach oben ziehen! Zieh es nach oben!«

»Das versuch ich ja!«, schrie sie zurück.

Verzweifelt bemühte sie sich, das Flugzeug wieder unter Kontrolle zu bekommen – oh Himmel, es ging viel zu schnell abwärts!

Immer wieder zog sie den Lenker zu sich, aber das Flugzeug reagierte nicht. Es sackte weiter ab, dann kam es hart auf dem Boden auf und überschlug sich. Joanna schrie auf, als ein heftiger Schmerz ihr rechtes Bein durchfuhr und sie mit dem Kopf gegen etwas Hartes prallte.

*

»Jojo! Joanna!«

Entsetzt beobachtete Aidan, wie das kleine Flugzeug mit seiner Schwester an Bord immer schneller absank und schließlich aus zehn bis zwölf Fuß Höhe wie ein Stein zu Boden fiel.

Er rannte dorthin, wo die *Sparrow* mit zerbrochenen Flügeln und eingeknicktem Fahrwerk wie ein toter Vogel auf dem Rücken lag. Joanna war bei dem Aufprall herausgeschleudert worden, ihre Augen waren geschlossen, Blut lief ihr über das erschreckend blasse Gesicht.

»Oh Gott, Joanna!« Hastig fühlte er am Hals nach ihrem Puls – und atmete auf, als er es dort kräftig pochen spürte. Sie war nur ohnmächtig.

Als er sie leicht rüttelte, schlug sie die Augen auf.

»Verdammter Mist!«, waren ihre ersten Worte.

Aidan stieß einen Seufzer der Erleichterung aus. Wenn sie schon wieder fluchen konnte, war alles halb so schlimm.

Sie setzte sich auf, ihr Blick ging zu ihrem zerstörten

Flugzeug. »Oh nein!« Und dann, nach einem tiefen Durchatmen: »Aber das kann man alles reparieren. Ich muss beim nächsten Mal unbedingt darauf achten, dass der Motor nicht überhitzt.«

Aidan sah sie an, als wäre sie geistesgestört. »Du willst weitermachen?«

»Natürlich. Von so einem kleinen Rückschlag lasse ich mich doch nicht aufhalten.«

Als sie aufstehen wollte, schrie sie leise auf.

»Was ist?«

»Mein Bein.« Sie ließ sich mit schmerzverzerrtem Gesicht zurücksinken. »Vermutlich habe ich mir da etwas verrenkt.«

»Lass mich mal schauen.«

Mit sichtbarem Widerwillen ließ Joanna es geschehen, dass er das weite Hosenbein ihres Overalls nach oben streifte und ihr Bein abtastete. Eine Stelle an ihrem Unterschenkel war geschwollen. Sie stöhnte auf, als er darauf drückte.

»Ich fürchte, das ist gebrochen«, sagte er.

»Blödsinn. Es ist nur verrenkt, das ist in ein paar Tagen wieder in Ordnung.«

»Studiere *ich* Medizin, oder bist du neuerdings Ärztin?«

Joanna schwieg. Offenbar waren die Schmerzen doch stärker, als Aidan angenommen hatte.

»Wie auch immer, ich bringe dich jetzt erst mal nach Hause, damit Dad sich das ansehen kann.«

»Kannst du danach die *Sparrow* zurück in den Schuppen bringen?«

Er warf einen Blick auf den zerstörten Flieger. »Den Schrotthaufen?«

»Bitte!«

»Also gut, ich kümmere mich darum.«

Aidan sollte recht behalten: Joannas Bein war tatsächlich gebrochen. Eine Zeit lang war sich ihr Vater nicht sicher, ob es nicht besser wäre, es röntgen zu lassen. Dafür hätten sie nach Cork fahren müssen, denn Röntgengeräte gab es nur in den großen Städten. Vielleicht würde sogar eine Operation erforderlich sein.

Joanna wurde bei dieser Aussicht ganz blass.

»Nach Cork?«, murmelte sie. »Ins Krankenhaus?«

Aidan konnte die Furcht in ihren Augen sehen. Krankenhaus, das bedeutete, man war ein schwerer Fall. Und oft starben die Leute dort auch …

Aber nach eingehender Untersuchung befand Dr. Sheridan, dass es sich um einen relativ einfachen Bruch handelte, den er in seiner Praxis unter leichter Narkose einrichten konnte.

»Keine Angst, Joanna«, sagte er, »du bist in guten Händen.«

Sie nickte, aber Aidan sah ihr an, dass sie sich unwohl fühlte – auch wenn sie das nie zugeben würde.

Dr. Sheridan griff nach einer feinen Maske aus Drahtgeflecht, in das er ein paar Lagen Gaze klemmte, und legte sie Joanna über Mund und Nase. Als er die Gaze mit einem Tropfen Äther beträufelte, erfüllte der stechende, an Klebstoff erinnernde Geruch des Narkosemittels den Raum. Dad bevorzugte Äther, da er weniger schädlich als Chloroform war, allerdings war der Stoff leicht entflammbar, sodass man gut aufpassen musste, nichts Brennbares in der Nähe zu haben.

Es dauerte nicht lang, bis Joanna einschlief und ihr Körper erschlaffte.

Während sein Vater den Bruch richtete, kümmerte Aidan sich um die Narkose seiner Schwester. Immer wieder gab er einen einzelnen Tropfen Äther auf die Gaze, um sicherzustellen, dass Joanna schlief.

»Du kannst die Maske jetzt wegnehmen, Aidan«, sagte sein Vater schließlich.

Zu zweit legten sie dann aus mit feuchtem Gips getränkten Bandagen einen Verband um Joannas Bein, der schnell aushärtete.

Joanna regte sich und schlug die Augen auf.

»Wann fangt ihr denn an?«, fragte sie ein wenig vernuschelt.

Dad lächelte. »Das Schlimmste hast du bereits überstanden. Jetzt musst du nur noch Geduld haben.«

7.

JOANNA

Sheridan House, Anfang September 1910

Joanna langweilte sich. Seit zwölf endlos langen Tagen hütete sie nun schon das Bett. Bei einem Beinbruch wurde eine mehrwöchige Bettruhe empfohlen, bevor sie anfangen durfte, sich auf Krücken zu bewegen. Nur für den Toilettenbesuch und eine schnelle Wäsche war es ihr erlaubt, aufzustehen und mit Krücken ins Bad zu humpeln. Wenn sie sich nicht daran hielte, hatte Vater ihr klargemacht, würde sich die Genesung stark verzögern. Und dann würde sie noch viel länger warten müssen, um wieder an der *Sparrow* arbeiten zu können.

Mehrmals täglich kamen ihre Mutter oder eines von ihren Geschwistern zu ihr, brachten ihr das Essen und versorgten sie mit Lesestoff aus der hauseigenen Bibliothek. Zweimal war auch Onkel Elliot vorbeigekommen, hatte lange bei ihr gesessen und sie mit Anekdoten von seinen Reisen unterhalten. Manchmal, wenn er Zeit hatte, besuchte auch ihr Vater sie.

Sie las so gut wie alles, was man ihr brachte. Sogar *The Irish Society* von Mum, obwohl sie sich nicht wirklich etwas aus den neusten Nachrichten aus Modewelt und Gesellschaft machte. Interessanter war da schon das irische Monatsmagazin, das Joanna von ihrer Schwester Carol ausgeliehen bekam und in dem es um Frauenrechte und die politische Unabhängigkeit Irlands, aber auch um kulturelle Themen ging.

Und jeden Samstag fieberte sie dem Erscheinen der neuesten *Flight* entgegen. Seit der ersten Ausgabe im April hatte Joanna die Zeitschrift abonniert, die wöchentlich erschien und die ausschließlich Nachrichten über die Welt der Fliegerei und des Flugzeugbaus beinhaltete.

Dennoch fiel Joanna allmählich die Decke auf den Kopf. Man konnte ja nicht den ganzen Tag lesen. Und so war sie überrascht und erfreut, als ihr Vater am Sonntag kurz nach dem Mittagessen zu ihr kam. Sie legte die Blätter, an denen sie gearbeitet hatte, zur Seite.

»Was ist das?«, fragte er und deutete auf die Skizzen.

»Ein paar Entwürfe«, erklärte Joanna. »Für die *Sparrow*. Ich muss natürlich erst genauer schauen, was alles kaputt ist, aber ich denke, das lässt sich alles reparieren. Und der Motor war überhitzt. Beim nächsten Mal muss ich auf eine bessere Kühlung achten.«

Dr. Sheridan stieß einen tiefen Seufzer aus und setzte sich auf die Bettkante.

»Joanna, es wird Zeit, damit aufzuhören. Deine Mutter und ich haben uns diesen Unsinn lange genug angeschaut.«

»Das ist kein Unsinn, Dad. Die Fliegerei besteht aus zahlreichen Versuchen und leider auch Misserfolgen. So ist es schon vielen anderen Piloten ergangen. Auch Louis Blériot musste schon etliche Fehlschläge hinnehmen, und trotzdem hat er immer weitergemacht.«

»Das war kein einfacher Fehlschlag, Joanna, du bist abgestürzt. Das hätte auch ganz anders ausgehen können. Du hast Glück, noch am Leben zu sein!«

»Und deswegen, Dad«, sagte sie und legte viel Nachdruck in ihre Stimme, »möchte ich den Flugschein machen.«

»Du möchtest *was?*«

»Den Flugschein machen. Ich will offiziell fliegen lernen. Damit so was nicht mehr passiert. Hier, schau«, sie griff nach einer der älteren Ausgaben der *Flight* und schlug sie an einer markierten Seite auf. »In Frankreich hat eine Fliegerin namens Élise Deroche als erste Frau weltweit eine Prüfung zur Pilotin abgeschlossen und bestanden. Eine Frau! Und schon kurz danach hat sie bei einer Flugwoche in Ägypten den sechsten Platz belegt und in Russland den vierten. Ist das nicht unglaublich?«

Ihr Vater griff nach der Zeitschrift und überflog den Artikel.

»Hier steht auch noch«, sagte er dann, »dass Mademoiselle Deroche vor Kurzem schwer verunglückt ist, als sie in die Wirbelschleppe eines anderen Flugzeugs geriet.«

»Ich weiß, Dad. Aber das wird mir nicht passieren, da werde ich schon aufpassen. Und ich müsste für den Flugschein nicht einmal nach Frankreich. Sieh her.« Sie fischte nach der aktuellen Ausgabe der *Flight* und schlug die Seite mit den Anzeigen auf. »In der Nähe von London hat eine neue Flugschule aufgemacht. Einer der Leiter und Lehrer ist eine Frau. Daddy, eine Frau, die Fluglehrerin ist! Mrs Hilda Hewlett heißt sie.«

Ihr Vater schüttelte den Kopf. »Nein, Joanna. Es wird nicht mehr geflogen. Weder hier noch in England.«

»Wie bitte?«

»Du hast mich sehr genau verstanden. Anfangs habe ich das Ganze noch für ein schöne, wenn auch ungewöhnliche Freizeitbeschäftigung gehalten, aber jetzt ist endgültig Schluss damit. Es ist einfach zu gefährlich. Du wirst nicht mehr fliegen. Das ist mein letztes Wort.«

Er erhob sich und verließ das Zimmer. Joanna sah ihm fassungslos hinterher, während sich eine Mischung aus Enttäuschung und Verzweiflung in ihr aufbaute.

Kurz darauf klopfte es erneut. Joanna wischte sich die Tränen vom Gesicht und seufzte auf, als Honoria Sheridan, elegant wie immer, hereinkam. Nicht auch noch Mutter!

»Oh Joanna, was ist denn los? Tut dir etwas weh?«

»Dad erlaubt mir nicht, den Flugschein zu machen!«

»Ach Kind.« Ihre Mutter legte den Arm um sie, und Joanna lehnte den Kopf an ihre Schulter und erlaubte sich, noch ein wenig zu weinen.

»Dein Vater war viel zu nachsichtig mit dir. Diese ganze fixe Idee, sich ein Flugzeug zu bauen. Und dann auch noch damit zu fliegen!«

»Aber ich bin mit der *Sparrow* geflogen. Aidan hat es gesehen!«

»Und du bist abgestürzt. Ich bin so froh, dass dir nichts Schlimmeres passiert ist als ein gebrochenes Bein.«

Ihre Mutter strich ihr das Haar hinters Ohr, wie sie es zuletzt getan hatte, als Joanna noch ein Kind war. Die Geste fühlte sich vertraut und liebevoll an. »Wir wollen dir doch nichts Böses, Liebes.«

»Das weiß ich, Mum.« Joanna wischte sich die Tränen aus dem Gesicht.

»Du bist jetzt zwanzig Jahre alt«, sagte Honoria Sheridan. »Es wird ohnehin höchste Zeit, sich nach einem passenden Bewerber umzusehen.«

»Was denn für ein Bewerber?«

»Oh Joanna, manchmal stellst du dich wirklich dümmer, als du bist. Ein Heiratskandidat natürlich!«

»Ich will aber nicht heiraten. Jedenfalls *noch* nicht.«

Ihre Mutter lächelte milde. »Das sagst du nur, weil du den Richtigen noch nicht gefunden hast. Aber sei unbesorgt, ich kümmere mich darum.«

An diesem Nachmittag schien so gut wie jedes Familienmitglied entschlossen zu sein, Joanna zu besuchen. Kaum war Mutter gegangen, klopfte es erneut, und ihre beiden Schwestern erschienen. Carol trug ein Tablett, auf dem drei Tassen, Milch, Zucker und eine Kanne Tee standen, während Lavinia einen Teller mit Gebäck vor sich balancierte.

»Wir bringen dir Kuchen!«, verkündete die Achtjährige.

»Um dich ein bisschen aufzuheitern«, ergänzte Carol, während sie das Mitgebrachte auf dem kleinen Beistelltisch neben Joannas Bett aufbaute.

»Aufheiterung kann ich wirklich gut gebrauchen.« Joanna nahm sich ein Stück von dem Teekuchen mit Rosinen. Er schmeckte wunderbar, aber sie bemerkte es kaum.

»So schlimm?«, fragte Carol.

Joanna schnaubte. »Dad verbietet mir zu fliegen. Und Mum will mich schnellstmöglich verheiraten.«

Carol rührte in ihrer Teetasse. »Ehrlich gesagt, wundert mich das kein bisschen.«

»Du unterstützt das also?«

Carol hörte auf zu rühren und sah sie an. »Nein, Jo, das tue ich nicht. Meinst du, ich finde das erstrebenswert? Mir geht es doch genauso! Ich bin zwar erst siebzehn, aber Mutter liegt mir jetzt schon damit in den Ohren. Sie sagt, ›die Ehe gehört nun mal zur natürlichen Bestimmung der Frau‹.«

»Aber ich will keinen Ehemann. Ich will fliegen!«

»Weißt du was, Jo? In weniger als einem Jahr bist du einundzwanzig. Dann kann dir keiner mehr was vorschreiben oder verbieten. Vielleicht solltest du einfach versuchen, sie so lange hinzuhalten.«

Joanna stöhnte leise auf. Noch fast ein Jahr … Aber vielleicht hatte Carol ja tatsächlich recht, und das war der Weg, den sie gehen könnte.

Lavinia hatte ihrem Gespräch bislang stumm zugehört und sich dabei mit Kuchen vollgestopft. Jetzt wischte sie sich die Hände an einer Serviette ab und sah ihre Schwestern an.

»Was ist eigentlich eine Rebellin?«, fragte sie mit vollem Mund.

»Das ist jemand, der sich nicht an die herrschenden Regeln halten will«, sagte Joanna. »Jemand, der sich auflehnt gegen etwas, was er als nicht richtig empfindet. Warum willst du das wissen?«

»Weil Daddy dich so genannt hat. Und er hat auch gesagt, das liegt manchen in unserer Familie im Blut.«

Carol lächelte. »Da hat er recht. Erinnerst du dich an den gerahmten alten Kupferstich, der im Flur an der Wand hängt?«

Lavinia nickte. Auch Joanna kannte natürlich den alten

Stich. Er zeigte das wilde Durcheinander auf dem Vinegar Hill aus dem Jahr 1798.

»Das waren zum Beispiel Rebellen«, erklärte Carol ihrer jüngsten Schwester. »Sie haben sich vor mehr als hundert Jahren gegen die englische Herrschaft in Irland aufgelehnt. Dad behauptet, sein Urgroßvater sei einer ihrer Anführer gewesen.«

Lavinia bekam große Augen. »Wirklich?« Sie schluckte den letzten Bissen hinunter. Dann sagte sie im Brustton der Überzeugung: »Wenn ich groß bin, will ich auch eine Rebellin sein.«

8.

JOANNA

Sheridan House, November 1910

Aidan war seit einigen Wochen wieder zum Studium in Cork und würde wohl erst an Weihnachten nach Hause kommen. Joannas Bein war inzwischen geheilt. Wenn sie lange stand, tat es noch etwas weh, aber über kurz oder lang würde auch das besser werden.

Ihr Vater hatte seit ihrem Gespräch nicht mehr erwähnt, dass er ihr das Fliegen verbot, und Joanna hatte wohlweislich vermieden, dieses Thema anzusprechen. Aber natürlich hatte sie sich nicht zurückhalten lassen, ihre *Sparrow* im Schuppen zu besuchen.

Die Zerstörung war weniger schlimm, als sie befürchtet hatte. Das Fahrwerk war gebrochen, was sie jedoch mit etwas Zeit wieder in Ordnung bringen konnte. Auch der Propeller hatte Schaden genommen, aber das konnte sie ebenfalls reparieren. Aber bei den Tragflächen mussten dringend Verbesserungen her, und mit dem Motor musste sie sich gleichfalls etwas überlegen.

Auf Joannas Schreibtisch lag die neueste Ausgabe der *Flight*. Ein Artikel berichtete über einen jungen Flugzeugbauer und Piloten aus Rumänien. Der Mann namens Aurel

Vlaicu hatte vor wenigen Monaten sein erstes Motorflugzeug gebaut und mit Erfolg geflogen. Mitte Oktober hatte er dann in der Nähe von Bukarest ein paar Flüge vorgeführt – angeblich in Höhen von mehr als hundert Metern und über Strecken von einigen Kilometern. Und offenbar war er dabei so überzeugend gewesen, dass das rumänische Fliegerkorps ihm daraufhin sein Flugzeug abgekauft hatte.

Joanna war von dieser Nachricht ausgesprochen beeindruckt. Inzwischen war in der *Flight* immer mal wieder von weiteren Flugerfolgen zu lesen, aber dass das landeseigene Militär ein Flugzeug kaufte – das war neu. Dann musste es wirklich gut sein.

Vielleicht sollte sie sich an diesem Modell orientieren?

In dem Artikel war leider keine Zeichnung oder Bauanleitung des Flugzeugs zu sehen, nur eine vage Beschreibung. Aber wie sie aus der *Flight* wusste, war die Fliegergemeinschaft klein und unterstützte sich gegenseitig. Sie hatte zwar keine Adresse von Mr Vlaicu, aber dann würde sie eben einen Brief an die Zeitschrift schicken mit der Bitte, ihn an den rumänischen Flugzeugbauer weiterzuleiten. Vielleicht würde sie dem Schreiben außerdem noch eine Skizze ihrer *Sparrow* beifügen.

Sie holte ihr Briefset, öffnete das Tintenfass und füllte den Füllfederhalter behutsam mit Tinte. Kurz zögerte sie, weil sie nicht wusste, in welcher Sprache sie schreiben sollte. Ob Aurel Vlaicu überhaupt Englisch sprach?

Der Artikel über ihn war in einer englischsprachigen Zeitschrift erschienen. War es da nicht anzunehmen, dass er Englisch sprach? Und um sicherzugehen, würde sie einfach auch noch in Französisch schreiben.

Im Winter war es zu kalt, um an der *Sparrow* zu arbeiten. Weil sie ihre Eltern nicht weiter verärgern wollte, fügte Joanna sich deren Wünschen und traf sich mit mehreren potenziellen Heiratskandidaten zum Tee. Wenn sie die Gäste bei sich empfing, dann waren beide Eltern Sheridan anwesend. Sofern sie selbst eine Einladung erhalten hatte, gingen nur Joanna und ihre Mutter.

Joanna bemühte sich, sich zugänglich zu zeigen, aber die zumeist belanglosen Themen, über die man auf diesen Zusammenkünften sprach, interessierten sie kein bisschen. Sie wollte nicht über Kinder oder Gartenpflege oder irgendwelche gesellschaftlichen Ereignisse reden, sondern über wichtigere Sachen wie die neuesten wissenschaftlichen Entdeckungen oder die Konstruktion eines Flugzeugs. Aber sobald sie das einem möglichen Bräutigam in spe gegenüber erwähnte, war die Antwort fast schon vorhersehbar: »Und was sagt Ihre Familie dazu?«, nur übertroffen von: »Finden Sie das eine angebrachte Tätigkeit für eine junge Frau aus gutem Hause?«

Spätestens dann war auch Joannas letztes, ohnehin nur schwach ausgeprägtes Interesse erloschen. Einer der jungen Herren verstieg sich sogar zu der Äußerung, dass Fliegen unnatürlich und sehr gefährlich sei. »Und vor allem für Frauen«, setzte er noch hinzu.

Der einzige Höhepunkt in diesem ansonsten ereignisarmen Winter war der Brief, der sie im Januar aus Rumänien erreichte. Eine Antwort von Aurel Vlaicu!

Aufgeregt öffnete sie das Schreiben und überflog die Antwort – in fehlerfreiem Englisch, wie sie erfreut feststellte.

Aurel Vlaicu, las sie da, sei ein viel beschäftigter Mann,

aber er habe sich sehr über ihren Brief und ihr Interesse gefreut und werde ihr gern helfen. Momentan sei er in Bukarest mit dem Bau einer weiterentwickelten Version seines ersten Flugzeugs beschäftigt, der *Vlaicu II.* Dem Brief beigefügt waren einige Konstruktionsskizzen mit Vorschlägen zu aerodynamischen Verbesserungen der *Sparrow.*

Unterzeichnet war der Brief mit »*D. M.*«, was Joanna ein wenig verwirrte, schließlich war das Kürzel für Mr Vlaicu A. V. Aber sie konnte kein Rumänisch, und vielleicht handelte es sich bei D. M. ja um einen Titel oder eine Grußformel. Oder er hatte den Brief diktiert, und das waren die Initialen seines Sekretärs.

Joanna war atemlos vor Freude, als sie die Zeichnungen studierte, die ein annähernd pfeilförmiges Flugzeug mit gleich zwei koaxialen Propellern sowie einem gefederten Landefahrwerk mit Bremsen zeigten. Sofort begann sie, eine neue Skizze der *Sparrow* anzufertigen, in der sie einige kleinere, von Vlaicu inspirierte Änderungen einfügte.

Sobald es wieder etwas wärmer wurde, baute Joanna weiter an ihrem Flugzeug, dessen Design sie nach Vlaicus Vorschlägen verbessert hatte. Sie hatte sich etwas Geld von Onkel Elliot geliehen und erneuerte nun die zerbrochenen Flügel und das Fahrgestell.

Im April 1911 fand in ganz Irland eine Volkszählung statt. Überall waren staatliche Beauftragte im Einsatz, die gewissenhaft die Anzahl der Bewohner, ihr Alter, ihre Berufe und weitere Angaben wie Familienstand und Wohnsituation in die Zensusformulare eintrugen. Sogar die beiden Dienstboten der Sheridans wurden aufgelistet.

Während ihr Vater über die verlorene Zeit schimpfte, konnte Joanna sich lebhaft vorstellen, wie jemand in vielen Jahrzehnten, wenn sie längst nicht mehr existierte, diese Dokumente studieren und einen Einblick in das Leben der Menschen in diesem Haus gewinnen würde. Ein Gedanke, der sie faszinierte.

Die Volkszählung war nicht die einzige Veränderung. In der Umgebung herrschte Hochbetrieb, ständig fuhren Automobile oder Pferdekutschen vor und hielten am Ufer der Bucht. Von ihrem Fenster aus konnte Joanna die vielen kleinen Boote beobachten, die an- und ablegten, um Arbeiter, Baustoffe und Werkzeuge zu transportieren.

Vor Kurzem hatte ein Geschäftsmann aus Belfast die kleine Insel in der Bantry Bay gekauft, die in Sichtweite von Glengarriff lag. Garinish Island war kaum mehr als ein karger, mit Stechginster und Heidekraut bedeckter Felsen. Aber Mr Bryce wollte für sich und seine Familie aus dem unwirtlichen Stück Land ein kleines privates Gartenparadies schaffen. Dafür hatte er sich extra einen renommierten englischen Gartenbauer geholt, der sich um alles kümmerte. Seitdem waren viele Dutzende Arbeiter damit beschäftigt, Erde vom Festland auf die Insel zu bringen, Felsen zu sprengen, Bäume zu pflanzen und Wege anzulegen.

Was vor allem Joannas Mutter entzückte, war die Tatsache, dass die Bryces zwei Töchter und einen Sohn im heiratsfähigen Alter hatten. Natürlich bemühte Honoria Sheridan sich bald um eine Einladung der neuen Nachbarn, was sich aber als schwierig erwies, da die Bryces sich meist in London aufhielten.

»Möchten Sie noch etwas Tee, Mr Bryce?« Unter den gestrengen Blicken ihrer Mutter versuchte Joanna, eine gute Gastgeberin zu sein.

»Sehr gern, Miss Sheridan.« Roland Bryce, mit einundzwanzig ein Jahr älter als Joanna, schob ihr seine Tasse hin.

Ende Juni, nach Beginn der langen Ferien, war es Honoria Sheridan endlich gelungen, die gesamte Familie Bryce zum Tee einzuladen. Neben Roland waren auch seine Eltern und seine beiden Schwestern anwesend. Jetzt saßen alle gemeinsam im Salon, umgeben von einem Hauch gespannter Erwartung und einer gewissen Steifheit. Die Teetassen klirrten leise, während sie alle höfliche Floskeln austauschten.

»Es ist wirklich schön, Sie alle hier zu haben«, bemerkte Joanna, während sie den Tee einschenkte. »Was sagen Sie zu unserem Garten, Mrs Bryce?«

»Oh, er ist einfach bezaubernd«, antwortete diese mit einem anerkennenden Nicken. »So gepflegt und farbenfroh.«

»Wie gefällt es Ihnen hier im Westen Irlands, Miss Bryce?«, fragte Joanna, um weitere Konversation bemüht. »Ist es Ihnen nicht zu entlegen?«

Marjery, im gleichen Alter wie Joanna, lächelte. »Aber nein, es ist wirklich wunderbar hier. Ganz anders als in London. Die Stille und die unberührte Natur sind wie Balsam für die Seele. Es gibt so viel zu entdecken und zu genießen.«

»Ja, das kann ich mir gut vorstellen«, stimmte Joanna zu. »Es muss eine ganz andere Welt sein als das hektische Treiben einer Großstadt.«

»Und wofür schlägt Ihr Herz, Miss Sheridan?«, fragte Roland Bryce jetzt ein wenig gestelzt. Er war groß und schlaksig und hatte rote Haare mit dichten Augenbrauen über seiner Brille. Leider fand Joanna ihn nicht im Geringsten attraktiv. »Sticken Sie, wie Ihre geschätzte Frau Mutter?«

Gott bewahre, hätte Joanna fast ausgerufen. Stattdessen schüttelte sie nur sittsam lächelnd den Kopf. Sollte sie sich etwas aus den Fingern saugen und irgendetwas Belangloses erzählen? Nein, das kam gar nicht infrage.

»Sticken? Nein, das liegt mir nicht«, erklärte sie. »Ich interessiere mich fürs Fliegen.«

»Ah, der Vogelflug. Ja, das ist ein faszinierendes Thema.«

»Nein, keine Vögel. Ich baue ein Flugzeug«, erklärte Joanna. »Und ich habe vor, damit zu fliegen.«

Dass sie das bereits einmal getan hatte, unterschlug sie geflissentlich. Sie hatte keine Lust, über ihre Bruchlandung zu reden.

»Nun, das ist doch sicher metaphorisch gemeint«, gab Roland ein wenig unsicher zurück.

Joannas Mutter lachte ein wenig gekünstelt auf. »Natürlich ist es das, nicht wahr, Liebes?« Sie blickte Joanna mit Nachdruck an.

»Ja«, lenkte diese ein – zumindest für den Moment. »Das ist es. Zuweilen studiere ich tatsächlich den Flug der Vögel.« Das war zumindest nicht gelogen.

Man tauschte sich noch ein wenig über dieses Thema aus, wobei Roland einige weitere Betrachtungen beisteuerte. Als auch die nächste Tasse Tee geleert war, stockte die Unterhaltung erneut. Roland schlug Joanna vor, ein wenig draußen spazieren zu gehen, und sie stimmte mit wenig Begeisterung zu.

Er bot ihr seinen Arm, und sie hakte sich bei ihm unter,

während sie langsam durch den Garten spazierten. Eine Weile gingen sie so durch die farbenfrohe, üppig blühende Natur, bis Roland schließlich stehen blieb.

»Miss Sheridan«, sagte er, »ich will ganz offen zu Ihnen sein. Meine Eltern hätten gern, dass ich mich demnächst verlobe.«

Ach, dachte Joanna, dir geht es also auch nicht anders als mir.

»Aber?«, fragte sie, als er nicht weitersprach.

»Es liegt nicht an Ihnen. Ich … ich finde Sie wirklich ganz bezaubernd, aber …«, er schaute sich flüchtig um, ob auch niemand in der Nähe war, und fuhr dann etwas leiser fort. »Es ist nur – ich finde es einfach zu früh, mich jetzt schon zu binden. Ich bin noch nicht einmal mit meinem Studium fertig. Und danach werde ich wohl in die Fußstapfen meines Vaters treten und in den diplomatischen Dienst gehen. Ich weiß nicht, ob ich schon bereit für eine Ehe bin. Ich würde damit einfach gern noch etwas warten.«

Joanna lachte auf. Sofort war ihr der gute Roland um etliches sympathischer geworden. »Das geht mir ganz genauso«, gab sie ebenso leise zurück. »Meine Eltern wollen auch nichts lieber, als mich so schnell wie möglich zu verheiraten. Und auch ich habe es damit nicht eilig.«

Die Erleichterung, am gleichen Strang zu ziehen, ließ sie zusammen schnell einen Plan fassen: Sie würden das Spiel vorerst mitspielen, aber keine Verlobungspläne äußern. So, hofften beide, konnten sie ihre Eltern hinhalten.

Ab diesem Zeitpunkt verlief der Nachmittag auch für Joanna sehr entspannt. Sie unterhielt sich mit Roland über sein Studium und mit seiner ältesten Schwester Marjery über deren Interesse an der Frauenbewegung, und als man sich am frühen Abend voneinander verabschiedete, war sie bester Laune.

»Mir scheint«, sagte ihre Mutter, kaum dass die Gäste gegangen waren, »du hast dich recht gut mit dem jungen Bryce verstanden.«

Joanna lächelte. »Oh ja, das habe ich.«

Joanna ließ sich schwer atmend auf die hölzerne Bank sinken, den Tennisschläger noch in der Hand.

»Ich kann nicht mehr«, sagte sie lachend und strich sich das feuchte Haar aus dem erhitzten Gesicht.

Ihre anderen drei Mitspieler nahmen neben ihr Platz. Eine Angestellte reichte Erfrischungen, und durstig tranken sie die kühle Limonade.

Es war ein warmer Augustnachmittag, und sie waren auf Garinish Island. Gerade hatten sie ein gemischtes Doppel gespielt – sie und Aidan gegen Marjery und Roland Bryce. Die Bryce-Geschwister hatten gewonnen, aber das denkbar knapp. Joanna hatte schon lange nicht mehr so viel Spaß gehabt.

Mr Annan Bryce, das Familienoberhaupt, hatte die Sheridans eingeladen, um den frisch fertiggestellten Tennisplatz einzuweihen. Das hatten sich die Sheridans nicht zweimal sagen lassen. Joanna liebte Tennis, genau wie ihre Geschwister.

Die beiden Elternpaare hatten es sich im Schatten auf weiteren Bänken gemütlich gemacht. Neben ihnen saßen der berühmte Gartenarchitekt Harold Peto, der mit der Neugestaltung der Insel beauftragt war, sowie Onkel Elliot, der mit seiner farbenfrohen Weste zwischen den dezent gekleideten Herren ziemlich herausstach.

Marjery Bryce, ein Jahr jünger als ihr Bruder Roland, stellte ihr Glas zurück und griff nach einer großen schwarzen Faltkamera. »Ich denke«, sagte sie, »ich sollte ein paar Bilder machen.«

Während sie die Kamera für eine Fotografie aufstellte, holte Roland eine Zeitung aus einer neben ihm liegenden Tasche.

»Habt ihr eigentlich von Marjerys großem Auftritt in London gehört?«

Der Artikel war vom Juni und zeigte eine große schwarz-weiße Aufnahme, auf der Marjery Bryce, verkleidet als Jeanne d'Arc, hoch zu Pferd zu sehen war. Sie führte eine riesige Menge von Frauen an, die das Frauenwahlrecht forderten. Rund vierzigtausend Menschen, hieß es in dem Artikel, waren von der Westminster Abbey zur Albert Hall gelaufen.

»Und unsere Tiny war auch dabei, seht ihr, hier.« Er deutete auf die als Knappe verkleidete junge Frau, seine jüngere Schwester, die Marjerys Pferd führte.

»Deine Eltern müssen sehr stolz auf dich sein, Marjery«, sagte Carol voller Bewunderung.

Die Angesprochene blickte kurz hinter der Kamera auf. »Leider nur zum Teil. Mutter steht fest hinter mir, sie unterstützt unsere Sache und befürwortet das Wahlrecht für Frauen. Aber Vater ist entschieden dagegen.« Sie verschwand wieder hinter dem dunklen Tuch, das die Kamera abdunkelte. »Und nun schaut bitte jeder mal in meine Richtung.«

Als im Verlauf des Tages alle bei erfrischender Zitronenlimonade und Gurkensandwiches zusammensaßen und auf Mr Bryces Wohl angestoßen hatten, erhob sich Dr. Sheridan und bat um Ruhe. Er bedankte sich für die Einladung, freute sich auf die gute Nachbarschaft – und sagte dann, er habe noch etwas zu verkünden.

»In wenigen Tagen«, sagte er feierlich, an die versammelte kleine Gesellschaft gewandt, »wird meine älteste Tochter Joanna einundzwanzig und damit volljährig. Eigentlich ist es noch etwas zu früh dafür. Aber da die Bryces einen nicht unerheblichen Anteil daran haben, möchte ich ihr mein Geschenk schon heute überreichen.«

Er übergab ihr ein kleines Päckchen, das Joanna erstaunt und ein wenig verlegen in Empfang nahm.

»Danke«, murmelte sie. Hätte Vater damit nicht noch die paar Tage warten können? Aber manchmal brauchte er offenbar die große Bühne. Und was hatten die Bryces damit zu tun?

»Zuerst dachte ich daran«, sagte ihr Vater, »dir einen Ford Modell T zu schenken. Aber dann war ich mir nicht mehr sicher, ob das wirklich das Richtige für dich sein würde.«

Joanna erinnerte sich. Vor einigen Wochen hatte ihr Vater sie gefragt, was sie glücklich machen würde.

»Das weißt du doch, Dad«, hatte sie geantwortet. »Ich bin glücklich, wenn ich fliegen kann.«

»Pack es aus!«, forderte Dr. Sheridan sie jetzt auf.

Alle Augen waren auf Joanna gerichtet, als sie den mit einer großen roten Schleife verzierten Karton öffnete. Sie stieß einen überraschten Ton aus: In dem Karton lag eine nagelneue Pilotenbrille.

»Was … bedeutet das?« Sie wagte kaum zu fragen.

»Das, liebe Joanna«, sagte ihr Vater lächelnd, »bedeutet, dass ich dir deinen sehnlichsten Wunsch erfülle. Demnächst kannst du deinen Flugschein machen. In Brooklands bei London, in der Flugschule von Mrs Hewlett.«

Joanna stieß einen Freudenschrei aus – und fing sofort einen missbilligenden Blick ihrer Mutter auf. Es war ihr egal. Der Flugschein! Sie durfte fliegen lernen!

»Oh Daddy, das ist … einfach nur wunderbar! Ich danke dir!« Sie sprang auf und umarmte ihn.

»Moment, Moment«, wehrte ihr Vater lachend ab. »Auch dein Onkel Elliot hat ein gutes Wort für dich eingelegt. Er meinte, mit deinem Dickkopf würdest du auf jeden Fall immer wieder fliegen, ob nun mit oder ohne Ausbildung. Aber mit sei es für alle besser.«

Sie drehte sich freudestrahlend zu Onkel Elliot um, der ihr zuzwinkerte.

»Allerdings«, erklärte ihr Vater, »sind zwei Bedingungen daran geknüpft.«

»Ja?«

»Erstens: Du wirst nicht allein fliegen lernen, sondern dein Bruder Aidan wird ebenfalls teilnehmen.«

Aidan grinste sie breit an. Sie boxte ihn spielerisch auf den Arm. »Du wusstest es? Warum hast du mir nichts davon gesagt?«

»Dann wäre es ja keine Überraschung mehr gewesen.«

»Zweitens«, fuhr ihr Vater fort, »ihr beide werdet nicht irgendwo wohnen, sondern bei Freunden unserer lieben Familie Bryce in Weybridge.«

»Das ist … wirklich ausgesprochen großzügig!«, brachte Joanna heraus, an Mr Bryce gerichtet. »Vielen Dank!«

Ihr Vater sah sie an. »Sind das annehmbare Bedingungen?«

Joanna strahlte. »Ja, ja und nochmals ja!«

Sie war ihrem Traum vom Fliegen endlich einen großen Schritt nähergekommen.

9.

SARAH

Flughafen Cork, Ende März

Über Sarah brummte es leise. Sie legte den Kopf in den Nacken und sah über sich ein kleines einmotoriges Flugzeug, vermutlich eine Cessna. Für ein paar Augenblicke folgte ihr Blick der eben gestarteten Maschine. Dann schulterte sie ihre Reisetasche und ging in die Ankunftshalle.

Helen wartete schon in der Nähe der Autovermietung, wo sie sich treffen wollten. Sie hatte einen großen Rollkoffer bei sich und winkte.

Für Sarah war es immer noch seltsam zu wissen, dass Helen ihre Großmutter war. »Aber erwarte nicht von mir, dass ich dich Granny oder Oma nenne!«, hatte sie gesagt, als ihre gemeinsamen Pläne konkreter geworden waren.

Helen hatte gelacht. »Nein, keine Angst, das erwarte ich nicht von dir. Nenn mich einfach weiterhin Helen, das passt schon.«

»Sarah, ich freue mich ja so!«, sagte sie jetzt, und ihre Augen strahlten. »Aber du siehst ja ganz verändert aus.«

Sarah zuckte mit den Schultern, aber insgeheim freute sie sich darüber, Helen ein wenig irritiert zu haben. »Gefällt es dir nicht?«

»Doch, doch, es ist nur – ganz anders als bisher. Aber es steht dir wirklich gut.«

»Das ist mein normaler Look, wenn ich nicht arbeiten muss.«

Sarah trug an diesem Tag eine schwarze Hose, eine Bluse in Burgunderrot und darüber eine schwarze, taillierte Jacke. Dazu Stiefeletten mit niedrigem Absatz. Auch auf ihr Make-up hatte sie heute Morgen mehr Zeit als sonst verwendet. Passend zu ihrem Kleidungsstil hatte sie ihre grünen Augen mit dunklem Eyeliner und rauchigem Lidschatten stark betont.

»Was hat deine Chefin zu deinen Urlaubsplänen gesagt?«, fragte Helen.

»Ich habe ihr erklärt, dass ich aus familiären Gründen eine Weile pausieren muss. Ist ja nicht mal gelogen.« Sarah verzog das Gesicht. »Sie war nicht sehr erfreut. Aber ich habe sowieso noch einige Überstunden abzufeiern. Und ganz ehrlich: Wenn ich mir nach unserer Tour einen neuen Job suchen muss, ist das vielleicht gar nicht mal so falsch. Ich wollte schon lange dort weg.«

Sie hatten beschlossen, ihre Suche in Glengarriff zu starten, wo laut dem Zensus von 1911 die Familie Sheridan gelebt hatte. Dieser Trip wäre vermutlich auch mit einer Tagestour zu machen gewesen, aber Helen wollte gern ein paar Tage dort verbringen und hatte zwei Einzelzimmer in einem Hotel vor Ort gebucht.

Es hatte ein paar Tage gedauert, bis Sarah nachgegeben hatte. Aber dann hatte sie die Vorstellung, gemeinsam mit Helen eine kleine Reise zu unternehmen, immer mehr gereizt. Es war nicht nur das Geld, das Helen ihr zahlen würde. Es ging hier schließlich um ihre gemeinsamen Vorfahren, nach denen sie forschen würden; Sarah musste zugeben, dass auch sie neugierig darauf war.

Und dann war da noch Helen selbst. Sie mochte diese Frau, bei der es sich um ihre bislang unbekannte Großmutter handelte. Wenn sie ganz ehrlich war, dann freute sie sich sogar darauf, Zeit mit ihr zu verbringen. Sie hatte bislang so wenig Familienleben mitbekommen, da wäre es vielleicht schön, etwas davon nachzuholen. Und sei es auch nur, um ihren Vater zu ärgern.

»Bereit?«

»Natürlich.«

Da Sarah kein Auto besaß, hatte Helen vorgeschlagen, einen Leihwagen zu nehmen. Die nächste Anlaufstelle dafür war am Flughafen von Cork, wo es mehrere Leihwagenfirmen gab. Bereits am Vortag hatten sie ein Auto gebucht, sodass nur noch wenige Formalitäten zu klären waren.

Am Schalter der Autovermietung stand lediglich ein Kunde vor ihnen, hinter dem sie sich jetzt einreihten.

»Und, wer fährt?«, fragte Sarah.

»Du natürlich«, gab Helen zurück. »Ich traue mir den Linksverkehr, ehrlich gesagt, nicht zu. Und dann auch noch mit Gangschaltung …«

Sarah lächelte verstohlen. Genau das hatte sie von einer Amerikanerin erwartet.

»Also wollen wir keinen zweiten Fahrer eintragen lassen?«

Helen schüttelte den Kopf. »Du machst das schon.«

Sarah war da nicht ganz so zuversichtlich. Sie hatte zwar einen Führerschein, aber sie war schon länger nicht mehr gefahren.

Sarah war froh, als sie die viel befahrenen Straßen um den Flughafen hinter sich gelassen hatten und in Richtung Westen fuhren.

»Ich finde es sehr aufregend, diese kleine Reise mit dir machen zu können«, sagte Helen, während sie durch das Autofenster auf die vorbeiziehende Landschaft blickte.

»Dito.« Sarah grinste.

Sie hatten einen roten Nissan Micra als Leihwagen bekommen. Eine Weile fuhren sie auf einer schmalen Landstraße. Irgendwann ging es rechts ab in eine noch engere, fast einspurige Straße mit dichtem Heckenbewuchs auf beiden Seiten.

»Bist du sicher, dass wir hier richtig sind?«, fragte Helen.

Sarah warf einen Blick auf ihr am Armaturenbrett befestigtes Handy. »Das Navi sagt Ja. Möglich, dass es uns auf eine Abkürzung leitet. Das ist dann halt so.«

Helen holte scharf Luft, als ihnen ein Fahrzeug entgegenkam. Sarah lenkte den Nissan in eine Ausbuchtung an der Straße und ließ das andere Auto passieren.

Bald wechselten sie auf eine etwas breitere Straße, danach ging es weiter auf einer schmalen Landstraße. Es wurde immer ländlicher, die Küstennähe war spürbar – es roch schwach nach salziger Meeresluft. Helen war beeindruckt von der natürlichen, ursprünglichen Schönheit der Gegend. Jetzt, Ende März, war die Vegetation zwar noch nicht voll erblüht, aber der Golfstrom sorgte für ein mildes Klima und einen frühen Frühling.

»Du fährst gut«, sagte Helen nach einer Weile.

»Danke. Dabei ist es schon ziemlich lang her, dass ich gefahren bin. Das letzte Mal mit Elias' Auto.«

»Elias? Ist das dein Freund?«

»Das *war* mein Freund«, korrigierte Sarah sie.

»Stimmt, das hast du ja gesagt. Willst du darüber reden?«

»Da gibt es nicht viel zu reden.« Sarah zuckte mit den Schultern. »Kein großes Drama. Wir haben einfach gemerkt, dass wir nicht zusammenpassen. Anfangs hab ich noch an diesen blöden Spruch geglaubt: ›Ein Mann muss mich zum Lachen bringen.‹ Nun, das konnte er. Richtig gut sogar.« Sie seufzte leise. »Leider kam sonst aber nicht viel von ihm. Er lebte einfach in den Tag hinein, völlig unverbindlich, ohne irgendwelche Pläne oder Ambitionen. Eigentlich wollten wir zusammenziehen, aber er hat sich um nichts gekümmert. Meinte immer, wir hätten doch noch Zeit, und das sei ihm alles zu verpflichtend. Das war ich irgendwann leid. Und so habe ich dann die Reißleine gezogen und Schluss gemacht. Hat er irgendwie hingenommen. Jetzt hat er seine Freiheit wieder.«

Sie wies nach vorn, wo sich ein Kreisverkehr vor ihnen auftat. »Ich glaube, wir nähern uns unserem Ziel.«

Als sie durch den Kreisel fuhr, sah Helen sich nervös um. »Daran werde ich mich wohl nie gewöhnen.«

»Woran?«, fragte Sarah, während sie den Blinker setzte, um die Ausfahrt zu nehmen.

»Dass man bei euch linksherum in einen Kreisverkehr fährt.«

Kurz darauf holte Helen zum wiederholten Mal ihr Handy hervor und warf einen schnellen Blick darauf, bevor sie es wieder wegsteckte.

»Erwartest du eine Nachricht?«

Helen nickte. Und erklärte, bevor Sarah nachfragen

konnte: »Ich habe vor meiner Abreise aus Boston einen DNA-Test gemacht.«

»Einen DNA-Test? Etwa von dem verunglückten Piloten, von dem du glaubst, dass er dein Großvater ist?«

»Nein, nicht so einen. Einen ganz einfachen Speicheltest, wie man sie im Internet angeboten bekommt. Ich wollte einfach wissen, aus welchen Gegenden der Erde außer Irland meine Vorfahren noch kamen. Allerdings habe ich noch immer kein Ergebnis. Es hieß, es könne mehrere Wochen dauern. Und jetzt warte ich täglich darauf, dass sie sich melden.«

Sie fuhren über eine kleine Steinbrücke, im Hintergrund konnte man die Berge von Kerry erkennen. Und dann waren sie an der Bantry Bay, deren Wasser in der Sonne glitzerte, umrahmt von niedrigen Hügeln. Helen war begeistert.

»Ist das herrlich! Und alles so grün hier!«

»Ja, Irland nennt man nicht umsonst ›die grüne Insel‹.«

Kurz darauf erreichten sie Glengarriff. Der Ort war nicht groß – die meisten Häuser befanden sich entlang der Hauptstraße, aber die vielen Palmen verliehen ihm eine fast südliche Atmosphäre. Sarah lenkte den Wagen zu dem Hotel, wo Helen zwei Zimmer für sie reserviert hatte, und parkte davor.

Sarah war noch nie so luxuriös untergekommen. Als Helen davon gesprochen hatte, dass sie zwei Zimmer in einem Hotel für sie beide gebucht hätte, war Sarah davon ausgegangen, dass es sich um eine eher einfache Unterkunft handelte. Jetzt aber öffnete sich vor ihr ein Raum von beeindruckendem Komfort. Es gab nicht nur ein großes Bett mit

Flachbildfernseher und einen Wasserkocher mit einer kleinen Auswahl an Tee und löslichem Kaffee, sondern auch eine gemütliche Sitzecke mit Ausblick auf die umliegende Landschaft.

»Bist du sicher, dass wir hier richtig sind?«, fragte sie, als sie sich mit Helen am Abend in der Lobby traf. »Mein Zimmer sieht aus wie eine edle kleine Wohnung.«

Helen lachte. »Aber ja doch. Mach dir keine Sorgen – das macht mich schon nicht arm. Und das war es mir einfach wert.«

Beim Abendessen im hoteleigenen Restaurant fühlte Sarah sich etwas befangen, aber der Blick auf die Bucht war sehenswert.

Helen wählte eine Fischpastete mit Lachs und frischen Kräutern. Sarah mochte Fisch nicht besonders und entschied sich daher für eine herzhafte Gemüsepfanne mit Gnocchi und Basilikum-Pesto.

Als Helen ein paar Augenblicke versonnen aus dem Fenster sah, wusste Sarah plötzlich, an wen sie dabei denken musste.

»Gerade erinnerst du mich an Dad.«

»An Andrew? Wirklich?«, fragte Helen, sichtbar erfreut. »Wie geht es ihm? Ich habe schon so lange keinen Kontakt mehr mit ihm gehabt.«

»Ich habe vor Kurzem mit ihm telefoniert. Ich hab dir ja erzählt, dass er zurzeit in der Antarktis ist, auf einer Forschungsstation.«

Helen nickte anerkennend. »Er hat es weit gebracht.«

Sarah ging nicht darauf ein. Sie wollte nicht über ihren Vater reden.

»Seit wann wusstest du von mir? Also, dass es mich gibt?«, fragte sie stattdessen.

»Schon seit deiner Geburt. Ich wusste, dass Andrew und Oona ein Kind hatten, ein Mädchen namens Sarah. Meine Enkelin.« Helen warf ihr einen liebevollen Blick zu. »Ich habe dich damals sogar kennengelernt. Du warst gerade mal ein halbes Jahr alt. Deine Eltern waren damals mit dir in den USA, um uns ihre kleine Tochter vorzustellen, auf die sie so stolz waren.«

In Sarah stieg eine Mischung aus Neugier und Wehmut auf. »Dann kanntest du meine Mutter?«

»Aber ja doch. Oona O'Malley, deine Mutter, war eine ganz besondere Frau. Andrew hat sie sehr geliebt. Er hat nach der Heirat sogar ihren Nachnamen angenommen. So etwas wäre früher undenkbar gewesen.«

Sarah lächelte verlegen. »Ganz ehrlich – ich habe total vergessen, dass Dad früher anders hieß. Für mich war er immer nur Andrew O'Malley.«

Helen nickte. »Geboren ist er als Andrew Miller. Ich weiß noch, wie Blake – so hieß mein Mann, also dein Großvater – getobt hat, als er von der Namensänderung erfuhr.«

»War das der Grund, weshalb Dad und ihr euch so zerstritten habt?«

»Nein, das kam erst später.«

»Wann? Und warum?«

Helen seufzte. »Ach, wo soll ich da anfangen? Sicher trage ich auch eine Mitschuld, das will ich gar nicht leugnen. Aber vor allem war es Blake. Andrew und er hatten schon immer ein schwieriges Verhältnis zueinander. Und ihre Konflikte wurden mit der Zeit immer schlimmer.« Sie hielt kurz inne, bevor sie fortfuhr. »Und dann – dann ist dieser schreckliche Unfall passiert, bei dem deine Mutter ums Leben kam. Das hat alles verändert. Und als wäre das nicht schon schlimm genug, haben sich Andrew und Blake kurz darauf komplett überworfen.«

»Was ist passiert?«

»Die beiden hatten einen wirklich heftigen Streit. Es war kurz nach dem Tod deiner Mutter. Blake und ich waren der Meinung, dass Andrew sich nicht genug um dich kümmerte, obwohl er nach all diesen schrecklichen Ereignissen doch dein wichtigster Bezugspunkt war. Du warst damals gerade mal fünf Jahre alt, und Andrew war ständig abwesend. Er wollte dich in ein Internat geben, sobald du alt genug wärst.«

»Ja«, sagte Sarah leise, »das fand ich damals auch ziemlich doof.«

»Aber ich hätte verstehen müssen«, fuhr Helen fort, »wie schlimm das alles für ihn war. Er war vermutlich einfach komplett überfordert gewesen und nicht mehr in der Lage, sich angemessen um dich zu kümmern. Aber wie auch immer – mein Sohn ist ein genauso großer Dickkopf, wie sein Vater es war. Nach diesem Streit hat er den Kontakt zu uns endgültig abgebrochen.« Sie seufzte schwer, Traurigkeit lag in ihren Augen, als sie leise hinzufügte: »Es tut mir so leid, dass ich nicht erkannt habe, wie sehr auch Andrew gelitten haben muss. Vielleicht hätte ich besser auf ihn achten sollen. Aber die Vergangenheit können wir nicht ändern.«

»Aber warum hast du denn danach keinen Kontakt zu Dad aufgenommen?«

»Ja, warum nicht?« Helen hob die Schultern. »Vermutlich, weil ich Angst davor hatte, dass er mich wieder zurückstößt. Manchmal ist es eben zu spät für eine Versöhnung.« Sie blickte nachdenklich aus dem Fenster, als suche sie dort draußen nach einer Antwort. »Auch zwischen meinem Mann und mir stand es nicht mehr zum Besten. Blake war ein ziemlicher Despot, und ich habe mehrfach an Scheidung gedacht. Aber dazu kam es nicht mehr, denn er wurde sehr krank. Ich glaube, am Ende hat Blake es bereut, sich nicht mehr mit seinem Sohn, deinem Vater, ausgesöhnt zu haben. Aber da war es schon zu spät. Und dann ist er gestorben.«

»Tut mir sehr leid«, murmelte Sarah.

»Schon gut. Immerhin bekomme ich jetzt die Chance, einiges wiedergutzumachen.« Helen blickte auf, als der Kellner das Essen brachte. »So, und nun genug von diesen schweren Themen. Ich habe Hunger.«

10.

SARAH

Glengarriff, Ende März

Der Blue Pool bei Glengarriff machte seinem Namen keine Ehre. Jetzt, Ende März, war das Wasser im Hafenbecken nicht blau, sondern grau wie der Himmel an diesem Morgen. Sarah, die sich wieder etwas dezenter geschminkt hatte, wartete mit Helen und einigen anderen Touristen an der kleinen Anlegestelle auf die Ankunft der Fähre.

Sie hatten beschlossen, als Erstes Garinish Island zu besuchen, die berühmte Garteninsel in der Bantry Bay. Dort war vermutlich die Fotografie gemacht worden, die Helen von Aidan und den Tennisspielern hatte. Möglicherweise könnten sie dort etwas mehr zu ihrem Vorfahren herausfinden.

Die kleine Fähre namens *Harbour Queen* – in schickem Blau und Weiß gestrichen – legte an. Ein Mann ging an Land und vertäute das Boot, während der Fährmann, ein hagerer älterer Mann mit Schiffermütze, beim Einsteigen half, indem er jedem, der Hilfe benötigte, die Hand reichte.

Dann wurden die Leinen wieder gelöst, und es ging los, mit leisem Tuckern durch das ruhige Wasser hinein in die Weiten der Bantry Bay. Einige Passagiere zeigten entzückt auf die Robbenkolonie, an der sie vorbeifuhren. Zwei dicke Robben lagen faul auf den Felsen und wandten ihnen die Köpfe zu. Auch ein Adlerhorst, hoch auf einem Baum, zog das Interesse der Fahrgäste auf sich.

Der Bootsführer lenkte die Fähre mit einer Hand und unterhielt sich dabei mit dem jüngeren Mann, der beim Anlegen geholfen und sich jetzt an den Anfang der Bank gesetzt hatte. Sarah achtete allerdings weniger auf den Mann als vielmehr auf den Hund in seiner Begleitung, der neben ihm saß und aufmerksam die vorbeiziehende Landschaft beobachtete. Das Fell glänzte in verschiedenen Schattierungen von Schwarz und hellem Braun, und sein Kopf mit den aufrechtstehenden Ohren erinnerte ein wenig an einen Fuchs.

Sie hielt dem Hund ihre Hand hin, damit er daran schnüffeln konnte, woraufhin das Tier wie wild mit dem Schwanz zu wedeln begann und näher zu Sarah rückte.

»Cooper, nein!« Der Hundehalter zog den Vierbeiner leicht zurück.

»Lassen Sie ihn doch«, bat Sarah. »Ich mag Hunde.«

Während sie den Hund hinter den Ohren kraulte, warf sie einen flüchtigen Blick auf den dazugehörigen Mann, der sich jetzt wieder mit dem Bootsführer unterhielt. Ein ziemlich attraktiver Naturbursche mit dunkelblondem Fünftagebart, der seinem Erscheinungsbild eine gewisse Lässigkeit verlieh.

Nach einer kurzen Bootsfahrt legte die *Harbour Queen* an einem schmalen Kai an. Der Bootsführer und sein jüngerer Begleiter halfen den Passagieren von Bord, dann tuckerte die Fähre auch schon wieder davon.

»So ein hübscher Hund«, sagte Sarah sehnsüchtig.

»Sein Herrchen war aber auch recht ansehnlich«, bemerkte Helen.

»Ach ja?«, gab Sarah überrascht zurück. »Ich hätte nicht gedacht, dass du Augen für so was hast.«

»Na hör mal, ich bin vielleicht nicht mehr die Jüngste, aber noch nicht vollkommen verkalkt. Und jetzt komm, lass uns die Insel erkunden.«

Der Besuch auf Garinish Island lohnte sich zumindest in touristischer Hinsicht. Es gab einen ummauerten Garten mit Beeten voller früh blühenden, farbenfrohen Blumen, einen hohen Glockenturm und einen wunderschönen kleinen Italian Garden mit einem rechteckigen Wasserbecken und einem Teehaus.

Die beeindruckenden botanischen Gärten waren in den 1910er-Jahren entstanden. Das einzigartige Klima der Region und der Einfluss des renommierten Landschaftsarchitekten Harold Peto hatten den einst kahlen Felsen in einen atemberaubenden subtropischen Garten verwandelt. Dank der geschützten Lage der Insel herrschte hier ein Mikroklima mit milden, feuchten Bedingungen, in dem exotische Pflanzenarten prächtig gediehen.

Die Geschichte der Insel war eng mit der Familie Bryce verknüpft, die Garinish Island zu diesem Paradies gemacht hatte. Nach dem Tod von John Annan Bryce im Jahr 1923 war seine Witwe dauerhaft auf die Insel gezogen; später hatte ihr Sohn Roland hier gelebt. All das erfuhren Sarah und Helen aus einem Faltblatt, das sie im Besucherzentrum erhalten hatten.

Zum Abschluss besichtigten sie noch das Haus, in dem die Familie Bryce Anfang des vorigen Jahrhunderts gewohnt hatte und das Besuchern einen Einblick in deren Leben und Wirken bot. Diese Details interessierten sie beide am meisten, und sie lauschten gespannt den Ausführungen der Frau, die sie und andere Touristen durch das Haus mit seinen gut erhaltenen Zimmern führte, deren Einrichtung liebevoll restauriert worden war.

Leider erfuhren sie nichts über Aidan Sheridan. Auch eine Rückfrage von Helen zu ihrem vermutlichen Vorfahren konnte die Frau nicht beantworten. Allerdings, sagte sie, werde am nächsten Tag jemand anderes die Führungen machen, und diese Dame könne ihr vermutlich besser Auskunft darüber geben.

Dann war es auch schon wieder Zeit für die Rückfahrt mit der Fähre. Sarah war ein wenig enttäuscht, dass der nette Hund diesmal nicht mehr dabei war.

So schön es auch auf Garinish Island gewesen war, so unbefriedigend war es, was ihre Nachforschungen betraf. Helen hatte daher beschlossen, am nächsten Vormittag noch einmal dorthin zu fahren, um vielleicht bei der anderen Hausführerin mehr Glück zu haben.

Leider wussten sie noch immer nicht, wo das ehemalige Wohnhaus der Sheridans gestanden hatte – und ob es überhaupt noch vorhanden war. Im Zensus von 1911 hatte Sarah zwar ein paar Angaben zur Familie Sheridan gefunden, aber dort waren weder Straße noch Hausnummer, sondern nur das ungefähre Wohngebiet eingetragen gewesen – und bislang hatte ihnen niemand sagen können, wo sich dieses

Gebiet befand. Auf modernen Straßenplänen war es nicht verzeichnet, und auch eine Internetsuche hatte sie nicht weitergebracht. Nun setzten sie ihre Hoffnung auf die Einträge in den alten Kirchenbüchern. Am Nachmittag wollten sie ihre Recherchen im Pfarrbüro fortsetzen.

In der Nacht hatte es geregnet, und noch immer hing ein Hauch von Feuchtigkeit in der Luft. Während Helen an diesem Vormittag erneut nach Garinish Island aufgebrochen war, hatte Sarah das Auto auf dem Parkplatz des nahe gelegenen Naturparks abgestellt. Über eine kleine Brücke ging es in den Wald, wo ein schmaler Weg verlief. Zwischen den knorrigen, mit Moos bewachsenen oder von Efeu umschlungenen Bäumen wuchsen Stechpalmen und Farne. Sie lief entlang eines moorigen, leise murmelnden Bachlaufs, in dem sich immer wieder niedrige, flachgeschliffene Felsen erhoben, und lauschte dem fröhlichen Konzert des Vogelgezwitschers, als sich plötzlich ein ungewöhnliches Geräusch daruntermischte. Etwas wie ein leises Jaulen.

Sie folgte dem Geräusch und entdeckte schließlich einen Hund, der nahe einem Baum saß und sich die Pfote leckte.

War das nicht der Hund vom Vortag, der auf der *Harbour Queen* mitgefahren war?

Ja, ganz sicher war er das, Sarah erkannte den fuchsartigen Kopf. Und der Hund schien sie auch wiederzuerkennen, denn sobald er sie sah, begann er trotz seiner offensichtlichen Schmerzen heftig mit dem Schwanz zu wedeln.

»Hallo, Cooper, was machst du denn hier? Warum bist du denn nicht auf der Fähre?«

Der Hund sah sie an, als würde er sie verstehen. Irgendetwas stimmte nicht mit seiner rechten Vorderpfote. Er hielt sie hoch und knabberte daran herum.

»Komm, lass mich mal sehen, ja?« Sie ging neben dem Hund in die Knie und nahm die Pfote vorsichtig in die Hand. Die verhornte Laufsohle war blutig, und zwischen den dunklen Ballen steckte ein großer, gezackter Holzsplitter. »Oje, ich fürchte, da kann ich dir nicht helfen.«

»Cooper! Cooper, wo steckst du?« Eine Männerstimme drang durch die Büsche.

»Er ist hier!«, rief Sarah, so laut sie konnte.

Es dauerte nur wenige Sekunden, dann tauchte der Mann, den Sarah bereits von der gestrigen Fährfahrt kannte, zwischen den Bäumen auf. Schnell kam er zu ihr.

»Cooper, alter Junge, was ist denn passiert?«

»Er hat einen bösen Splitter in der Pfote.«

Der Mann ging neben seinem Hund ebenfalls in die Hocke und untersuchte besorgt die Pfote.

»Das muss sich ein Tierarzt ansehen.« Er stieß ein leises Schimpfwort aus. »Und ausgerechnet heute ist mein Auto in der Werkstatt.«

»Gibt es einen Tierarzt in Glengarriff?«

Der Mann schüttelte den Kopf. »Der nächste ist in Ballylickey.«

»Ich könnte Sie fahren«, sagte Sarah, ohne länger nachzudenken. »Mein Leihwagen steht nicht weit von hier.«

»Nein, das kann ich nicht annehmen«, erwiderte der Mann, aber sein Blick sagte etwas anderes.

»Wie weit ist es denn bis Ballylickey?«

»Ungefähr zwölf Kilometer.«

»Das ist dann doch wirklich kein Problem.«

»Aber Sie haben bestimmt Besseres zu tun.«

»Nein, eigentlich nicht«, entgegnete Sarah. Mit Helen wollte sie sich erst am Nachmittag treffen. »Und hier geht es schließlich um das Wohl eines Hundes.«

»Das ist wirklich sehr nett von dir. Ich bin übrigens Kilian.«

»Sarah«, gab sie lächelnd zurück.

Die Tierarztpraxis lag in einer kleinen Seitenstraße gegenüber von einem Supermarkt. Sarah fand einen Parkplatz fast genau vor der Tür und bestand darauf mitzukommen. »Ich kann dich und den Hund ja kaum hierlassen und wieder wegfahren«, sagte sie, während sie das Auto abschloss.

»Da hast du auch wieder recht.« Wie schon zuvor im Park nahm Kilian seinen Hund vorsichtig auf den Arm und trug ihn in die Tierarztpraxis.

Sie mussten nicht lange warten. Sarah blieb im Vorraum neben einem Aquarium sitzen, während Kilian mit Cooper im Behandlungszimmer verschwand. Sie hörte gedämpfte Stimmen, dann ein leises Winseln. Hoffentlich ging es dem armen Kerl da drinnen gut – wobei sie sich nicht sicher war, wer gerade mehr litt: der Hund oder sein Herrchen.

Nach gut zehn Minuten ging die Tür wieder auf, und Kilian kam heraus, Cooper hinter sich. Die Pfote war dick verbunden und steckte in einer Art Laufsocke.

Sarah erhob sich. »Alles wieder gut?«

Kilian nickte, er wirkte sehr erleichtert. »Die Tierärztin konnte den Splitter entfernen und die Wunde säubern. Jetzt hat er eine Spritze mit einem Antibiotikum bekommen und einen dicken Verband.«

»Das freut mich sehr. Dann fahre ich euch beide mal wieder zurück.«

»Kann ich dich als Dankeschön noch auf einen Kaffee oder etwas Ähnliches einladen?«, fragte Kilian, als sie fast wieder in Glengarriff waren.

Sarah warf einen schnellen Blick auf die Uhr. Noch über eine Stunde Zeit, bis sie sich wieder mit Helen treffen wollte.

»Gern. Aber musst du nicht arbeiten?« Sie hatte sich ohnehin schon gewundert, dass die Fähre ohne ihn fuhr.

»Das läuft nicht weg. Momentan gibt es noch nicht so viele Touristen, auf die man aufpassen muss.«

Kilian dirigierte sie zu einem kleinen Café an der Hauptstraße, das seiner Aussage nach bei Einheimischen und Touristen gleichermaßen beliebt war. Die hellblau gestrichenen Wände des Cafés mit den handgeschriebenen Speisekarten verströmten eine freundliche Atmosphäre, der Duft von frischem Kaffee erfüllte die Luft, und die Wirtin begrüßte sie herzlich.

Sarah war sich der Anwesenheit dieses nicht mehr ganz fremden Mannes neben ihr plötzlich sehr bewusst. Während sie das Treiben im Café beobachtete und das leise Stimmengewirr der anderen Gäste vernahm, konnte sie nicht anders, als Kilian unauffällig zu mustern. Er war ein wenig älter als sie, vermutlich Ende zwanzig oder Anfang dreißig. Jetzt, da es seinem Hund wieder besser ging, wirkten seine markanten Gesichtszüge ziemlich entspannt. Sie musste zugeben, dass sie sich von ihm angezogen fühlte. Und das, obwohl sie geglaubt hatte, nach dem Reinfall mit Elias vorerst genug von Männern zu haben.

Als eine plötzliche Wärme in ihr aufstieg, die nichts mit dem Kaffee zu tun hatte, räusperte sie sich und wandte ihre Aufmerksamkeit dem Hund zu, der zu ihren Füßen lag und selig schlummerte.

»Was ist Cooper eigentlich für eine Rasse?«

»Ein Mischling«, antwortete Kilian. »Vermutlich aus einem Australian Kelpie und einem Border Collie. Möglicherweise auch noch irgendwas anderes. Ich habe ihn aus dem Tierheim.«

»Aus dem Tierheim? Super!« Sarah nickte anerkennend. »Und was machst du so, wenn du nicht auf der Fähre arbeitest?«

»Auf der Fähre? Du meinst, weil du mich gestern dort gesehen hast?« Er schüttelte den Kopf. »Nein, das war nur ein Freundschaftsdienst für Ed, dem die zweite Person abhandengekommen war. Eigentlich bin ich Ranger hier im Naturschutzgebiet.«

Ach, deswegen war er im Wald gewesen.

»Das heißt, du kümmerst dich um die Erhaltung von Flora und Fauna?«

»So ist es. Und um die Sicherheit der Besucher. Und manchmal mache ich auch geführte Touren oder halte Vorträge über die hiesige Tier- und Pflanzenwelt.«

Sarah war beeindruckt. Ja, das passte gut zu ihm.

»Das muss ein schöner Job sein.«

»Ist es auch. Man verdient nicht gerade viel, aber mir gefällt er.« Sein Blick wanderte durch das Fenster zu ein paar Touristen, die auf der Hauptstraße flanierten. »Und ihr macht hier Urlaub, du und die ältere Dame in deiner Begleitung? Deine Oma, nehme ich mal an?«

»Ja, das ist sie.« Sarah runzelte kurz die Stirn. »Oma« hörte sich furchtbar alt an. Für sie war Helen einfach nur Helen. »Du wirst es nicht glauben, aber wir sind auf der Suche nach Helens – nein, nach unseren Vorfahren. Angeblich haben die hier gelebt.«

Sie erzählte ihm in Kurzfassung die Geschichte von dem Fund des abgestürzten Flugzeugs in der Wüste der USA und ihren anschließenden Recherchen.

»Und jetzt hoffen wir, hier irgendwo Informationen darüber zu finden, wo diese Familie Sheridan damals gewohnt hat. Bislang haben wir nämlich absolut nichts dazu rauskriegen können, was ziemlich frustrierend ist.«

»Sheridan?«, wiederholte er. »Es gab hier mal ein Sheridan House, aber das heißt inzwischen anders.«

Sarah sah ihn hoffnungsvoll an. »Ist das wahr?«

»Ja, das ist heute kaum mehr bekannt, aber mein Opa hat früher immer davon erzählt. Leider ist er schon eine ganze Weile tot, sonst hätten wir ihn direkt fragen können. Und die Adresse kenne ich leider auch nicht genau. Aber wenn du willst, kann ich dir eine kleine Skizze machen.«

»Das wäre wunderbar. Oder du zeigst es mir einfach auf Google Maps. Warte, ich öffne es schnell. Wie ist die Adresse?«

»Tut mir leid, die kenne ich nicht genau. Und mein Handy nutze ich nur selten, eigentlich nur für dienstliche Belange. Außerdem habe ich oft schlechten Empfang.«

Wie süß. Jemand, der noch hauptsächlich analog unterwegs war.

»Ich glaube«, sagte er, während er nach einer Serviette griff, »es ist inzwischen ein kleines Hotel oder Bed and

Breakfast. Am besten, ihr fahrt einfach selbst mal hin und schaut es euch an. Vielleicht liege ich ja auch komplett falsch.«

Er holte einen Stift aus seiner Jackentasche, strich die Serviette vor sich glatt und begann zu zeichnen.

11.

SARAH

Bei Glengarriff, Ende März

Die Fahrt dauerte kaum länger als zehn Minuten. Helen hielt die Serviette mit der Skizze, die Kilian angefertigt hatte, in der Hand und dirigierte Sarah die kurvenreiche Straße hinauf, bis am Ende einer Abzweigung ein villenähnliches, weiß gestrichenes Gebäude in Sicht kam. Ein an der Zufahrt aufgestelltes Schild wies es als *Sabine's Bay View Lodge* aus.

War es das? Hatten die Sheridans hier gelebt? Die Website des B&B, die Sarah dazu im Internet gefunden hatte, war wenig aussagekräftig gewesen. Dort gab es nur Informationen zu Zimmerpreisen und Buchungsmöglichkeiten, aber keine Details zum historischen Hintergrund des Hauses. Im Zensus von 1911 waren sechs Familienmitglieder und zwei Angestellte erwähnt. Für acht Personen war es allemal ausreichend. Und dazu hatte es einen absolut malerischen Blick auf die Bucht, auch wenn an diesem Tag graue Wolken und Nebelschwaden vorherrschten.

Sie parkten auf dem kleinen gekiesten Parkplatz vor der Eingangstreppe. Sie waren kaum ausgestiegen, als auch schon eine füllige Frau von Mitte vierzig aus der Tür trat.

»Herzlich willkommen!«, rief sie freundlich und mit einem leichten deutschen Akzent. »Aber ich fürchte, ich muss Sie enttäuschen. Ich bin leider komplett ausgebucht. Ich habe erst ab nächster Woche wieder was frei.«

»Nein, keine Sorge, wir wollen hier nicht übernachten. Wir sind aus einem anderen Grund hier.« Helen stellte sie beide vor und fragte dann: »Kennen Sie sich zufällig mit der Geschichte dieses Hauses aus?«

Die Frau, die sich als Sabine Bachmann vorstellte, lächelte, während sich feine Grübchen auf ihren vollen Wangen zeigten. »Ja, ein bisschen, auch wenn ich dieses Bed and Breakfast nur gepachtet habe. Was wollen Sie denn wissen?«

Sarahs Herz schlug höher, als Mrs Bachmann bestätigte, dass es sich bei ihrem B&B tatsächlich um das ehemalige Sheridan House handelte. »Es hieß so, weil hier eine Familie Sheridan wohnte. Ein Arzt mit seiner Frau und seinen Kindern.«

»Wissen Sie noch mehr darüber?« Helen konnte ihre Aufregung kaum verbergen. »Ich bin nämlich höchstwahrscheinlich eine Nachfahrin dieser Familie. Und meine Enkelin hier natürlich auch.«

»Na, das nenne ich ja mal eine spannende Geschichte!« Die Frau lächelte. »Kommen Sie rein, dann können wir weiterreden.«

»Halten wir Sie auch nicht auf, Mrs Bachmann?«

»Aber nicht doch. Die Zimmer sind gemacht, und die Gäste, die sich für heute angesagt haben, kommen erst später. So lange habe ich noch Zeit für Sie. Und sagen Sie Sabine zu mir.«

Sie folgten ihr ins Haus, während Sabine erzählte, dass es sechs Gästezimmer im ersten Stock sowie einen großen Frühstücksraum im Erdgeschoss gebe, dazu noch zwei Zimmer, die sie selbst bewohnte.

»In die Zimmer für meine Gäste kann ich Sie natürlich nicht lassen, aber vielleicht habe ich etwas anderes für Sie. Etwas noch Besseres.«

Sabine führte sie die Treppe hinunter in einen Kellerraum, wo sich in einer Ecke mehrere alte Koffer stapelten.

»Die waren schon hier, als ich das Haus übernommen habe«, erklärte sie. »Ehrlich gesagt, habe ich mich bislang kaum damit beschäftigt, denn es war immer so viel zu tun in den letzten Jahren. Das Zeug stammt angeblich von den Nachkommen der ehemaligen Besitzer. Wenn Sie wollen, können wir gern einen Blick hineinwerfen.«

Natürlich wollten sie.

Nachdem sie die Koffer notdürftig von Staub und Spinnweben befreit hatten, trugen sie den obersten – und einzigen, der sich problemlos öffnen ließ – gemeinsam die Kellertreppe hinauf und platzierten ihn vorsichtig auf einem der Tische im Frühstücksraum, über den Sabine vorher schnell noch ein altes Betttuch gebreitet hatte.

Sabine kochte eine große Kanne Kaffee, dann begannen sie, den Nachlass der Sheridans behutsam durchzusehen.

Der alte Koffer entpuppte sich als stummer Zeuge früherer Zeiten. Unter den vergilbten Briefen, kleinen Andenken, die unbekannte Geschichten vergangener Tage erzählten, und diversem Plunder entdeckten sie etliche alte Fotos. Einige Aufnahmen zeigten Sheridan House in verschiedenen Jahrzehnten. Auf einem sepiafarbenen Foto, vermutlich aus den Jahren um 1910, war das Haus von üppigen Pflanzen umgeben. Ein weiteres Bild, vermutlich etliche Jahre später aufgenommen, zeigte eine Gruppe von Menschen auf der Veranda.

Als sie hörten, dass ein Auto vor dem Haus vorfuhr, entschuldigte Sabine sich mit sichtbarem Bedauern. Offenbar waren die nächsten Gäste doch früher eingetroffen als erwartet. Wenn sie wollten, konnten sie aber gern noch ein wenig weitermachen, bedeutete sie ihnen.

Ziemlich weit unten im Koffer lagen ein paar zerfledderte Ausgaben einiger alter Magazine. *Flight* stand im obersten Drittel in blockartigen schwarzen Lettern. Vorsichtig nahm Sarah eine Ausgabe davon heraus. Auf der Titelseite war eine unscharfe Schwarz-Weiß-Aufnahme eines sehr alten Flugzeugs in der Luft zu sehen. Auf der Rückseite der Zeitschrift befand sich ein nur noch in Fetzen vorhandener Adressaufkleber, der Empfänger war nicht mehr zu entziffern.

Die Seiten waren vergilbt und verknickt, als wären sie schon oft durchgeblättert worden. Eine Seite war mit einem Eselsohr versehen; Sarah schlug sie auf. Hier hatte jemand eine Anzeige mehrfach mit dickem schwarzem Bleistift umkringelt.

Neueröffnung Flugschule.
Hewlett & Blondeau eröffnen zum September dieses Jahres Englands erste Flugschule. Schüler werden gerne angenommen. Zuschriften bitte unter Hewlett-Blondeau Flying School, Schuppen Nr 32, Brooklands Drive, Weybridge, Surrey

Das klang doch schon mal vielversprechend. Aidan hatte schließlich um diese Zeit seinen Flugschein gemacht. Waren sie auf der richtigen Spur?

Sarah suchte weiter und fand ein Schreiben, adressiert an Dr. Graham Sheridan.

Wir freuen uns, Ihnen mitteilen zu können, dass Mr Aidan Sheridan und Miss Joanna Sheridan, beide wohnhaft in Glengarriff, Irland, zur Flugschulung in Brooklands, Surrey, zugelassen wurden.
Bitte melden Sie sich zum angegebenen Datum im Büro der Flugschule in Brooklands. Mitzubringen sind die erforderlichen Ausweisdokumente sowie Ihre persönliche Flugausrüstung. Für eine Unterkunft tragen Sie bitte selbst Sorge.
Hochachtungsvoll
Hilda Hewlett

Sarah stieß einen leisen Pfiff aus. »Ich hab was über Aidan gefunden!«

Sie zeigte Helen, die sich über die alten Fotos beugte, den Brief.

»Und wer ist Joanna?«, fragte Helen. »Hieß eine seiner Schwestern nicht so?«

Sarah kramte den Ausdruck aus dem Zensus über die Familie Sheridan hervor. »Ja, das muss seine älteste Schwester gewesen sein. Die anderen beiden hießen Carol und Lavinia. Das heißt, er hat den Flugschein gemeinsam mit seiner Schwester gemacht!«

»Ich glaube, mir ist da vorhin eine Aufnahme in die Hände gefallen. Ich muss sie nur noch wiederfinden.« Helen kramte in einem Stapel, bis sie das Foto entdeckte, an das sie sich erinnerte.

Es zeigte eine junge Frau mit halblangen, dunklen Haaren und in einem einteiligen Fliegerdress. Sie stand neben der einfachen Version eines Flugzeugs, mit einem Rumpf aus Holz und stoffbespannten Flügeln. *»Joanna und ihre* Sparrow, *August 1910«* hatte jemand mit geschwungener Schrift daruntergeschrieben.

Eine Fliegerin. Eine Frau, die schon vor mehr als hundert Jahren selbst geflogen war! Sarah war fasziniert. Sie musste zugeben, dass diese mögliche Vorfahrin sie noch mehr interessierte als Helens mutmaßlicher Großvater Aidan.

Helen und Sarah saßen gemeinsam auf der gemütlichen Couch in Helens Hotelzimmer, Sarahs aufgeklappten Laptop vor sich. Endlich hatten sie etwas über die Familie Sheridan erfahren. Leider hatten sie nichts von den Fundstücken mitnehmen können, die Sachen gehörten Sabine schließlich nicht. Aber zumindest hatten sie Fotos von den interessantesten Stücken machen können. Jetzt durchforsteten sie das Internet nach Informationen über die Absolventen der Flugschule in Brooklands von 1911 in der Hoffnung, weitere Details über Aidan und Joanna Sheridan zu finden.

Ein leises *Pling* ertönte.

»Solltest du nicht nachsehen?«, fragte Sarah. »Das hört sich an, als wäre eine Mail eingegangen.«

Helen kramte in ihrer Handtasche und zog schließlich ihr Handy hervor. Sie wischte ein wenig umständlich auf dem Gerät herum, dann hielt sie inne.

»Und, ist es die Mail, auf die du wartest? Die von dem Institut, wo du deine DNA-Probe hingeschickt hast?«

Helen nickte. »Ja, endlich. Sie haben die Ergebnisse als Anhang mitgeschickt. Dann bin ich jetzt aber mal gespannt, welche Nationalitäten sich alles unter meinen Vorfahren tummeln.«

Sie öffnete den Anhang, las – und hob dann erstaunt die Augenbrauen.

»Interessant«, murmelte sie und reichte das Handy an Sarah weiter.

12.

JOANNA

Brooklands, Surrey, England. Mitte September 1911

Fast am Ziel! Joanna ließ sich erschöpft auf einen der Sitze im hinteren Teil des Automobils fallen. Aidan und sie waren endlich angekommen. Am Vortag hatten sie von Cork aus ein Dampfschiff nach Southampton in England genommen, was einen ganzen Tag gedauert hatte, dann waren sie mit dem Zug bis nach London gefahren. Von der englischen Hauptstadt aus brachte ein weiterer Zug sie bis nach Weybridge. Dort meldeten sie sich über das Stationstelefon bei den Sinclairs – den Freunden der Bryces, die zugesagt hatten, Aidan und sie für die Zeit der Flugschulung zu beherbergen. Keine halbe Stunde später holte sie ein Chauffeur am Bahnhof ab.

Die Sinclairs, bei denen sie kurz darauf eintrafen, waren ein wohlhabendes Ehepaar mittleren Alters, das in der Nähe von Brooklands lebte. Mr Sinclair – oder James, wie sie ihn nennen sollten – war ein ehemaliger Ingenieur, der früher am Bau von Lokomotiven beteiligt gewesen war. Er und seine Frau Polly machten einen überaus freundlichen Eindruck, und Joanna war sehr erleichtert, dass sie und ihr Bruder in dem großzügig geschnittenen Haus am Rand der kleinen Ortschaft Weybridge zwei Gästezimmer bewohnen durften.

Schon am nächsten Tag würde die Flugschulung beginnen.

Hilda Hewlett war kleiner und um etliche Jahre älter als Joanna, hatte einen rötlichen Teint und einen entschlossenen Gesichtsausdruck. Ihre Kleidung war mit Bluse und langem Rock recht herkömmlich, allerdings trug sie einen männlich anmutenden Kurzhaarschnitt. Joanna fühlte sich der Frau gleich verbunden, als sie erfuhr, dass sie ihr erstes Flugzeug *Blue Bird* genannt hatte. Erst vor Kurzem – und damit erst einige Zeit nach Eröffnung ihrer Flugschule – hatte Hilda selbst den Flugschein gemacht. Damit war sie die erste Frau, die ihren Pilotenschein in Großbritannien erworben hatte.

Die Flugschule von Hilda Hewlett und ihrem französischen Compagnon Gustave Blondeau besaß lediglich zwei Flugzeuge, nämlich zwei Farman-Doppeldecker, die in einem der einfachen Hangars auf dem Brooklands-Gelände standen. Hilda und Gustave lebten in einem kleinen Häuschen ganz in der Nähe des Flugplatzes, das gerade einmal, wie Hilda erzählte, mit dem Nötigsten ausgestattet war: zwei Feldbetten, einem kleinen Primus-Ofen und einigen Töpfen und Pfannen. Mehr brauchten sie auch nicht, sagte Hilda, denn die meisten Stunden des Tages würden sie ohnehin auf dem Flugplatz verbringen.

Joanna hätte nichts dagegen gehabt, es ihnen gleichzutun, nur um näher am Flugplatz zu sein und nicht jeden Morgen erst auf die Fahrt dorthin warten zu müssen. Dabei hatten sie es mit ihren beiden Zimmern bei den Sinclairs gut getroffen. Einige ihrer Schüler, erzählte Hilda ihnen, hatten sogar schon in Packkisten außerhalb des Hangars geschlafen, weil ihnen das Geld für eine Unterkunft fehlte.

Neben Joanna und Aidan gab es noch einen weiteren Schüler in Hildas Flugschule, einen jungen Journalisten, der fasziniert war von der Möglichkeit zu fliegen und darüber Berichte schreiben wollte. Für alle drei waren die Tage anfangs mit grundlegenden Einweisungen in den Umgang mit den Steuerungen und Steuerübungen ausgefüllt. Für die praktische Ausbildung mussten sie auf die richtigen Windverhältnisse warten, die ihnen von einer Fahne angezeigt wurden. Fast jeden Tag flogen sie, zuerst kurze Flüge in gerader Linie, die dann in Rundflüge übergingen. Wenn das nicht möglich war, weil es zu windig war, paukten sie Theorie.

Joanna saugte alles an Wissen in sich auf, was Hilda und Gustave ihnen vermittelten. Die Grundlagen der Aerodynamik, den Stand der Flugzeugtechnik, Navigation und auch Meteorologie, denn für das Fliegen war es unerlässlich, sich mit den Wetterbedingungen auszukennen. Am liebsten aber waren ihr die Stunden, in denen sie in einem der beiden Farman-Doppeldecker fliegen durfte. Im offenen Cockpit saß Hilda vorn und Joanna als Flugschülerin leicht erhöht hinter ihr.

Und so vergingen die Tage.

Jeden Morgen wachte Joanna früh auf und konnte es kaum erwarten, bis der Fahrer der Sinclairs sie mit dem Automobil endlich nach Brooklands brachte. Und jeden Abend konnte sie sich trotz knurrendem Magen und vor

Erschöpfung brennenden Augen nur schwer von der Flugschule mit ihrer inspirierenden Umgebung trennen.

*

Fliegen war etwas, von dem Aidan nie angenommen hatte, dass es ihm wirklich Spaß machen würde. Aber das tat es. Bislang war er derjenige gewesen, der realistisch geblieben war, wenn Joanna mit ihrer *Sparrow* vom Fliegen schwärmte und ihre ersten Flugversuche unternommen hatte. Er hatte nie so wie seine Schwester davon geträumt, mit einem Flugzeug aufzusteigen, noch dazu mit einem selbst gebauten.

Aber wenn er hinter seiner Fluglehrerin Hilda in einer dieser Maschinen saß und sie sich nach einem kurzen, holprigen Start vom Boden lösten und in die Luft erhoben, verstand er endlich, was seine Schwester so sehr daran faszinierte. Es war eine Mischung von Aufregung und Nervenkitzel. Und von Freiheit.

Anders als Joanna quälte er sich allerdings mit dem theoretischen Teil der Ausbildung.

Das war schon immer so gewesen. Mit dem Lernen tat er sich schwer, und wenn eine Prüfung anstand, war es, als wäre sämtliches Wissen aus seinem Kopf verschwunden. Genau wie bei seinem Studium. Inzwischen hasste er alles daran. Nicht nur das viele Lernen und die Prüfungen, auch die Arbeit im Krankenhaus mit ihren emotionalen Herausforderungen. Das Blut, das Elend und die Verantwortung. Er taugte nicht zum Arzt, das war ihm schon lange klar. Er wusste nur nicht, wie er das endlich seinem Vater klarmachen sollte. Und was er stattdessen mit seinem Leben anfangen würde.

Vielleicht sollte er noch eine Tablette nehmen.

Er hatte gerade die kleine Pillendose geöffnet, als die Tür zu seinem Zimmer aufgerissen wurde und Joanna hereinstürmte. Vor Schreck ließ er das Döschen fallen, und etliche weiße Pillen ergossen sich über sein Bett.

»Aidan, Hilda will …« Sie stoppte, als sie die vielen Tabletten auf seiner Bettdecke sah.

»Kannst du nicht anklopfen?«, herrschte er sie an.

Joanna ging nicht auf seine Frage ein. »Was ist das?«

»Kokain«, gab er nach kurzem Zögern zu, während er die Tabletten wieder einsammelte. »Es hilft mir, mich zu konzentrieren.«

»Du bist angehender Arzt, Aidan. Du müsstest wissen, wie gefährlich dieses Zeug ist!«

Er zuckte mit den Schultern. »Du musst mich nicht behandeln wie ein Kleinkind. Und Kokain ist nicht gefährlich. Shackleton und Scott haben es auf ihren Südpolexpeditionen auch genommen.«

»Dir ist aber schon klar, dass diese Unternehmungen gescheitert sind?«

»Das lag sicher nicht an den Pillen.« Er hatte die Tabletten aufgesammelt und steckte das Döschen wieder in seine Westentasche. »Es ist nicht gefährlich. Und ich habe es unter Kontrolle, Jojo, vertrau mir. Was wolltest du mir eigentlich sagen, als du hier reingeplatzt bist?«

Über Joannas Gesicht ging ein Strahlen. »Hilda hat uns zur Flugprüfung nächste Woche angemeldet, ist das nicht fantastisch?«

»So früh schon? Ich dachte, wir hätten noch mehr Zeit.«

»Ach Aidan, wir brauchen nicht mehr Zeit. Ich bin schon lange bereit, und du bist es auch. Außerdem fängt in wenigen Wochen dein nächstes Studienjahr an. Bis dahin müssen wir zurück sein.« Sie legte ihm die Hand auf den Unterarm. »Du schaffst das, Bruderherz, da bin ich mir ganz sicher. Auch ohne die Tabletten.«

Er lächelte sie an. »Sobald ich den Flugschein habe, höre ich damit auf.«

Wenn er sich so reden hörte, konnte er fast selbst daran glauben.

Der Tag der Flugprüfung war ein Dienstag. An diesem Tag kam ein externer Prüfer aus London, der die Flugschüler einer theoretischen und praktischen Prüfung unterzog.

Aidan war der Erste, der zur mündlichen Prüfung antreten musste. Natürlich hatte er auch an diesem Morgen zwei Kokaintabletten genommen, und mit dieser Hilfe schaffte er es, die Fragen des Prüfers zufriedenstellend zu beantworten.

Danach ging es an den praktischen Teil.

Das Wetter war gut, die *Blue Bird* stand bereit, und am Rand des Flugfelds hatten sich einige Schaulustige eingefunden, die dem Spektakel beiwohnen wollten. Sogar die Sinclairs, ihre Gastgeber, hatten sich die Zeit genommen und winkten ihm nun zu. Aidan winkte zurück.

Mit weichen Knien kletterte er ins Cockpit der Maschine, mit der er mittlerweile schon oft geflogen war – die meiste Zeit zusammen mit Hilda, in den vergangenen Tagen auch allein.

Kaum war er aufgestiegen, fühlte er die Anspannung in

sich. Die vorgeschriebenen Flugmanöver, die er geübt hatte, kamen ihm auf einmal unerfüllbar vor. Sein Herz schlug schneller, und er merkte, wie sich die altbekannte Angst vor der Prüfung in ihm auszubreiten drohte.

Aber dann, ganz plötzlich, wurde er ruhiger, und er konnte sich wieder auf seine Aufgabe konzentrieren. Mit zunehmender Sicherheit flog er die notwendige Strecke, drehte und flog wieder zurück. Schließlich setzte er am vorgeschriebenen Punkt zur Landung an. Als die Räder der Farman das Flugfeld berührten, versuchte Aidan, das Flugzeug ruhig zu halten. Es war keine perfekte Landung, aber er schaffte es, den Doppeldecker sicher zum Stehen zu bringen.

Als er sich Fliegerkappe und -brille vom Kopf zog, hörte er Applausrufe und einige Frauen, die laut jubelten. Joanna rannte auf ihn zu, auch sie bereits in Fliegermontur.

»Du hast es geschafft, Aidan, sagt der Prüfer! Du hast deine Fluglizenz!«

Aidan konnte es kaum glauben. Endlich einmal hatte er etwas gut gemacht.

13.

JOANNA

Sheridan House, Oktober 1911

Joanna konnte es immer noch nicht glauben: Ein Traum war in Erfüllung gegangen. Nach Hilda Hewlett war sie die zweite Frau, die ihren Pilotenschein in Großbritannien erworben hatte! Und die erste Irin.

Sie hatte mit Bestnote bestanden. Das offizielle Dokument in ihrer Hand sah wunderschön aus, zumindest in ihren Augen, auch wenn es eigentlich nur ein bedrucktes Stück Papier war. Auf der rechten Seite klebte eine schwarzweiße Porträt-Fotografie von ihr, die sie mit Lederkappe und Fliegerbrille zeigte. Links daneben stand zu lesen:

LIZENZ NR. 147
Für Miss Joanna SHERIDAN
Geboren: 12. August 1890 in Glengarriff, Grafschaft Cork
Nationalität: Irisch
Prüfung abgelegt auf: Farman-III-Doppeldecker
In: Brooklands, Surrey
Am: 17. Oktober 1911

Jetzt, da sie den Flugschein besaß, stürzte sie sich mit Feuereifer in die Reparatur und Verbesserung ihrer *Sparrow*. Kurz war ihr der Gedanke gekommen, ob sie sich nicht einfach ein Flugzeug kaufen solle, aber sie verwarf ihn wieder. Sie hatte so viel Arbeit und Liebe in die *Sparrow* gesteckt – es wäre ihr wie Verrat vorgekommen, wenn sie ihr altes Flugzeug aufgeben würde. Außerdem hätte sie nie genügend Geld zusammenbekommen, und ihren Vater wollte sie nicht auch noch darum bitten. Mit der Finanzierung des Flugscheins für Aidan und sie hatte er sich schon unerwartet großzügig gezeigt.

Also arbeitete Joanna weiter an der *Sparrow*. Mit großer Sorgfalt flickte sie beschädigte Stellen an den Flügeln, verbesserte die Steuerung und erneuerte das Ruder. Und an einem sonnigen Tag Ende Oktober erhob sie sich erstmals wieder mit ihrem Flugzeug in die Luft.

Diesmal ging alles gut. Die Maschine gehorchte ihr, mühelos stieg sie auf.

An dem Blick über die Bucht konnte sie sich nie sattsehen. Kurz entschlossen steuerte sie die *Sparrow* nach Westen und wagte einen Abstecher über das Wasser in Richtung Garinish Island. Unter sich sah sie ein paar dicke Robben, die sich faul auf ein paar Felsen rekelten, dann richtete sie ihre Aufmerksamkeit wieder nach vorn. Auf der Insel gingen die Arbeiten voran. Von oben konnte Joanna etliche Arbeiter erkennen, klein wie Spielzeugsoldaten.

Mit Beginn der Wintermonate flog sie nur noch selten, denn bei Wind und Regen war die *Sparrow* sehr empfindlich. Einmal brach ihr bei der Landung auf schlammigem

Boden das Fahrwerk, und sie schaffte es nur mit viel Glück, das Flugzeug zum Stehen zu bringen. Und so nutzte sie die Zeit für weitere Reparaturen und Verbesserungen. Es war mühselig, aber wie hieß es schließlich: Per aspera ad astra – Durch Mühsal gelangt man zu den Sternen.

Seit Oktober war Aidan wieder fort zum Studium. In der Weihnachtszeit kam er für ein paar Tage nach Hause, um dann kurz nach Neujahr nach Cork zurückzukehren.

Derweil korrespondierte Joanna weiterhin mit Aurel Vlaicu. Sie schrieb ihm von ihren Fortschritten und Überlegungen und bekam im Gegenzug zahlreiche Ratschläge von ihm. Sie hatte auch versucht, andere Piloten zu kontaktieren, aber keiner von ihnen hatte geantwortet. Nur Vlaicu.

Im Frühjahr 1912, sobald es wieder weniger regnete, wurden die Arbeiten auf Garinish Island fortgesetzt. Etliche Dutzend Männer waren damit beschäftigt, einen ummauerten Garten und einen hohen Glockenturm zu bauen sowie einen Italienischen Garten mit Wasserbecken anzulegen. Joanna hörte von den Fortschritten, wenn sie Besuch von der Familie Bryce bekamen, die regelmäßig in Glengarriff vorbeischauten.

Joanna genoss diese Zeit, wenn sie mit ihren Schwestern und den Bryce-Töchtern Tee trinken, Tennis spielen oder einfach nur reden konnte. Einmal war auch Roland dabei, der in diesem Jahr sein Studium in Oxford abschließen würde und der ihr herzlich zum Erwerb ihrer Fluglizenz gratulierte.

An Ostern kam die ganze Familie Sheridan zusammen.

Onkel Elliot, der Bruder ihres Vaters, hatte an diesem Tag Neuigkeiten zu verkünden: Elliot hatte Freunde in vielen Teilen der Welt, und er hatte sich vorgenommen, sie möglichst alle noch einmal zu besuchen, bevor er aus Altersgründen nicht mehr dazu in der Lage war. Der erste Teil seiner Reise sollte ihn mit dem Orientexpress bis nach Konstantinopel führen, eine, wie er nicht müde wurde zu betonen, »absolut faszinierende Stadt«. Joanna freute sich für ihn, auch wenn sie ihn jetzt schon vermisste. Wie lange er insgesamt unterwegs sein würde, wusste er noch nicht – er würde es auf sich zukommen lassen.

Und noch jemand hatte Neuigkeiten: Ihre jüngere Schwester Carol eröffnete der versammelten Familie, dass sie ebenfalls in Vaters Fußstapfen treten und Medizin studieren wolle.

Dem hochzufriedenen Gesicht ihres Vaters war zu entnehmen, dass er von diesen Plänen bereits wusste und sie guthieß. Ihre Mutter hingegen schien einer Ohnmacht nahe.

»Aber … Kind!«, murmelte sie schwach. »Das musst du doch nicht. Wir haben doch schon Aidan, der Mediziner wird.«

Joanna sah, wie ihr Bruder fast unmerklich zusammenzuckte.

»Niemand zwingt mich dazu, Mutter«, gab Carol mit fester Stimme zurück. »Aber ich möchte es unbedingt.«

Im Oktober würde es losgehen, und zwar, anders als Aidan, nicht in Cork, sondern in Dublin. Dort gab es eine größere medizinische Fakultät, in der auch Frauen bereits seit einigen Jahren erfolgreich studierten.

»Was habe ich nur verbrochen, dass Gott mich so straft?«, sagte ihre Mutter mit Leidensmiene. »Meine Älteste glaubt, es den Vögeln gleichtun zu müssen, und ihre Schwester will Ärztin werden.« Joanna und Carol wechselten einen kurzen, wissenden Blick in schwesterlicher Eintracht. »Ich hoffe, wenigstens meine Jüngste wird mich dereinst glücklich machen.«

Niemand ging darauf ein. »Wusstet ihr, dass Frauen in Irland schon seit vielen Jahren Medizin studieren können, in England aber erst seit Kurzem?«, fragte Carol in die Runde, worauf sich ein lebhafter Diskurs über Frauenrechte und Bildungsfreiheit entwickelte.

Im April stellte dann eine schreckliche Nachricht alles andere in den Schatten: Der neu gebaute Passagierdampfer *Titanic*, das angeblich unsinkbare Flaggschiff der White Star Line, war nach einer Kollision mit einem Eisberg im Nordatlantik gesunken.

Für Tage waren die Zeitungen voll mit immer neuen Details über das verheerende Unglück, das über eintausendfünfhundert Tote gefordert hatte. Weltweit herrschten Trauer und Bestürzung. Daneben gingen andere, bessere Nachrichten fast unter. Zum Beispiel die Meldung vom ersten Flug zwischen Großbritannien und Irland. Der irische Pilot Denys Wilson war vom südlichen Wales aus gestartet und dann etwas mehr als anderthalb Stunden nach Westen geflogen, einen Teil dieser Zeit in einem schweren Sturm und mit ausgefallenem Kompass, bevor er nach einem hastigen Sinkflug in der Nähe von Enniscorthy im östlichen Irland gelandet war. Das Feld, das er dafür für geeignet hielt, erwies sich jedoch als zu kurz, und sein Flugzeug landete mit gebrochenem Propeller in einer Hecke. In der Zeitung war das Bild des Rekordflugzeugs, einer Blériot, abgebildet.

Ende April kam dann ein weiterer Brief aus Rumänien für Joanna an. Aurel Vlaicu schrieb ihr, dass er beabsichtige, sein neues Flugzeug auf dem ersten internationalen Flugmeeting vorzuführen, das im Juni in Aspern bei Wien stattfinden würde, dem größten Luftfahrtereignis von ganz Europa. Und dass er sich sehr freuen würde, falls Joanna die Zeit und die Möglichkeit fände, ebenfalls dorthin zu kommen, damit man sich einmal persönlich kennenlernen könne.

Joanna ließ den Brief sinken, nachdem sie ihn an ihrer Frisierkommode hastig überflogen und dann noch zweimal langsamer gelesen hatte.

»Ich muss nach Österreich«, sagte sie zu ihrem Spiegelbild.

Der Gare de l'Est in Paris war einer der größten Bahnhöfe, die Joanna je gesehen hatte, ein beeindruckendes Gebäude, das von einer gewaltigen gläsernen Kuppel überspannt wurde. Die Bögen und Verzierungen im Stil der Belle Époque verliehen dem Bahnhof eine elegante Atmosphäre.

»Joanna, Mr Chambers, ich glaube, es geht dort entlang!« Onkel Elliot wies auf die breite Treppe, die zu den Bahnsteigen führte.

Onkel Elliot hatte seinen Aufbruch um einige Tage nach hinten verschoben, sodass Joanna gemeinsam mit ihm und seinem Diener ein großes Stück des Weges reisen würde. Alfred Chambers stand seit vielen Jahren in Onkel Elliots

Diensten; er war ein treuer und erfahrener Angestellter und zuverlässiger Begleiter. Vor wenigen Tagen waren sie zu dritt aufgebrochen und mit Zügen und Fähren bis nach Paris gefahren.

Trotz der Tageszeit – es war bereits früher Abend – herrschte im Gare de l'Est noch immer eine geschäftige Atmosphäre. Reisende drängten sich auf den Bahnsteigen, die Geräusche von nahenden und abfahrenden Zügen, das Rattern von Gepäckwagen und die Stimmen der Bahnhofsmitarbeiter erfüllten die Luft. Joanna und Elliot folgten Mr Chambers durch das Gewirr der Menschen, um ihr Gepäck kümmerte sich ein livrierter Träger.

Der Orientexpress, der mondänste aller Züge, stand bereits am Gleis, majestätisch anzusehen mit seinen dunkelblauen, goldverzierten Waggons. Joanna würde in Wien aussteigen, während Elliot und sein Diener damit bis zur Endstation nach Konstantinopel reisen würden.

Während Mr Chambers dafür sorgte, dass ihr Gepäck sicher verstaut wurde, betrat Joanna das für sie gebuchte Abteil, das direkt neben dem der beiden Männer lag – klein, aber komfortabel, mit weichen Polstern und eleganter, dunkler Holzverkleidung. Als sich der Zug langsam in Bewegung setzte, ließ Joanna sich in ihrem Sitz zurücksinken und genoss den Anblick der vorbeiziehenden Pariser Vororte, die bald in eine ländliche Umgebung übergingen. Das rhythmische Rattern der Räder auf den Schienen versetzte sie in eine leicht träumerische Stimmung.

Sie hätte diese Reise natürlich auch gern mit Aidan unternommen, doch das war nicht möglich. Zwar war vorlesungsfreie Zeit, aber ihr Bruder hatte vor Kurzem ein studienbegleitendes Praktikum in einem Krankenhaus angefangen, das ihn sehr forderte. Er konnte nicht einfach fast zwei Wochen fehlen. Sie hoffte sehr, dass er sein Studium jetzt mit neuer Motivation und Energie angehen würde – angespornt durch Carols Pläne, ebenfalls Medizin zu studieren.

Joanna hatte überlegt, ob sie die *Sparrow* mitnehmen sollte, sich dann aber dagegen entschieden. Sie war schließlich nur als Zuschauerin in Aspern angemeldet, nicht als Teilnehmerin. Abgesehen davon wäre der Transport ihres Flugzeugs recht kompliziert gewesen: Die Reise nach Wien dauerte lang, und sie hätte die *Sparrow* dafür auseinandernehmen und die Teile in einzelne Kisten verstauen müssen. Selbst wenn diese Kisten rechtzeitig in Aspern angekommen wären, hätte sie die Einzelteile erst einmal wieder zusammenbauen müssen.

Sie fuhren die ganze Nacht hindurch und auch noch den nächsten Tag, durchquerten Frankreich und Deutschland, machten Halt in Straßburg und München, bevor sie am späten Freitagabend den Wiener Hauptbahnhof erreichten. Dort verabschiedete Joanna sich von ihren Reisebegleitern.

Onkel Elliot ließ es sich nicht nehmen, ihr noch ein paar Scheine zuzustecken, die Joanna erst ablehnen wollte.

»Ich will, dass du es dir gut gehen lässt«, sagte er. »Also enttäusch mich nicht, und tu genau das, was du schon immer tun wolltest.«

»Danke.« Joanna umarmte ihn. »Und schreib mir«, sagte sie, bevor sie ausstieg. »Ich erwarte von jeder deiner Stationen eine Postkarte.«

Elliot und sein Diener würden jetzt weiterfahren über Budapest, Belgrad und Sofia, bis sie am Sonntag Konstantinopel erreichten. Dort, in der Hauptstadt des Osmanischen Reiches am Bosporus, einem wichtigen Handelsknoten zwischen Europa und Asien, würden sie eine Weile bleiben.

Ein kleiner Teil von Joanna beneidete ihren Onkel um diese Erfahrung. Ein viel größerer Teil aber konnte es kaum erwarten, endlich nach Aspern zu kommen und Aurel Vlaicu höchstpersönlich zu treffen.

Sie verfolgte die Abfahrt des Orientexpress, der sich langsam und majestätisch wieder in Bewegung setzte, dann griff sie nach ihrer großen Reisetasche und wandte sich in Richtung Ausgang.

14.

JOANNA

Aspern bei Wien, Juni 1912

Joanna schlug die Augen auf und brauchte einen Moment, um sich zu erinnern, wo sie war. Eine weiche Decke, ein bauschiges Kissen, ein Fenster, durch das die Sonne schien – richtig, die Pension in Aspern. Die Unterkunft war in der *Flight* beworben worden. »Weniger als zehn Minuten Fußweg zum Flugfeld!«, hieß es, und so hatte sie nicht lange gezögert und per Telegramm dort ein Zimmer gebucht.

Es war schon spät – kurz vor Mitternacht – gewesen, als sie am Vorabend endlich hier angekommen war. Spätabends fuhr die Dampftramway nicht mehr, und so hatte sie sich am Hauptbahnhof eine teure Mietdroschke zu ihrer Pension nehmen müssen. Kaum hatte sie in der Unterkunft ihr Gepäck aufs Zimmer gebracht und ausgeräumt, hatte sie sich bettfertig gemacht und war schnell eingeschlafen.

Wenn es nach ihr gegangen wäre, hätte sie am liebsten nur ihren Mechanikeroverall mitgenommen. Aber sie hatte eingesehen, dass diese Kleidung nicht überall angemessen wäre, und auch noch ein paar andere Sachen eingepackt. Nachdem sie Rock und Bluse angezogen hatte, ging sie nach unten.

Im Speisezimmer genoss sie ein üppiges Frühstück aus Brötchen mit Butter, Marmelade, Schinken und Käse sowie Kaffee und einem gekochten Ei, dann machte sie sich auf den Weg zum Flugfeld. Vielleicht würde es ihr gelingen, dort einen Blick auf die Flugzeuge zu erhaschen, bevor es am morgigen Sonntag mit den Vorführungen losging. Und vielleicht würde sie heute auch schon Gelegenheit finden, mit Aurel Vlaicu zu sprechen. Seinetwegen war sie schließlich hier.

Überall – an Bäumen und Laternenpfählen entlang der Straße – waren Plakate angeschlagen: *»Internationales Flugmeeting Wien – Flugfeld Aspern«* war dort zu lesen. Darüber ein scherenschnittartiges Bild, das am unteren Rand eine Zuschauermenge zeigte, über die drei Flugzeuge flogen. Eines davon, erkannte Joanna an der Silhouette, war eine Blériot. Sie fühlte sich von den Plakaten magisch angezogen. Je näher sie ihrem Ziel kam, desto mehr wuchs ihre Aufregung.

Das Flugfeld war eine planierte, hart gewalzte Fläche – bis vor Kurzem, hatte sie erfahren, war hier noch staubige Heide gewesen. Windsäcke an allen vier Ecken zeigten die Windrichtung an. Hämmern und Klopfen ertönte von den noch nicht ganz fertiggestellten Tribünen, die sich auf einer Seite erhoben. Auf der anderen Seite säumte eine Reihe von einfachen Hangars das Areal, etwas abseits standen weitere Gebäude, vermutlich Werkstätten, Betriebsgebäude sowie Unterkunftsräume für die Flieger und ihre Entourage.

Über vierzig Teilnehmer hätten sich angesagt, stand im Programmheft, davon mehr als die Hälfte aus dem Ausland. Es gab sogar Piloten aus Persien und Peru.

In einem der offenen Hangars erkannte Joanna die Flügel eines Eindeckers, in einem anderen waren die doppelten Tragflächen einer Blackburn zu sehen. Überall schwirrten Mechaniker und Monteure herum, das Flugfeld pulsierte förmlich vor Energie und Vorfreude. Offenbar waren die meisten Fliegerteams schon Tage zuvor angekommen. Joanna stellte sich vor, wie die Kisten der von weither Angereisten ausgepackt und die Flugzeuge vor Ort wieder zusammengebaut wurden, während die Piloten sich auf die bevorstehenden Flugvorführungen vorbereiteten. Wie gern wäre sie jetzt selbst einer von ihnen gewesen und hätte an ihrem eigenen Flugzeug herumgeschraubt!

Sie hielt einen älteren, wichtig aussehenden Herrn an. »Entschuldigen Sie«, formulierte sie ein paar der wenigen deutschen Worte, die sie sich eingeprägt hatte. »Sprechen Sie Englisch?«

»A bisserl. *A little*«, schob er nach.

»Wo finde ich Aurel Vlaicu?«, wechselte sie ins Englische.

Der Mann schien nicht gerade auskunftsfreudig, ließ sich dann aber herab, in einer seiner mitgeführten Listen nachzusehen und ihr schließlich in breitem Wiener Dialekt entgegenzunuscheln: »Hangar acht. Verstehen S', Fräulein? *Eight.*«

Sie bedankte sich und ging hinüber zu dem angegebenen Hangar, über dessen geöffnetem Tor die Ziffer *8* aufgemalt war. Mit reichlich Herzklopfen betrat sie das Gebäude.

In dem Halbdunkel, das drinnen herrschte, und noch geblendet vom hellen Tageslicht, konnte sie nur schemenhaft die Umgebung erkennen. Sie entdeckte Teile eines zerlegten Flugzeugs, dessen Form sie nicht sofort zuordnen konnte, daneben Räder, Verdrahtungen und einen Propeller. In einer Ecke stand eine geöffnete Werkzeugkiste, in der Luft hing der vertraute Geruch von Benzin und Schmieröl.

Ihr Blick fiel auf einen Mann, der auf dem Boden saß, ihr den Rücken zugewandt hatte und konzentriert an einem Motor arbeitete. Er trug einen dunkelblauen Mechanikeroverall, wie Joanna ihn auch besaß, und eine flache Kappe mit nach hinten gedrehtem Schirm.

Joannas Herz begann aufgeregt zu klopfen. War er das? War das Aurel Vlaicu?

Sie bezwang ihre Aufregung. Er war kein Fremder, schließlich hatte sie schon mehrfach mit ihm korrespondiert.

Sie trat auf ihn zu. »Mr Vlaicu? Aurel Vlaicu?«

Der Mann drehte sich um und blickte auf.

Sie hatte bislang nur einmal eine kleine Fotografie von Vlaicu in der *Flight* gesehen. Auf dem Bild hatte er an Bord seines Flugzeugs gesessen, eine Fliegerkappe auf dem Kopf und einen markanten dunklen Schnurrbart im Gesicht. Dieser Mann vor ihr hatte keinen Schnurrbart.

»Und Sie sind?«, fragte er, nicht unfreundlich und ohne jeden erkennbaren Akzent.

»Joanna Sheridan. Aus Irland. Wir hatten korrespondiert.«

Er nickte kurz und deutete dann mit dem Kopf auf die Werkzeugkiste. »Könnten Sie mir mal den Schraubenschlüssel reichen?«

»Den Zehner?«

Irrte sie sich, oder hatte er gerade beeindruckt eine Augenbraue gehoben? Glaubte er denn, sie hätte gar keine Ahnung? »Ja, genau.«

Sie suchte das gewünschte Werkzeug heraus und reichte es ihm.

Ihre Augen hatten sich inzwischen an das schwache Licht gewöhnt. Sie sah ihm zu, wie seine Hände mit beeindruckendem Geschick an dem Motor herumschraubten. Das Flugzeug, das da auseinandergenommen vor ihr lag, war keines von Vlaicus Modellen, so viel erkannte sie jetzt.

»Das ist nicht die *Vlaicu II*«, stellte sie fest.

»Da haben Sie recht.«

Er legte den Schraubenschlüssel weg und stand auf. Dann griff er nach einem Lappen und wischte sich die ölverschmierten Hände ab.

»Und Sie sind nicht Aurel Vlaicu.«

»Nein, das bin ich nicht.« Seine dunklen Augen funkelten amüsiert. Er genoss das hier ganz offensichtlich. »Aber ich bin ein guter Freund von ihm. Mein Name ist Morris. Dorian Morris.«

Er nahm die Kappe ab. Sein Haar war dunkel wie seine Augen.

»Ich fürchte, meine Hände sind zu schmutzig, um Ihre zu schütteln. Aber es ist mir eine Freude, Sie kennenzulernen, Miss Sheridan.«

»Ganz meinerseits, Mr Morris.« Joanna lächelte ihn an. »Können Sie mir sagen, wo Mr Vlaicu ist? Er hat mich nach Aspern eingeladen und mir geschrieben, er würde mich gern kennenlernen.«

»Ich weiß.«

Für einen Augenblick war sie irritiert, dann fiel es ihr wie Schuppen von den Augen. *Dorian Morris.* Initialen: D. M. Die beiden Buchstaben, die immer unter Vlaicus Briefen gestanden hatten. »Sie waren das! Sie haben mir geschrieben.«

»In Vlaicus Auftrag, ja. Er spricht leider fast kein Englisch.«

»Sind Sie sein Assistent?«

»Sein Assistent, sein Übersetzer, sein Mädchen für alles. Außerdem noch Mechaniker und Pilot. Das Einzige, was ich nicht tue, ist, Flugzeuge zu entwerfen. Ich schraube nur daran herum.«

»Sie fliegen auch?«

»Aber sicher. Sobald ich diese Schönheit hier fertig umgebaut habe.«

»Dann ist das Ihr Flugzeug? Eine Blériot, nehme ich an?« Sie hatte die charakteristisch gewölbten Flügelenden und die markante Form des Rumpfes erkannt.

Er nickte. »Ein belgischer Pilot hat sie mir nach einer Bruchlandung für wenig mehr als ein Butterbrot verkauft. Meinte, sie wäre sowieso nicht mehr zu retten. Aber da hat er sich geirrt.«

»Dann ist die Blériot also wirklich so gut, wie man sagt?«, fragte Joanna.

»Allerdings. Sie ist zuverlässig und wendig, außerdem kann man sie gut an verschiedene Ansprüche anpassen. Und sie ist in der Lage, alle möglichen Manöver zu fliegen. Es gab zwar vor einiger Zeit ein paar unerklärliche Abstürze mit Blériot-Maschinen. Die Flügel sind einfach eingeknickt. Aber dann …«

»Aber dann«, fiel Joanna ihm ins Wort, »hat man herausgefunden, dass es an der Konstruktion der Tragflächen lag.«

»Ich bin beeindruckt, Miss Sheridan.«

»Habe ich in der *Flight* gelesen.«

»Ja, ich auch. Dann wissen Sie ja auch, dass man das Flügeldesign modifiziert hat, und seitdem gab es keine Abstürze mehr.« Er setzte sich die Kappe wieder auf, diesmal richtig herum. »Kommen Sie. Ich stelle Sie Aurel vor.«

Aurel Vlaicu war ein Mann von ungefähr dreißig Jahren, eher zierlich als kräftig, mit sehr kurzen Haaren und einem markanten Schnurrbart.

»Guten Tag, Herr Vlaicu«, begrüßte Joanna ihn mit den wenigen deutschen Worten, die sie sich angeeignet hatte.

Er lächelte erfreut und antwortete mit einem angedeuteten Handkuss sowie einem ebenfalls deutschen »Guten Tag, Fräulein Sheridan«.

Dann sprach er weiter auf Deutsch, von dem Joanna allerdings so gut wie kein Wort verstand. Er versuchte es dann in einer anderen Sprache – Rumänisch, vermutete Joanna –, aber auch damit kamen sie nicht weiter.

»Er freut sich sehr, dass Sie gekommen sind«, half Mr Morris ihr aus ihrer Verlegenheit. »Und dass Sie beide sich auf diese Weise endlich einmal persönlich kennenlernen.«

Joanna nickte dankbar. Mit Mr Morris' Hilfe, der ihre Äußerungen ins Rumänische übersetzte und dann Vlaicus Antworten für Joanna auf Englisch wiedergab, kam eine angeregte Unterhaltung in Gang. Sie erfuhr, dass der rumänische Pilot mit seinem Team schon seit mehr als einem Monat in Wien war, da die *Vlaicu II* neben anderen Flugzeugen in einer Luftfahrtausstellung im Prater zu sehen war. Noch an diesem Tag würde sie nach Aspern geflogen werden. Sie unterhielten sich auch über die Flugbedingungen in Aspern und über die verschiedenen Flugzeugtypen, die erwartet wurden. Vlaicu plante, schon am Eröffnungstag bei den Wettbewerben mitzumachen, und hoffte, durch diese Flugshow seine Konstruktion weiter bekannt zu machen.

Leider konnte Joanna nicht allzu lange mit ihm plaudern, denn schon nach kurzer Zeit erschienen einige österreichische Honoratioren und verlangten nach dem rumänischen Piloten; man wolle jetzt aufbrechen, um sein Flugzeug aus dem Prater zu holen.

Vlaicu verabschiedete sich von Joanna und folgte den Österreichern. Sie blieb mit Mr Morris zurück, der offenbar nicht für diese Angelegenheit gebraucht wurde, und musterte ihn verstohlen von der Seite. Er übte eine seltsame Anziehungskraft auf sie aus, und die Tatsache, dass er scheinbar mühelos zwischen den Sprachen wechseln konnte, machte ihn noch interessanter.

Schließlich konnte sie ihre Neugier nicht länger zügeln. »Sie haben einen englischen Namen und sprechen Englisch wie ein Muttersprachler, also sind Sie offensichtlich Engländer. Wie kommt es, dass Sie Rumänisch sprechen und in Vlaicus Diensten sind?«

Er lächelte. »Weil ich einen englischen Stiefvater habe. Mein leiblicher Vater stammte ebenso wie meine Mutter aus Rumänien. Aber er ist früh gestorben, und meine Mutter hat einige Jahre später einen Engländer geheiratet. Und mit dem Vornamen haben Sie nur zur Hälfte recht: Dorian gibt es in beiden Sprachen.«

»Das ist wirklich … faszinierend«, sagte Joanna, der gerade nichts Klügeres einfiel.

»Ich muss wieder zurück an die Arbeit«, sagte er mit sichtbarem Bedauern. »Aber es hat mich sehr gefreut, Sie kennenzulernen, Miss Sheridan. Ich hoffe, wir sehen uns in den nächsten Tagen noch einmal?«

Darauf können Sie Gift nehmen, hätte Joanna fast geantwortet, entschied sich dann aber für ein sittsames: »Das hoffe ich ebenso, Mr Morris.«

»Dann wünsche ich Ihnen noch einen wunderbaren Tag.« Mit diesen Worten wandte er sich ab und eilte davon.

Joanna beobachtete ihn, ein leichtes, ganz und gar nicht unangenehmes Kribbeln in ihrer Magengegend, bevor sie sich umdrehte und langsam in Richtung Straße ging.

15.

JOANNA

Flugfeld von Aspern, Österreich, Juni 1912

Der Tag der Eröffnung hätte nicht besser gewählt sein können: Die Sonne schien an diesem Sonntag von einem wolkenlos blauen Himmel, Vorfreude lag in der Luft. Joanna war schon am frühen Morgen zum Flugfeld gelaufen, um mitzuverfolgen, wie die Teilnehmer sich vorbereiteten. An diesem Tag trug sie, dem warmen Wetter angemessen, ein knöchellanges luftiges Sommerkleid aus grün gepunktetem Leinen mit kurzen Ärmeln. Die Taille wurde durch ein schmales grünes Band betont, zum Schutz vor der Sonne hatte sie sich einen breitkrempigen Strohhut aufgesetzt. Dennoch hätte sie jetzt am liebsten ihre Arbeitskluft angezogen, um es den Männern gleichzutun.

Vor der Hangarreihe standen die Flugmaschinen, die Startnummern waren mit weißer oder schwarzer Farbe auf Rumpf und Flügel gemalt. Mechaniker waren bei der Arbeit, Motoren wurden angelassen, letzte Überprüfungen fanden statt, ein Pilot stieg zu einem Probeflug auf.

Vor Hangar 8 stand ein ungewöhnlicher Flugapparat mit zwei gegenläufigen Propellern. Zum ersten Mal sah Joanna die *Vlaicu II* im Original. Sie war erheblich kürzer als andere

Flugzeuge; auf Joanna wirkte sie wie ein in der Mitte verdickter Pfeil oder ein Insekt. Mr Morris hatte ihr erzählt, dass die *Vlaicu II* aufgrund dieser Form im Rumänischen auch *Gândacul*, Käfer, genannt wurde. Zudem hatte sie nur ein sehr geringes Gewicht, was ihr eine gute Manövrierfähigkeit verlieh. Gesteuert wurde mit einem Lenkrad, das auf einer Pinne montiert war.

Unter den Männern, die Vlaicus Maschine warteten, entdeckte sie auch Mr Morris, und plötzlich schlug ihr Herz schneller. War es die bevorstehende Flugshow, die diese Gefühle in ihr auslöste, oder hatte es etwas mit diesem Mann zu tun, den sie doch kaum kannte?

Kurz überlegte sie, ob sie zu ihm gehen solle, entschied sich aber dagegen, um ihn nicht abzulenken. Als hauptverantwortlicher Mechaniker des rumänischen Teams war er schließlich für die Gewährleistung der Flugtauglichkeit zuständig.

Kurz sah sie auch Aurel Vlaicu, der einen langen schwarzen Mantel trug, die Fliegerkappe bereits auf dem Kopf. Als er in ihre Richtung sah, winkte sie ihm zu, was auf dieselbe Art erwidert wurde.

Sie hätte nicht gedacht, dass sich so viele Leute für die Fliegerei interessierten. Schon zur Mittagszeit war das Gelände voller Menschen, dazu kamen Hunderte von Automobilen. Fahrzeuge in dieser Menge hatte Joanna noch nie auf einmal gesehen. Ständig trafen neue Besucher ein – zu Fuß, mit der Dampftramway, mit Omnibussen, mit Einspännern. Dazwischen sah man viele Gendarmen, die für Ordnung sorgten. Später hörte sie, dass an die fünfzigtausend zahlende Besucher allein an diesem ersten Tag erschienen waren, während viele weitere das Spektakel als Zaungäste von außerhalb verfolgten.

Als das Menschengewühl immer dichter wurde, holte Joanna sich an einem der vielen Stände etwas zu essen und machte sich dann daran, sich einen Platz zu suchen.

Am Nachmittag war das Flugfeld umsäumt von einer riesigen Zuschauermenge, es herrschte eine Stimmung wie auf einem Volksfest. Auf einem erhöht errichteten Aussichtspunkt standen drei Herren in dunklen Anzügen und Strohhüten, bewaffnet mit Ferngläsern, die bei den Flügen auf Geschwindigkeit die Zeit messen würden.

Auch Joanna zückte ihren Feldstecher. Sie hatte einen Platz auf einer der Tribünen ergattert und saß nun zwischen einer Dame mit einem übergroßen Hut und einem Herrn mit modischem Schnauzbart. Auf der Ehrentribüne hatten sich einige Mitglieder aus der Familie des österreichischen Kaisers eingefunden. Eine Musikkapelle spielte einen militärischen Marsch, dazwischen war das Knattern der Motoren zu hören. Hinter den Tribünen wehten die Länderflaggen der Teilnehmer, und eine weithin sichtbare Tafel zeigte die Namen der Piloten und deren Startnummern an. Vlaicu hatte die Nummer 38. Er würde, wusste sie, nur an den Präzisionswettbewerben teilnehmen.

Nach der feierlichen Einweihung des Flugfeldes wurde die Erste Internationale Flugwoche schließlich eröffnet.

Als die ersten Flieger aufstiegen, erscholl ein vieltausendstimmiger Jubel. Joanna stimmte ein in den Begeisterungssturm. Eine, zwei, dann eine dritte – die Maschinen starteten kurz hintereinander und flogen dicht über die

Menschenmenge hinweg. Wie alle anderen auch richtete Joanna ihren Blick nach oben und las die Startnummern, die sie mit der Tafel abglich. Wenig später erfolgte der vierte, fünfte und sechste Start. Ein Mann mit einem Megafon sagte auf Deutsch verschiedene Dinge durch, die Joanna nicht verstand. Sie hatte zwar ein kleines Wörterbuch Deutsch-Englisch dabei, aber das half ihr jetzt auch nicht weiter.

Die Piloten umflogen das Flugfeld, während die Jubelrufe der Menge sich mit dem lauten Knattern der Motoren vermischten. Joanna war selig.

Dann sah sie Aurel Vlaicu in seine Maschine steigen.

Gleich zu Anfang begeisterte er die Massen mit seinem ungewöhnlichen Flugzeug. Jedes Mal, wenn er über die Köpfe der Menschen hinwegflog, belohnten sie ihn mit donnernden Ovationen und jubelten ihm zu. Gebannt beobachtete Joanna, mit welcher Sicherheit der rumänische Pilot nacheinander mehrere Sandsäcke auf einen auf den Boden gemalten Zielkreis fallen ließ.

Bald stand fest, dass er mit seiner Leistung das beste Ergebnis dieser Flugvorführung erzielt hatte. Zur Siegerehrung wurde die blau-gelb-rote rumänische Flagge gehisst, und Vlaicu bekam einen großen Blumenstrauß überreicht.

Bei den beiden kurz darauf stattfindenden Wettbewerben, der Landung auf einem festen Punkt und dem Nahflug um einen Mast, erreichte er jeweils den zweiten Platz.

Es gab noch weitere erstaunliche Ereignisse an diesem Tag. Ein deutscher Pilot stellte in seinem Doppeldecker einen Weltrekord im Höhenflug auf – zusammen mit einem Passagier flog er dreitausendfünfhundert Meter hoch. Das waren, rechnete Joanna schnell für sich aus, mehr als zwei Meilen!

Leider kam es auch zu einigen Unfällen. Ein französischer Flieger stürzte mit seiner Maschine beim Kurvenfliegen aus geringer Höhe ab. Sein Flugzeug zerschellte, aber der Pilot brach sich lediglich das Bein. Joanna fühlte mit ihm – das hatte sie schließlich auch schon mitgemacht. Und gleich nach ihm erging es einem belgischen Flieger ganz ähnlich, der sich jedoch selbstständig und offenbar unverletzt aus den Trümmern seines Flugzeugs befreien konnte.

Am Ende dieses Tages war Joanna beseelt und überglücklich.

Nach diesem aufregenden Tag konnte sie in ihrem kleinen Hotelzimmer lange nicht einschlafen, zu sehr beschäftigte sie alles, was sie erlebt und gesehen hatte. Am nächsten Vormittag erschien sie dann unausgeruht, aber voller Vorfreude wieder auf dem Flugfeld. Da an diesem Tag nicht geflogen wurde, gab es nur wenige Besucher. Joanna hatte das Sommerkleid diesmal durch ihren Mechanikeroverall ersetzt, zwei Butterbrote, die sie am Frühstückstisch abgezweigt hatte, in eine ihrer tiefen Hosentaschen gepackt und schlenderte nun über den Platz.

Wie schon am Vortag werkelten etliche Männer – Mechaniker und Piloten – an ihren Maschinen. Ein paar Minuten sah sie dem französischen Team um Roland Garros zu, die eine Blériot überholten, dann ging sie weiter zu Hangar 8. Durch die geöffnete Hangartür konnte sie zwei Männer sehen, die an der *Vlaicu II* beschäftigt waren, während Mr

Morris an seinem eigenen Flugzeug herumschraubte, das vor dem Hangar stand. Joanna beobachtete fasziniert, wie er an seiner Blériot arbeitete, die schon ziemlich ausgereift aussah – ein leichter, wendiger Eindecker, der sich von einem guten Piloten sicher hervorragend lenken ließ. Seine Hände glitten fast zärtlich über die glatte Oberfläche des Rumpfs, und er wirkte so versunken, dass Joanna es nicht wagte, ihn zu stören. Für einen Moment fragte sie sich, wie sich diese Hände wohl auf ihrem Körper anfühlen würden. Hitze stieg in ihr auf, und sie schüttelte entschlossen den Kopf. Sie war hier, um etwas über Flugzeuge zu lernen, nicht, um solche Gedanken zu haben!

Schließlich sah er auf, ihre Blicke trafen sich.

»Oh, Miss Sheridan. Mr Vlaicu ist leider nicht hier.«

»Das macht nichts.«

Er musterte sie und ihren verwaschenen Overall. »Wollen Sie hier anheuern?«, fragte er in scherzhaftem Tonfall.

»Ich dachte, Sie könnten vielleicht Hilfe gebrauchen.«

Vermutlich würde er sie gleich auslachen. Aber das tat er nicht. »Durchaus.« Er richtete sich auf und streckte sich. »Ich habe ja nur noch den heutigen Tag, um sie umzurüsten.«

»Sie wollen morgen fliegen?«

»Ja, wenn auch außer Konkurrenz, ich bin schließlich nicht angemeldet.«

Sie trat näher und betrachtete die Maschine.

»Sie haben Gurte am Sitz angebracht«, stellte sie fest.

Er nickte. »Außerdem habe ich die oberen Versteifungsdrähte verstärkt, die Motorhalterung repariert und am Motor selbst ein paar Änderungen vorgenommen, um die

Leistung zu steigern. Jetzt überlege ich, wie ich die Aerodynamik noch verbessern könnte.«

»Vielleicht über die Flügelform?«

»Wie meinen Sie das?«

»Nun ja«, Joanna deutete auf die Maschine. »Sie könnten noch ein paar Querruder an den Flügelspitzen anbringen, so wie bei der Farman.«

Er nickte. »Darüber habe ich auch schon nachgedacht. Damit könnte man vermutlich die Rollbewegung besser kontrollieren und präzisere Kurven fliegen.« Er rieb sich über das Gesicht. »Was halten Sie davon, außerdem den Schwerpunkt etwas nach hinten zu verschieben?«

»Das ist keine schlechte Idee«, stimmte sie zu. »Damit würde man das Flugzeug vermutlich stabiler machen. Es ist übrigens sehr schön geworden. Wie wollen Sie es nennen?«

Er hob die Schultern. »Es hat keinen Namen.«

»Schade. Ich finde es besser, wenn ein Flugzeug einen Namen hat. Das macht es persönlicher.«

»Wie Ihre *Sparrow?*«

Sie nickte.

»Dann machen Sie einen Vorschlag. Wie würden Sie dieses Mädchen hier nennen?«

Joanna überlegte. »Was heißt Flügel auf Rumänisch?«

»Aripa.«

»Das hört sich gut an. Was halten Sie von *Aripa?*«

»Gefällt mir. Also gut, dann taufen wir dieses Flugzeug *Aripa.*« Er lächelte und klopfte sanft auf den Flugzeugrumpf. »Ich hätte zu gern einmal Ihre *Sparrow* gesehen.«

»Oh, das können Sie. Ich habe ein paar Fotografien dabei.«

Als hätte sie es geahnt, hatte sie den Umschlag mit den Fotografien heute Morgen in eine der vielen Taschen ihres Overalls gesteckt. Sie zog eines der Bilder, das sie in Fliegerkleidung vor der *Sparrow* zeigte, heraus und reichte es ihm.

Er betrachtete es lange, dann strich er leicht mit dem Finger darüber.

»Wunderbar«, sagte er, sichtlich beeindruckt. »Und das haben Sie wirklich ganz allein entworfen und gebaut?«

»Entworfen habe ich es selbst, beim Bauen hatte ich ein bisschen Hilfe von meinem Bruder.«

»Sie sind eine wirklich außergewöhnliche Frau.«

Ihr wurde ganz warm, und in ihrem Bauch schienen ein paar Schmetterlinge zu tanzen.

Sie schluckte, um die Aufregung in ihrer Stimme zu dämpfen, und trat einen Schritt näher. »Kommen Sie, lassen Sie uns keine Zeit verlieren und Ihr Flugzeug startklar machen.«

Sie arbeiteten etliche Stunden zusammen, und am späten Nachmittag startete Mr Morris zu einem Probeflug, der zu ihrer beider Freude problemlos verlief.

Erst als er wieder sicher gelandet war, merkte sie, dass ihr Magen knurrte. Kein Wunder, sie hatte vor lauter Arbeit und Herumschrauberei gar nicht mehr an das Butterbrot in ihrer Tasche gedacht, das inzwischen zu einer traurigen, platt gedrückten Angelegenheit geworden war.

Mr Morris lud sie kurzerhand ein, mit dem rumänischen Team zu Abend zu essen, und kurz darauf saß sie auch schon an einem reich gedeckten Tisch, der vor dem Hangar aufgebaut worden war. Das Team der *Vlaicu II* bestand aus Mr Vlaicu, Mr Morris und zwei weiteren Mechanikern. Dazu kamen noch ein paar Freunde und flugbegeisterte Landsleute, die eigens aus Rumänien angereist waren, um sie zu unterstützen. Anfangs fühlte Joanna sich ein wenig verloren, aber das änderte sich angesichts der herzlichen Atmosphäre schnell, auch wenn sie mit den meisten der Männer keine gemeinsame Sprache hatte.

Sie kostete von den einfachen rumänischen Speisen, die in der Gemeinschaftsküche zubereitet worden waren: eine leichte Gemüsesuppe mit frischem Brot, gegrillte, gut gewürzte Hackfleischröllchen und kleine, mit Käse gefüllte Küchlein. Nach dem langen Tag hätte Joanna fast alles gegessen, aber das hier war wirklich köstlich.

Die Männer prosteten sich mit einem traditionellen rumänischen Schnaps zu, der stark und würzig schmeckte. Joanna ließ sich ebenfalls überreden, einen Schluck zu nehmen, und spürte die angenehme Wärme, die sich in ihrer Kehle ausbreitete. Irgendjemand stimmte ein fröhliches Volkslied an, und bald darauf sang die ganze Gruppe mit.

Danach erzählte Mr Morris ihr von seinen Flugerlebnissen und den Herausforderungen, die er beim Fliegen überwinden musste. Seine Geschichten waren faszinierend und ließen Joanna in eine Welt eintauchen, die ihr bisher unbekannt gewesen war.

Später am Abend, als die Sonne gerade unterging, wollte Joanna sich auf den Weg zu dem Gasthaus machen, in dem sie ein Zimmer gebucht hatte. Mr Morris bot an, sie zu begleiten, und obwohl sie sein Angebot mit Freude erfüllte, lehnte sie höflich ab. »Das ist wirklich nicht nötig. Es ist ja nur ein kurzer Weg.«

»Ich bestehe darauf. Die Straßen können in der Dunkelheit manchmal gefährlich sein.«

Nun, wenn er darauf bestand … Joanna zögerte nicht länger und stimmte zu. Während sie nebeneinander hergingen, sprachen sie nur wenig, vermutlich war er mit seinen Gedanken immer noch bei seiner Arbeit. Und doch ließ seine bloße Nähe ein bislang unbekanntes Empfinden in ihr erwachen: ein Sehnen, ein Drängen, ein flirrendes Verlangen, das ihr Herz schneller schlagen ließ.

Am Ziel blieb Joanna vor der Eingangstür des Gasthauses stehen, ihre Beine zitterten leicht vor Aufregung. »Vielen Dank für die Begleitung. Das war sehr nett von Ihnen.«

»Es war mir eine Freude.«

Sein Lächeln durchflutete sie wie eine Welle, intensiver als alles, was sie je zuvor empfunden hatte. Die meisten der Flieger, die sie bislang kennengelernt hatte, waren ihr sympathisch. Ihre Gefühle für diesen Mann aber waren anders. Stärker. Tiefer. Wilder. Joanna fühlte sich von ihm magisch angezogen.

Und auch er schien diese Verbindung zu spüren.

»Einer Frau wie Ihnen bin ich noch nie begegnet«, sagte er und schüttelte ganz leicht den Kopf. »Kommen Sie morgen wieder zum Flugfeld?«

»Natürlich. Nichts könnte mich davon abhalten.«

Er hob die Hand, als wolle er über ihre Wange streichen, ließ sie dann aber wieder sinken. Joannas Haut prickelte, als hätte er sie wirklich berührt, und ihr Herz machte einen freudigen Sprung.

»Ich werde«, sagte er leise, »mich jetzt hier von Ihnen verabschieden, bevor …«

»Bevor was?«

»Bevor noch etwas passiert.«

»Was sollte denn passieren?«

»Ich könnte versucht sein, Sie zu küssen.«

Joanna spürte ihren Herzschlag in den Ohren, laut und überdeutlich. »Dann tu es doch«, flüsterte sie.

Er legte eine Hand um ihren Nacken und zog sie sanft an sich, ihre Lippen trafen sich. Sein Kuss war erst zärtlich und dann voller Verlangen – und fühlte sich so, so gut an …

Er murmelte etwas in ihr Haar, das sie nicht verstand.

»Was?«, fragte sie, leise lachend.

»Aviatoarea mea«, wiederholte er zärtlich. »Meine Fliegerin.« Er löste sich mit sichtbarem Zögern von ihr. »Gute Nacht, Joanna. Wir sehen uns morgen.«

Als er ging, sah sie ihm noch lange nach – aufgewühlt, verliebt und mit einem aufgeregten Flattern in ihrem Herzen.

16.

JOANNA

Flugfeld von Aspern, Österreich, Juni 1912

Dorian. Er war jetzt nicht mehr Mr Morris, sondern Dorian. Die Erinnerung an seinen Kuss und das fremdländische Kosewort, mit dem er Joanna bedacht hatte, lösten jedes Mal ein sanftes Kribbeln in ihrem Inneren aus und ließen ihr Herz schneller schlagen.

Aviatoarea mea. Meine Fliegerin.

Natürlich war sie am nächsten Tag wieder früh vor Ort. Trotz des aufkommenden Windes wurde geflogen. Da es ein Wochentag war, gab es weniger Besucher. Dennoch säumten Neugierige auch diesmal die Tribünen und den Bereich um das Flugfeld.

Es gab weitere Wettbewerbe – Höhenflug, Distanzflug, Zielscheibenwerfen. Vlaicu flog an diesem Tag nicht. Am interessantesten fand Joanna den Distanzflug von vier Maschinen, die alle gleichzeitig starteten. Am Ende gewann ein Österreicher.

Gegen Nachmittag wurde das Wetter besser. Die Wolken verschwanden, und die Sonne kam durch. Jetzt war Joanna froh über ihren Sonnenhut, der nicht nur ihren Kopf vor der Hitze schützte, sondern auch ihre Augen beschattete.

Dennoch tat ihr bald der Nacken weh vom vielen Hochschauen.

Nach der letzten Siegerehrung dieses Tages begab Mr Morris – nein, er war ja jetzt Dorian für sie – sich zu seiner Blériot. Er überprüfte noch einmal sein Flugzeug, dann kletterte er geschmeidig in den Sitz, zurrte den Kinnriemen seiner Fliegerkappe fest, legte den Gurt an und startete den Motor. Das Röhren der Maschine und das Surren der Propellerblätter war weithin zu hören.

Joanna verstand nur wenig von dem, was der Mann mit dem Megafon in schnarrendem Deutsch durchsagte. Vermutlich, dass jetzt außer Konkurrenz ein weiterer Pilot starten würde: Herr Dorian Morris aus Vlaicus Team auf einer Blériot mit Namen *Aripa*.

Das Stimmengewirr auf den Tribünen und am Rand des Flugfelds erstarb, die Atmosphäre war erneut angefüllt mit gespannter Erwartung. Joanna, die mit dem Team um Vlaicu am Rand des Flugfelds stand, ertappte sich dabei, wie sie nervös an ihrer Lippe kaute.

Dorians Blériot rollte los, beschleunigte und hob dann ab. Joanna verfolgte atemlos, wie er sich in weiten Spiralen höher und höher schraubte. So hoch, bis man nur noch einen kleinen Punkt am Himmel sehen konnte. Doch dann änderte er den Kurs und ließ die *Aripa* mit hoher Geschwindigkeit der Erde entgegenfallen, die Nase nach unten.

Für einen Moment war Joanna wie gelähmt. Hatte er die Kontrolle über das Flugzeug verloren, oder war das geplant? Ihr Herz schlug wie verrückt, ihre Hände ballten sich zu Fäusten.

Das Flugzeug näherte sich dem Boden in rasender Geschwindigkeit, die Zeit schien stillzustehen. Doch dann, im letzten Moment, fing Dorian die Maschine wieder ab und zog sie nach oben. Die *Aripa* stieg erneut auf, und das Publikum brach in Jubel aus.

Joanna stieß einen lauten Seufzer der Erleichterung aus. Erst jetzt bemerkte sie, dass sie offenbar die ganze Zeit die Luft angehalten hatte.

Abermals stieg Dorian spiralförmig hoch in den Himmel empor, um dann nach einer erneuten halsbrecherischen Wendung in der Luft der Erde entgegenzurasen. Diesmal fing er die *Aripa* früher ab, glitt in einen langsameren Gleitflug, nahm die Hand vom Steuer und winkte den Zuschauern, die den Gruß hundertfach erwiderten. Auch Joanna winkte und klatschte begeistert mit.

Anschließend lenkte er das Flugzeug in ein paar sanfte Kurven und setzte dann zur Landung an. Die Menge jubelte und applaudierte. Als die Blériot auf dem Flugfeld wieder zum Stehen gekommen war, hielt es Joanna nicht länger an ihrem Platz. Gemeinsam mit dem Rest des Teams lief sie zu ihm.

Sie erreichte ihn, als er aus dem Flugzeug stieg und sich die Fliegerkappe vom Kopf zog.

»Du bist absolut wahnsinnig!«, sagte sie, ein bisschen außer Atem. »Das war unglaublich!«

Er strich sich eine Strähne seines dunklen Haares aus der Stirn und grinste sie an. »Dann hat es dir also gefallen?«

Gleich darauf wurde sie von anderen begeisterten Zuschauern, die ebenfalls aufs Flugfeld gelaufen waren, zur Seite geschoben. Als Joanna sah, wie viele Frauen unter den Bewunderern waren, die sich um ihn drängten, verspürte sie einen unangenehmen Stich in ihrem Herzen. Am liebsten hätte sie diese aufdringlichen Schnepfen von ihm fortgezerrt.

Dorian schien die gesammelte Aufmerksamkeit zu genießen, aber als sein Blick über die anderen Frauen hinweg auf Joanna fiel, zuckte er entschuldigend mit den Schultern und lächelte, und ihr Ärger schmolz dahin.

Joanna lag auf ihrem Bett im Zimmer des Gasthauses. So hatte sie sich noch nie gefühlt. Möglicherweise lag es an den zwei Gläsern Sekt, die sie gemeinsam mit dem rumänischen Team zur Feier des Tages getrunken hatte. Noch immer prickelte der Alkohol in ihrem Blut.

Aber es war nicht nur der Alkohol. Ständig musste sie an Dorian denken. An seine dunklen Augen, an sein Gesicht, an seinen Körper in der Fliegermontur. An seinen Kuss.

Und an seine halsbrecherischen Flugmanöver, die er heute gezeigt hatte. Himmel, was für ein Teufelskerl er war! Und so attraktiv dazu!

Am liebsten wäre sie jetzt bei ihm gewesen. Der bloße Gedanke an ihn erweckte ein hell loderndes Feuer in ihr, das ihr Herz schneller schlagen ließ. Sie sehnte sich nach ihm, wie sie sich noch nie nach einem Menschen gesehnt hatte.

Sie stellte sich vor, wie sie ihre leichte Jacke vom Haken nahm, den Schlüssel zu ihrem Zimmer einsteckte und das Gasthaus verließ. Wie sie an diesem klaren, milden Abend ihre Schritte zum Flugfeld lenkte. Wie sie dort ankam und auf Dorian traf. Wie er sie in seine Arme schloss und küsste.

Sie wollte ihm nah sein, so nah, wie es nur irgend ging. Alles in ihr drängte danach, sich diesem Mann hinzugeben, auch wenn sie nicht allzu viel von dem wusste, was sie erwartete. Das hieß – theoretisch wusste sie es schon. Mit ihrer Mutter hatte Joanna noch nie über diese Dinge geredet, wohl aber mit ihrer Schwester Carol. Gemeinsam mit Carol hatte Joanna in einem von Vaters medizinischen Büchern einiges gelesen, was vermutlich nicht für ihre Augen bestimmt gewesen war.

Die Vereinigung von Mann und Frau diente der Fortpflanzung, aber auch dem Vergnügen – zumindest dem des Mannes. Wenn Joanna aber jetzt sich selbst erforschte, dieses drängende Sehnen, dieses Pochen an der geheimen Stelle zwischen ihren Beinen, war ihr klar, dass eine Frau ebenso solche Bedürfnisse hatte. Ihre Mutter wäre sicher entsetzt, wüsste sie davon – solche Gefühle standen einer wohlerzogenen jungen Dame nicht an. Aber das kümmerte Joanna nicht. Sie hatte es geschafft, allein ein Flugzeug zu bauen. Sie hatte den Flugschein gemacht. Sie war hier, um ihren eigenen Weg zu gehen und ihre Träume zu verfolgen. Dafür würde sie sich auch über gesellschaftliche Normen hinwegsetzen.

Mit einem Lächeln auf dem Gesicht schlief sie ein.

Am nächsten Flugtag war es recht windig mit heftigen Böen, was fatal sein konnte fürs Fliegen. Viele taten es dennoch.

Die Strecke von Aspern nach Wiener Neustadt und wieder zurück sollte in einem Schnelligkeitswettbewerb geflogen werden. Innerhalb kürzester Zeit starteten zehn Piloten, die schon bald nicht mehr zu sehen waren.

Kaum zwanzig Minuten später wurde per Funk gemeldet, dass der Franzose Molla den Zielpylon in Wiener Neustadt als Erster umflogen hatte. Das Publikum wartete gespannt auf die Rückkehr der Flieger, und dann kamen sie auch schon. Der Motor dröhnte, Mollas libellenähnlicher Eindecker landete, und frenetischer Beifall erscholl. Kurz nach Molla kamen nach und nach die nächsten Flieger zurück, nur zwei hatten es nicht geschafft: Einer war mit Propellerbruch ausgeschieden, ein anderer musste mit einem Motordefekt landen.

Auch Mr Vlaicu nahm wieder an den Wettbewerben teil, abermals mit einem bravourösen Flug um einen hohen Mast, den er so eng umkreiste, dass Joanna befürchtete, er würde ihn berühren. Erneut erstaunte es sie, was für ein unglaublich geschickter Pilot er war. Lediglich der Franzose Garros war um einen Hauch besser, sodass Vlaicu diesmal nur den zweiten Platz errang.

Die *Aripa* war eigentlich nur für eine Person gedacht, aber Dorian hatte hinter dem Pilotensitz noch einen weiteren schmalen Passagiersitz eingebaut. Er hatte Joanna vorgeschlagen, sie zu einem kurzen Rundflug mitzunehmen, und jetzt saß sie dicht hinter ihm, den Wind in den Ohren, während sie über Wien kreisten. Von oben betrachtet breitete sich die Stadt wie ein kunstvoll angelegtes Mosaik aus. Unter ihnen schlängelte sich majestätisch die Donau, im Osten ragte das markante Wiener Riesenrad im Prater empor, während im Westen das prächtige Schloss Schönbrunn zu sehen war. Es war wunderbar.

Als sie wieder gelandet waren, halfen sie, das Flugzeug in

seinen Hangar zu bringen. In Joanna machte sich Wehmut breit. Ihre gemeinsame Zeit neigte sich dem Ende entgegen. Nach dieser Veranstaltung, so wusste sie, würde Vlaicu mit einem Großteil seines Teams zurück nach Rumänien reisen. Dorian dagegen wollte mit seiner Blériot an weiteren Flugshows teilnehmen – Deutschland, England und Frankreich standen als Nächstes auf seinem Plan.

Joanna stellte es sich herrlich vor, so zu leben.

»Am liebsten würde ich mitkommen«, sagte sie sehnsüchtig, als sie allein im Hangar waren. Ein leichter Hauch von Benzin erfüllte die Luft.

Dorian sah sie an. »Was hindert dich daran?«

Ja, was hinderte sie? Sie war einundzwanzig und damit volljährig. Sie konnte tun und lassen, was ihr gefiel. Dennoch zögerte sie. Sie dachte an ihre Familie, an die Erwartungen, die auf ihr lasteten.

»Ist es das Geld? Ich habe welches«, erklärte Dorian. »Zumindest ein bisschen. Und die Preisgelder, die ich demnächst zu gewinnen hoffe, sind ziemlich hoch.«

»Es ist nicht das Geld«, sagte Joanna. Sie hatte noch immer einen Großteil der Scheine, die Onkel Elliot ihr beim Abschied zugesteckt hatte. »Es geht um meine Familie.«

»Hast du nicht gesagt, dass du auf eigenen Füßen stehen willst? Schick ihnen ein Telegramm, dass du auf Reisen gehst.«

»Ein Telegramm? Hältst du das nicht für ein wenig unpersönlich?«

»Du kannst ihnen ja später noch einen ausführlicheren Brief schicken, in dem du alles erklärst. Aber so wissen sie zumindest erst mal Bescheid und geraten nicht in Panik, wenn du nicht bald wieder auftauchst.« Er zog sie an sich. »Das Leben ist kurz, Jo. Wir sollten es genießen.«

Die Nähe seines Körpers überwältigte sie fast. Es war warm hier drin. Dorian hatte die drei obersten Knöpfe seines dunkelblauen Overalls geöffnet, darunter war schweißglänzende Haut zu sehen. Joanna schluckte. Ihr Körper sehnte sich nach seinem, am liebsten hätte sie sich an seine bloße Brust geschmiegt. Ihr Blick traf seinen, und sie sah darin das gleiche Verlangen, das sie selbst empfand.

»So wie du will ich auch eines Tages fliegen können«, sagte sie.

»Das ist nicht so schwierig. Ich könnte es dir beibringen.«

»Wirklich? Das wäre wunderbar.« Sie spürte, wie ihre Knie leicht zitterten. Und bevor sie sich wirklich klarmachte, was sie da sagte, war es schon heraus: »Du könntest mir noch etwas anderes beibringen.«

»Was denn?«, fragte er. Seine dunklen Augen funkelten.

»Nun ja, etwas …« Sie suchte nach den richtigen Worten. »Etwas, das man normalerweise nicht so direkt anspricht.« Hitze schoss ihr ins Gesicht, aber sie zwang sich, seinem Blick standzuhalten.

Er hob eine Braue. »Du meinst also … etwas Unschickliches?«

Sie nickte, überwältigt von ihrer eigenen Kühnheit.

Dorian räusperte sich. »Wenn du sagst, ich soll es dir beibringen, dann … bin ich also dein …« Er hielt einen Moment inne, dann fuhr er fort. »Wie soll ich das sagen, ohne ordinär zu klingen? Dann hast du also noch nicht … mit einem Mann …«

Sie fand es bezaubernd, dass er, der sonst immer so souverän wirkte, plötzlich so verlegen war. Und auf einmal war ihre eigene Unsicherheit wie weggeblasen.

Sie sah ihn an. »Nein«, sagte sie leise. »Es ist mein erstes Mal, falls es das ist, was du fragen willst.«

»Und du meinst, hier, an diesem Ort, ist es richtig?«

Sie nickte lächelnd. »Ja, das denke ich.«

Sie zitterte ein wenig, nicht vor Angst, sondern vor Aufregung und Verlangen. Ihr war unglaublich warm, und sie spürte, wie ihr Herz wild gegen ihre Brust schlug. In einem Anfall von Übermut streifte sie ihre Kleidung ab, bis sie nur noch in Hemdhöschen und Strümpfen vor ihm stand. Dann trat sie einen Schritt näher, hob die Arme und begann, seinen Overall noch weiter aufzuknöpfen.

Es störte Joanna nicht, dass es kein Bett gab, dass es überall nach Öl und Benzin roch oder dass sie hier in einer Werkstatt waren. Es gab nur ihn und sie und diese magische Zeit.

17.

JOANNA

Flugfeld von Aspern, Österreich, Juni 1912

Die nächsten Tage bestanden noch einmal aus zahlreichen Wettbewerben und deren Vorbereitungen. Dazwischen lagen herrliche Stunden allein mit Dorian. Für ihre Schäferstündchen trafen sie sich im hinteren Bereich des Hangars oder an einem Platz auf der Rückseite der Tribünen, der außerhalb der Flugvorführungen nie frequentiert wurde. Diese heimlichen Treffen wurden zu einem aufregenden Spiel zwischen ihnen, bei dem das körperliche Vergnügen mit dem Reiz des Verbotenen verschmolz. Joanna genoss jede gestohlene Minute. Und genauso fasziniert, wie sie sich einen Motor anschaute, betrachtete sie nun Dorian. Sie kannte sich mit Flugzeugen und ihren Antrieben aus, aber nicht mit Männern. Voller Staunen registrierte sie die Reaktion seines Körpers auf sie. Das hatte so nicht in Vaters medizinischen Büchern gestanden.

»Wo warst du vorhin?«, fragte sie, als sie sich zu einem weiteren Tête-à-Tête zurückzogen.

»Unterwegs. Ich musste neue Gummis besorgen.«

Er griff in eine der Taschen seines Anzugs und holte ein kleines Pappschächtelchen mit dem Aufdruck *Olla* hervor.

Sie lächelte, noch immer ein wenig verschämt. Inzwischen wusste sie, um was es sich dabei handelte. Beim ersten Mal war sie so überwältigt von der Situation gewesen, dass sie kaum mitbekommen hatte, dass er sich eines dieser Kondome überstreifte, bevor er sich ihr zuwandte.

Als er dann behutsam in sie eingedrungen war, hatte es trotz aller Rücksichtnahme ziemlich weh getan, was Joanna ein bisschen aus ihrer verliebten Glückseligkeit warf. Aber dann wurde es besser, und die anfängliche Unannehmlichkeit war einer wachsenden Lust gewichen.

Als Joanna sich am Sonntag, dem letzten Flugtag, unter die Besucher mischte, fühlte sich die Luft an wie elektrisch aufgeladen. Hunderte von Gefährten, von eleganten Automobilen bis hin zu bescheidenen Fiakern, bevölkerten die Straßen, viele Besucher kamen auch zu Fuß. Ganz Wien schien in Bewegung zu sein, alle wollten einen Blick auf die Flieger und ihre atemberaubenden Flugmanöver erhaschen, die sie noch einmal erwarteten.

An diesem Tag gab es auch den Versuch, einen neuen Höhenweltrekord aufzustellen. Mehrere Flugzeuge stiegen empor, höher und immer höher, bis sie den Blicken entschwanden. Für eine Zeit lang schienen sie verschwunden zu sein. Dann, als die Zuschauer allmählich begannen, ungeduldig zu werden, tauchte einer der Flugapparate wieder auf. Es war der Österreicher Blaschke, der im Gleitflug langsam nach unten sank. Als er zur Landung ansetzte, knickte sein Fahrwerk um, aber mehr passierte nicht.

Die Nachricht, welche Höhe Blaschke erreicht hatte – 4360 Meter! – verbreitete sich wie ein Lauffeuer, und die

Menge brach in Jubel aus. So hoch war noch nie jemand gestiegen. Ein wirklich bemerkenswerter Rekord!

Danach verfolgten sie gebannt die fliegerische Herausforderung, in einem Quadrat mit gerade mal achtzig Metern Seitenlänge zu landen. Die Ecken des Quadrats waren mit hohen Stangen abgesteckt, die mit dünnen Schnüren verbunden waren. Es erforderte eine immense Geschicklichkeit, um in diesem begrenzten Raum zu manövrieren.

Mit Tausenden anderen verfolgte Joanna, wie der Franzose Molla mit Bravour landete, gefolgt von einem nicht enden wollenden Jubel der Zuschauer. Dann war Garros, auch er ein Franzose, an der Reihe, und nach einem ersten missglückten Versuch schaffte auch er es, die Herausforderung zu meistern.

Doch der Moment, auf den Joanna am meisten gewartet hatte, war der Auftritt von Aurel Vlaicu. Sie konnte förmlich seine Anspannung spüren, als er sich bereitmachte. Sein Flug war langsamer als der der anderen, und dann, plötzlich, stoppte er ganz und senkte das Flugzeug langsam und beinahe senkrecht Richtung Erde, bis die *Vlaicu II* sanft auf dem Boden landete. Der Applaus wollte nicht enden – das war meisterhaft gewesen! Doch leider war seine Landestelle winzige zwei Zentimeter weiter vom Zielpunkt entfernt als die von Garros, und so erreichte Vlaicu leider nur den zweiten Platz.

Beim Zielscheibenfliegen kam es zu einem Unfall, der zum Glück glimpflich ausging. Eine von einem französischen Flieger abgeworfene Sandbombe fiel in die Nähe der Zielrichtertribüne. Daraufhin rief man dem Franzosen zu, er möge das Werfen einstellen, da das Publikum in Gefahr sei. Der Pilot hörte die Warnrufe jedoch nicht und warf weitere Sandsäcke, von denen einer ins Publikum fiel und einen Zuschauer am Arm verletzte.

Womöglich angespornt durch Dorians Flugmanöver zu Beginn der Woche wollten zum Abschluss gleich mehrere Piloten außerhalb der Konkurrenz ihre Flugkünste zeigen.

Der Franzose Garros flog hoch und immer höher, stürzte sich dann kopfüber abwärts, fing sich kurz über dem Boden wieder ab und stieg dann abermals schraubenförmig empor. Der Schweizer Audemars tat es ihm nach und vollführte ein ganz ähnlich gewagtes Manöver.

Dann startete Dorian mit seiner *Aripa*. Auch er schraubte sich in den Himmel, drehte und raste nach unten, und auch er fing die Maschine nach einem halsbrecherischen Sturzflug erst kurz über dem Boden ab – so knapp, dass nicht nur Joanna kurzzeitig mit dem Schlimmsten rechnete und erleichtert aufatmete, als er wieder in die Höhe zog.

Die Menge folgte seinen Flugkünsten mit wachsender Bewunderung. Doch dann machte Dorian etwas, das Joanna noch nie zuvor gesehen hatte: Er lenkte das Flugzeug abermals steil nach oben, drehte es dann aber nicht erneut zum Sturzflug, sondern machte eine Neunzig-Grad-Wendung, sodass die Maschine nun kopfüber flog. Dann wiederholte er die Wendung – er war eine Schleife geflogen.

Die Zuschauer jubelten. Joanna sah mit offenem Mund zu; sie konnte kaum glauben, was sie sah. Nie hätte sie gedacht, dass so etwas tatsächlich möglich war.

Noch einmal führte Dorian dieses Manöver vor, und die Zuschauer jubelten frenetisch. Das war wahre Flugkunst!

Am Ende der Flugwoche von Aspern gab es insgesamt achtzehn Preisträger, von denen zehn Franzosen waren. Aurel Vlaicu gewann ganze fünf Preise, darunter einmal einen ersten Preis, und bekam eine Siegprämie von über siebentausend österreichischen Kronen. Damit hatte er Rumänien auf den zweiten Platz unter den teilnehmenden Ländern gebracht.

Nach der Siegerehrung, zu der zahlreiche Pressevertreter und Fotografen erschienen waren, versammelte sich Vlaicus Team in einem gemütlichen Lokal in der Nähe des Flugfelds, um diesen Erfolg gebührend zu feiern. Auch Joanna durfte teilnehmen, gemeinsam mit vielen anderen Freunden und Bewunderern. Man aß und trank, genoss Wiener Spezialitäten und stieß immer wieder auf Vlaicu an.

Am Vortag hatte Joanna über die kleine provisorische Poststation auf dem Flugfeld ein Telegramm an ihre Eltern aufgegeben. Darin teilte sie ihnen ihren Entschluss mit, dass sich ihre Pläne geändert hätten und sie noch länger in Europa bleiben würde. Später, so versprach sie, würde ein ausführlicherer Brief folgen.

Jetzt warf sie einen liebevollen Blick auf Dorian an ihrer Seite. Bereits am nächsten Tag würden sie beide nach Deutschland aufbrechen, um an einer weiteren Flugshow teilzunehmen. Die Vorstellung, zusammen mit diesem wagemutigen Piloten die Welt zu erkunden, erfüllte sie mit Freude und Aufregung.

18.

SARAH

Glengarriff, Anfang April

»Interessant?«, wiederholte Sarah und nahm das Handy, das ihre Großmutter ihr reichte. Sie beide saßen zusammen in Sarahs Hotelzimmer und schauten jetzt gemeinsam auf den kleinen Bildschirm von Helens Telefon.

Der Anhang einer Mail war geöffnet – die Ergebnisse des DNA-Tests, den Helen vor einigen Wochen hatte machen lassen.

Es folgte eine detaillierte Auflistung. Demzufolge setzte sich Helens Herkunft aus 30 Prozent Irland, 25 Prozent England und 25 Prozent Osteuropa zusammen. Der Rest verteilte sich zu geringen Prozentsätzen auf Frankreich, deutschsprachige Regionen Europas und andere europäische Regionen.

»Faszinierend, dass man das inzwischen so genau bestimmen kann, nicht wahr?«, sagte Helen.

Sarah nickte. »Fünfundzwanzig Prozent Osteuropa?«, las sie laut. »Meintest du das mit ›interessant‹?«

»Allerdings. Wie kommt denn das zustande?«

»Das bezieht sich vermutlich auf die Ebene deiner Großeltern«, erläuterte Sarah. »Jeder Mensch trägt fünfzig Prozent der Erbmasse seines Vaters und fünfzig Prozent seiner Mutter in sich. Das heißt, auch deine Eltern bestehen jeweils zu fünfzig Prozent aus der Erbmasse ihrer Eltern. Was bedeutet, dass du jeweils fünfundzwanzig Prozent Erbmasse deiner Großeltern trägst. Und wenn wir davon ausgehen, dass Aidan Sheridan dein Großvater war, könnten diese osteuropäischen fünfundzwanzig Prozent darauf hindeuten, dass …«

»… dass Aidan eine Liaison mit einer Frau aus dieser Region hatte«, vollendete Helen den Satz. »Womöglich mit einem polnischen Dienstmädchen.«

»Oder mit einer Prostituierten«, warf Sarah ein. »Sorry, aber das ist auch eine Möglichkeit.«

Helen nickte nachdenklich. »Stimmt, das sollte man auch bedenken. Das würde vermutlich auch erklären, warum das Kind, also mein Vater, in ein Waisenhaus kam. Eine nicht standesgemäße Verbindung, die zu sozialen Konflikten geführt hätte.«

»Es kann natürlich auch ganz anders gewesen sein«, sagte Sarah, »und die osteuropäische Herkunft kommt von der anderen Seite. Von einem der beiden anderen Großeltern.«

»Das ist richtig. Und unklar ist auch noch, warum Aidan mit seinem Kind in Amerika war.«

Sarah seufzte. »Ich fürchte, so leicht finden wir da keine Antwort. Und mit Brooklands sind wir ja auch nicht wirklich weitergekommen.«

Der ehemalige Flugplatz von Brooklands, wo Aidan und Joanna im Oktober 1911 ihren Flugschein gemacht hatten, existierte noch immer. Inzwischen gab es dort ein Museum, das Ausstellungen zur Geschichte des Motorsports und der Luftfahrt bot. Sarah hatte eine Mail dorthin geschickt und um Informationen über die Flugschüler Aidan und Joanna Sheridan gebeten. Die Antwort kam schnell, war aber leider nicht sehr hilfreich: Die Flugschule Hewlett & Blondeau war bereits Anfang 1912 wieder geschlossen worden, und außer den Namen der Absolventen, zu denen auch Aidan und Joanna Sheridan zählten, habe man leider keine weitergehenden Informationen.

»Vielleicht sollten wir erst mal an anderer Stelle weitermachen«, schlug Sarah vor. »Zum Beispiel bei dem Waisenhaus, in das dein Vater als kleines Kind gekommen ist. Du weißt doch, welches das war?«

»Ja, inzwischen schon. Das St Anne's Children's Home in Portland, Maine.«

»Hast du schon mal versucht, Kontakt aufzunehmen?«

»Nein«, gestand Helen. »Ich habe immer wieder darüber nachgedacht, aber irgendwie habe ich mich nicht dazu durchringen können. Und mir war es wichtiger, erst mal dich zu finden.«

»Dann werden wir uns eben gemeinsam dranmachen.« Sarah tippte den Namen und den Ort des Waisenhauses in eine Suchmaschine auf ihrem Handy.

»Hier«, sagte sie kurz darauf. »Es existiert noch. Was hältst du davon, einfach mal dort nachzufragen?«

»Ja, warum nicht. Es dürfte dort jetzt später Vormittag sein, das passt. Jetzt oder nie.« Helen griff nach ihrem Telefon. »Gibst du mir die Nummer? Dann versuch ich mal mein Glück.«

Es dauerte eine Weile, bis die Verbindung zustande kam, und dann noch ein bisschen, bis jemand abhob. Helen, deren Stimme ein wenig zitterte, erklärte ihrem Gesprächspartner, dass sie im Zuge ihrer Familienforschung nach Informationen zu ihrem Vater Jeremiah Sheridan suche, der in den 1910er-Jahren über das St Anne's Children's Home in Portland, Maine, von einer Familie Masters aus Framingham adoptiert worden sei. Und dass sie nun nach Aufzeichnungen über die Abgabe des Kindes und möglichen Hinweisen auf die Identität des abgebenden Elternteils, vermutlich ein gewisser Aidan Sheridan, fahnde. Das Telefonat dauerte eine Weile, dann bedankte Helen sich und legte auf.

»Na ja«, sagte sie dann, »ich erwarte nicht, dass viel dabei herauskommt, das Ganze liegt ja schon ewig zurück. Aber sie sind bereit, uns zu helfen. Ich soll ihnen eine Mail schreiben und noch mal alles genau erläutern, was ich wissen will. Dann würden sie im Kellerarchiv nachsehen, ob irgendwo noch alte Unterlagen darüber zu finden sind.«

Sarah stimmte zu, und gemeinsam machten sie sich daran, eine Nachricht an das Waisenhaus zu verfassen.

»Und was tun wir jetzt?«, fragte Sarah, als sie die Mail abgeschickt hatten. »Wir sind auf einer guten Spur, aber allzu viel herausgefunden haben wir noch nicht. Schade, dass wir morgen schon wieder zurückmüssen.«

»Ich habe keine Eile mit meiner Rückkehr in die USA. Dort wartet niemand auf mich.« Helen blickte nachdenklich aus dem Fenster des Hotelzimmers. »Was hältst du davon, wenn wir noch ein wenig länger hierbleiben und weiterforschen? Oder hast du schon genug von mir?«

Sarah lachte. »Ganz und gar nicht. Wir laufen uns doch gerade erst warm.«

»Hat Mrs Bachmann, ich meine, hat Sabine nicht gesagt, sie wäre diese Woche ausgebucht?«

Sarah nickte. »Ja, hat sie.«

»Das heißt für mich, dass es ab nächster Woche ganz anders aussehen könnte.«

»Vermutlich. Was hast du vor?«

Helen sah Sarah an und lächelte.

»Nun, was hältst du davon, Sabine zu fragen, ob sie demnächst zwei Zimmer für uns hätte?«

»Das wäre absolut wundervoll!«

»Nun, dann lass es uns doch mal versuchen.«

Es dauerte eine ganze Weile, bis jemand abnahm. Helen hatte ihr Handy diesmal auf Lautsprecher gestellt, und der Ton des Freizeichens hallte durch das Zimmer.

»Sabine's Bay View Lodge«, meldete sich dann eine leicht atemlose Stimme. Sarah stellte sich vor, dass Sabine gerade eine Treppe hinaufgestiegen war.

»Hi, Sabine, hier ist Helen Miller«, sagte Helen. »Ich habe Sie laut gestellt, damit meine Enkelin auch mithören kann. Sie erinnern sich an uns?«

Ein leises Lachen auf der anderen Seite der Leitung. »Ja, natürlich erinnere ich mich an Sie beide. Hi, Sarah. Wie kann ich Ihnen helfen?«

»Wir haben uns entschieden, noch ein wenig länger in Glengarriff zu bleiben«, sagte Helen. »Sie haben nicht zufällig zwei Zimmer frei?«

»Warten Sie einen Moment.« Ein Geräusch wie das Umblättern einiger Seiten folgte. »Helen, Sarah? Sie haben Glück. Eigentlich wäre ich die nächsten Wochen fast voll belegt, aber gestern hat jemand abgesagt. Ich hätte also tatsächlich ab Samstag zwei Zimmer frei.«

»Das ist wunderbar«, sagte Helen. »Die nehmen wir!«

Helen verlängerte großzügig ihre beiden Zimmer im Hotel um zwei weitere Nächte, auch wenn Sarah anfangs Bedenken hatte, weiterhin auf Helens Kosten zu leben. Aber Helen überzeugte sie, dass ihr »das bisschen Geld« nicht wehtue und dass sie ja keinen wirklichen Urlaub machten, sondern dass es in erster Linie darum ginge, die Geschichte ihrer beider Vorfahren zu erforschen.

Jetzt saßen sie nach einem gemeinsamen Abendessen in einer gemütlichen Ecke des Hotelrestaurants.

»So«, sagte Helen, nachdem sie einen Blick auf ihre Uhr geworfen hatte. »Ich werde mich jetzt in mein Zimmer zurückziehen und das irische Fernsehprogramm genießen. Ich muss unbedingt wissen, wie es in *Fair City* weitergeht.«

»Du schaust *Fair City?*«, fragte Sarah amüsiert. Die irische Endlosserie war ein fester Bestandteil des wöchentlichen Abendprogramms, schon so lange, wie Sarah denken konnte.

Helen nickte. »Ich verstehe zwar nur die Hälfte von all den Verwicklungen und Intrigen. Aber das ist eine gute Übung, um sich an die vielen irischen Dialekte zu gewöhnen. Und du? Was hast du vor?«

Sarah hob die Schultern. »Ich weiß noch nicht. Vielleicht schaue ich auch fern. Oder ich gehe ein bisschen spazieren.«

In Wahrheit wusste sie sehr genau, was sie vorhatte. Aber das wollte sie Helen nicht unbedingt auf die Nase binden.

Bei ihrem Treffen im Café hatte Kilian ihr zum Abschied erzählt, dass er manchmal abends, vor allem donnerstags, im Pub am Ende der Hauptstraße zu finden sei. Falls sie mal Zeit und Lust auf ein Bier oder Ähnliches habe.

Heute war Donnerstag, und sie hatte Lust.

Der Weg zum Pub war kurz, Glengarriff war ein kleiner Ort. Es war bereits dunkel, die Straßenlaternen tauchten die Straße in ein sanftes warmes Licht.

Fast wäre sie wieder umgekehrt: Aus der geöffneten Tür des Pubs drangen laute, fröhliche Klänge. *The Wild Rover*, wenn sie es richtig erkannte. Ein Music-Pub! Mit irischer Livemusik. Davon hatte Kilian nichts gesagt. Auch wenn viele Touristen und die meisten Einheimischen diese kulturelle Tradition schätzten, war diese Art von Musik so gar nicht nach Sarahs Geschmack.

Egal. Sie musste ja nicht lange bleiben. Ein kleines Guinness oder einen Cider, und dann würde sie wieder gehen.

Sarah trat ein und sah sich suchend um. Sie warf nur einen kurzen Blick auf die Musiker, die in einer Ecke des Raumes zusammensaßen und spielten. Die Tische waren alle belegt, aber es gab noch einige Plätze an der Bar.

Dann hoben sich ihre Mundwinkel ganz unwillkürlich: Dort, neben dem Tresen, saß Cooper, der Australian-Kelpie-Mischling mit dem Fuchsgesicht. Als er sie sah, begann er sofort, mit dem Schwanz zu wedeln. Und der Mann, der da neben ihm auf einem Barhocker vor einem Bier saß, mit dem Rücken zur Tür, war natürlich Kilian. Sie erkannte seine markante Silhouette, auch wenn seine Statur ein bisschen schmaler und seine Haare ein wenig kürzer und heller wirkten. Aber das mochte auch an dem schwachen Licht im Pub liegen.

»Hallo Kilian«, sagte sie, als sie ihn fast erreicht hatte.

Der Mann an der Bar drehte sich um. Sarah fiel das Lächeln aus dem Gesicht. Auch wenn er ihm ziemlich ähnlich sah: Das war nicht Kilian.

»Oh«, sagte sie. »Entschuldigung, ich habe Sie mit jemandem verwechselt.«

»Hi«, sagte der Mann, der nicht Kilian war. »Ich bin Finn. Kilian ist mein großer Bruder.«

»Hi«, gab sie zurück. »Ich bin Sarah. Freut mich sehr, Sie kennenzulernen.«

»Ich mich auch! Und du kannst Finn zu mir sagen.« Er strahlte sie an, und Sarah war kurzzeitig irritiert. Seine Reaktion und Sprechweise wirkten nicht wie die eines erwachsenen Mannes, sondern irgendwie – kindlich.

»Gern. Ist dein Bruder auch hier?«

»Da«, sagte Finn und deutete auf die Musiker. »Er spielt Gitarre.«

Sarahs Blick folgte seinem ausgestreckten Finger, und tatsächlich: Da war Kilian unter den Musikern. Gerade stimmten sie ein neues Lied an, das Sarah nicht kannte. Sein Blick traf Sarahs, ein Lächeln ging über sein Gesicht, und er nickte ihr kurz zu, bevor er sich wieder der Musik widmete.

»Ich arbeite in Adrigole«, sagte Finn neben ihr und riss sie zurück in die Realität. »Im *Senior Haven*.«

Sarah wandte sich ihm zu. »Tatsächlich?«

»Das ist ein Seniorenheim, da leben viele alte Menschen. Da fahre ich jeden Morgen mit dem Bus hin und arbeite in der Küche. Ich wasche das Gemüse und schneide es klein. Und ich helfe beim Tischdecken. Manchmal darf ich auch den alten Menschen das Essen hinstellen. Das mögen sie besonders.«

»Das kann ich mir sehr gut vorstellen.«

»Du bist nett«, sagte Finn. »Bist du Kilians neue Freundin?«

Sarah spürte, wie ihr unangenehm warm wurde. »Äh, nein. Wir kennen uns ja kaum.«

Finn nickte. »Kilians letzte Freundin war auch nett. Aber dann hat sie ihn verlassen.«

»Das war jetzt … etwas mehr Information, als ich gebraucht hätte«, sagte Sarah, ein wenig peinlich berührt.

Sie beugte sich zu Cooper, der sich erhoben hatte. Er wedelte wie wild mit dem Schwanz und klopfte dabei ständig an die Theke.

»Na, Cooper«, sagte sie. »Alles okay?«

»Ja, Cooper ist wieder gut drauf. Das freut uns alle total.«

Das Lied war zu Ende, und einer der Musiker verkündete, es gebe eine kurze Pause. Kilian steuerte die Theke an.

»Schön, dass du gekommen bist«, sagte er, während er Cooper streichelte, der sich aufführte, als hätte er sein Herrchen ein ganzes Jahr lang nicht gesehen. »Meinen Bruder hast du ja schon kennengelernt.«

Er sah Sarah prüfend und ein wenig unsicher an, als würde er einzuschätzen versuchen, was sie von Finn hielt.

»Ja, wir haben uns gut unterhalten«, sagte sie.

»Auch ein Bier?«, fragte er Sarah.

»Gern.«

Er machte dem Barkeeper ein Zeichen, der sofort zu zapfen begann.

»Ich wusste gar nicht, dass du Gitarre spielst«, sagte Sarah.

»Gefällt dir die Musik?«

Sie zögerte. Sie wollte nicht unhöflich sein, aber sie wollte ihn auch nicht anlügen. »Ihr spielt gut«, sagte sie schließlich.

»Aber so richtig gefällt es dir nicht?«

»Na ja …«, sagte sie gedehnt. »Vermutlich bin ich überempfindlich. Was mit der Dauerberieselung in dem Souvenirshop zu tun hat, in dem ich arbeite. Wenn man stundenlang mit immer denselben irischen Liedern beschallt wird, entwickelt man zwangsläufig eine Aversion dagegen.«

Er lachte. »Das kann ich sogar verstehen. Was hörst du denn sonst für Musik?«

Sarah zuckte mit den Schultern. »Indie Rock. Metal. Nordische Rockbands, vor allem finnische. So was in der Art.«

Zwei Pint Guinness landeten auf der Theke vor ihnen.

»Interessant. Allerdings kenne ich mich damit so gut wie gar nicht aus.«

»Das müssen wir aber dringend ändern«, hätte Sarah fast gesagt, steckte ihre Nase aber stattdessen nur in das Bierglas und nahm einen tiefen Schluck. Das schwarze, bittersüße Getränk war herrlich frisch und kalt.

Sie setzte das Glas ab und wischte sich den Schaum von der Oberlippe. »Wir haben übrigens das Haus gefunden, von dem du mir erzählt hast.«

»Und?« Er nahm ebenfalls einen Schluck.

»War ein Volltreffer.« Sie berichtete ihm von ihrem Besuch bei Sabine Bachmann und dass das Haus tatsächlich das ehemalige Heim der Sheridans gewesen war. Während Kilian ihr aufmerksam zuhörte und hier und da eine Frage stellte, saß Finn auf seinem Barhocker daneben und schien sich zu langweilen.

»Weißt du«, mischte er sich schließlich ins Gespräch, »dass Kilian richtig gut kochen kann?«

Sarah wandte sich ihm zu. »Nein, das wusste ich nicht.«

»Ja, manchmal kochen wir auch zusammen. Wir können ja mal für dich kochen. Okay?«

»Finn«, sagte Kilian. »Jetzt warte doch erst …«

»Genau!« Finn war nicht aufzuhalten. »Wir können Lasagne oder Spaghetti Bolognese machen. Mit einem Salat. Und dann …«

»Finn, hör auf! Du kannst nicht immer jeden gleich einladen! Sarah wird sehr bald wieder zurück nach Cork fahren.«

Sarah lächelte. »Eigentlich nicht. Wir haben vor Kurzem entschieden, noch ein Weilchen zu bleiben. Wir haben nämlich Zimmer im ehemaligen Sheridan House bekommen.«

»Wirklich? Das ist toll!«

»Siehst du«, sagte Finn zu seinem Bruder, kein bisschen beleidigt. »Sie bleibt noch. Dann können wir sie auch einladen.«

Sarah sah Kilian an. »Ich würde sehr gern kommen«, sagte sie mit klopfendem Herzen.

»Das würde mich wirklich freuen.«

Von der Ecke des Raums, wo sich die Musiker wieder sammelten, ertönten einige erste Klänge, als sich die Band auf eine weitere Darbietung vorbereitete.

»Ich muss zurück.« Kilian deutete mit einem Kopfnicken dorthin. »Bleibst du noch ein bisschen?«

»Natürlich.«

Er nahm einen letzten Schluck, klopfte Cooper kurz auf die Flanke und ging zurück zur Band. Sarah lehnte sich an die Bar und beobachtete ihn, als er mit den anderen Bandmitgliedern sprach und seine Gitarre wieder aufnahm. Kurz darauf stimmten sie ein weiteres Lied an.

Sarah ertappte sich dabei, wie sie den Takt mit dem Fuß mitwippte, von neuer Freude erfüllt. So schlimm war diese Musik gar nicht. Sie könnte sich durchaus daran gewöhnen.

19.

SARAH

Glengarriff, Anfang April

Am Samstag checkten sie aus dem Hotel aus und zogen in Sabine's Bay View Lodge um.

Sarahs Zimmer im ersten Stock war zwar erheblich kleiner als das im Hotel, aber hell, einladend und sehr gemütlich. Die Wände waren in freundlichem Gelb gestrichen, ein großes Fenster mit geblümten Vorhängen ließ Licht herein und öffnete den Blick auf die malerische Umgebung. Auf dem sorgfältig bezogenen Bett waren bunte Kissen drapiert, und an einer Wand stand ein antik wirkender kleiner Sekretär mit einem Stuhl davor. Sie fühlte sich sofort heimisch.

Zu Sarahs Überraschung standen in der Mitte des Zimmers außerdem noch zwei alte Koffer.

»Die hab ich schon mal aus dem Keller raufgeholt«, erklärte Sabine. »Wie Sie wissen, gibt es noch mehr, aber diese beiden Koffer waren die größten. Der hier …«, sie deutete auf den kleineren, dessen verwittertes Leder zahlreiche Kratzer und Abnutzungsspuren aufwies, »ist leider verschlossen, und ich habe keinen Schlüssel dazu gefunden. Aber gerade deshalb scheint er mir am vielversprechendsten. Ich muss jetzt leider weg, aber Sie beide können gern in aller Ruhe weiterstöbern. Vorausgesetzt«, sagte sie mit einem Augenzwinkern, »Sie weihen mich ein, sobald Sie etwas Interessantes gefunden haben.«

Das versprachen sie natürlich.

Nachdem sie sich in ihrem Zimmer fürs Erste eingerichtet hatten, machten sie sich an die Arbeit. Mit ein bisschen Mühe öffneten sie den größeren Koffer, klappten ihn auf und begutachteten den Inhalt.

Schnell entdeckten sie eine gerahmte Schwarz-Weiß-Fotografie, die sechs Personen in vornehmer Kleidung des frühen zwanzigsten Jahrhunderts zeigte. Die beiden Eltern sitzend, der Vater in dunklem Anzug und mit gepflegtem Bart, die Mutter in einem schmal geschnittenen Kleid, das ihre schlanke Figur betonte. Sie hielt einen Säugling im Arm und wirkte trotz ihres Lächelns recht erschöpft. Neben den Erwachsenen standen drei weitere Kinder zwischen ungefähr zehn und dreizehn oder vierzehn Jahren, schätzte Sarah. Zwei Mädchen in weißen Rüschenkleidern und ein Junge in einem Matrosenanzug.

»Ob das unsere Sheridans sind?«

Sarah hob die Schultern. »Möglich wäre es, schließlich war das hier ihr Haus. Und sie hatten vier Kinder, auch das könnte hinkommen.«

»Dann ist der Junge auf dem Bild wohl Aidan«, sagte Helen.

»Und die beiden älteren Mädchen müssen Joanna und Carol sein.«

Helen ließ die Fotografie sinken. »Das ist ja alles sehr interessant«, sagte sie, »aber es hilft uns leider nicht bei der Suche nach meinem Vater.«

»Gib doch nicht so schnell auf. Lass uns weiterschauen. Zum Beispiel hier.« Sarah nahm eine dicke Zeichenmappe mit vergilbtem Röschenmuster aus dem Koffer und öffnete die Schleife, mit der sie zugebunden war. »Sieht aus wie Briefe.«

Vorsichtig blätterten sie die vergilbten Papiere durch. Es waren Briefe an Lavinia, die jüngste Sheridan-Schwester. Ein Schreiben, das Sarahs Aufmerksamkeit erregte, stammte von Joanna. Sarah überflog die leicht unordentliche Handschrift. Joanna erzählte viel von der Fliegerei, von Flugshows und begeisterten Menschenmengen – und schloss damit, dass sie vorerst noch auf dem Festland bleiben würde, um zu weiteren Flugshows zu reisen. Ende August, schrieb sie, würde sie vermutlich zurück in Irland sein. Dem Brief war das Programmheft einer Flugshow in der Nähe von Wien aus dem Jahr 1912 beigelegt.

»Das fühlt sich für mich gerade ganz komisch an«, sagte Helen, den Blick auf Joannas Brief gerichtet. »Ich meine, etwas in den Händen zu halten, das Aidans Schwester geschrieben hat. Meine Großtante.«

Sarah nickte. »Und meine Ururgroßtante. Ja, geht mir ähnlich. Es wird plötzlich so … ich weiß nicht … real.«

»Ja. Als wäre man durch die Zeit gereist und würde sich leibhaftig mit ihr unterhalten.«

In der Mappe, die offenbar von Lavinia angelegt worden war, fanden sich einige ausgeschnittene Zeitungsartikel, in denen es durchweg um Flugvorführungen und -shows ging: Aspern bei Wien. Leipzig in Deutschland. Larkhill in England. Johannisthal bei Berlin. Ein Artikel berichtete über verschiedene Flieger, *»darunter auch eine junge Dame, genannt*

›Irish Bird‹, die ebenfalls ein Pilotenpatent besaß. Es scheint, dass diese talentierte Fliegerin, die mutig ihre Blériot XI durch die Lüfte navigiert, noch von sich reden machen wird.«

»Irish Bird?« Sarah runzelte die Stirn, während sie den Artikel erneut überflog. »Könnte das vielleicht Joanna sein?«

Sie durchsuchten weitere Artikel nach Bestätigung, fanden aber nichts Konkretes heraus. Dafür entdeckten sie Briefe von Carol an Lavinia, in die sie sich ebenfalls vertieften. Carol war offenbar Ende 1912 nach Dublin gezogen, um dort zu studieren. Sie schrieb von ihren Erlebnissen an der Universität und ihren neuen Freundinnen und wie aufregend es war, die Welt der Medizin zu erkunden. Dann erregte etwas Sarahs Aufmerksamkeit.

»Hör mal«, sagte sie und las eine Passage vor: *»Gestern ist Joanna hier angekommen. Ich habe ein Zimmer für sie gemietet, nicht weit von der Universität entfernt. Ihre Leidenschaft für das Fliegen ist noch da, aber sie wirkt jetzt oft in sich gekehrt und bedrückt. Ich würde ihr so gern helfen.«* Hier endete die Seite. Eine Fortsetzung des Briefs war nicht zu finden, so sehr sie auch danach suchten.

»Lass uns damit weitermachen.« Helen deutete auf den zweiten, ziemlich eingestaubten Überseekoffer, der womöglich noch Enthüllungen barg. Doch wie Sabine schon gesagt hatte: Die beiden alten Schlösser ließen sich nicht öffnen. Alles vorsichtige Rütteln und Klopfen half nichts: Der Koffer blieb zu.

»Ich fürchte«, sagte Sarah mit einem tiefen Seufzen, »da müssen wir warten, bis Sabine wiederkommt. Vielleicht gibt es ja doch noch irgendwo einen Schlüssel.«

»Das glaube ich nicht.« Helen schüttelte den Kopf.

»Nein, ich denke, wir müssen uns selbst behelfen. Und ich glaube, das könnte ich hinkriegen.« Sie betrachtete den verschlossenen Koffer, kramte in ihrer Handtasche und holte ein paar Haarnadeln heraus. Vorsichtig begann sie, eine der Nadeln in das linke Schloss einzuführen, dann nahm sie eine zweite dazu.

»Du wirst jetzt aber nicht versuchen, die Schlösser mit einer Haarnadel zu öffnen«, sagte Sarah.

»Wonach sieht es denn aus?«

»Aber wie … woher …« Sarah verstummte kurz, als das erste Schloss mit einem leisen *Pling* aufsprang. »Woher zum Teufel kannst du so was?«

»Ich war in meiner Jugend bei den Pfadfindern. Da lernt man so was.« Ein weiteres kurzes Hantieren, dann war auch das zweite Schloss geöffnet. Helen klappte den Koffer auf. »Bitte schön.«

»Du bist wirklich unglaublich!«

Helen zuckte mit den Schultern. »Danke.«

Leider war der Inhalt dieses Koffers um einiges enttäuschender als der des ersten. Zwischen alten, vergilbten Notenblättern für Klavierstücke, einem Taschenuhrgehäuse ohne Uhrwerk und einer Sammlung getrockneter, gepresster Blumen fanden sie nur noch mehrere dunkle Stofflappen.

Sarah betrachtete die Funde mit mäßigem Interesse, während Helen ziemlich aufgeregt wirkte.

»Weißt du, was ich glaube?«

»Du wirst es mir sicher gleich sagen.«

Helen nahm einen der dunkelblauen Lappen in die Hand und strich sanft darüber. »Dieser Stoff, diese Farbe –

die kenne ich. Ich glaube, daraus ist der kleine Teddybär gefertigt, den mein Vater seit seiner Kindheit hatte. Mr Henry hat er ihn genannt.«

»Meinst du wirklich? Der Bär, den du im Nachlass deines Vaters gefunden hast?« Das wäre in der Tat bemerkenswert. Plötzlich gewannen die dunklen Lappen eine neue Bedeutung. Sie waren etwas spröde, aber immer noch gut erhalten.

»Ja«, sagte Helen. »Genau das denke ich. Dads Teddy ist zwar viel abgegriffener, aber der Stoff hat genau dieselbe Struktur. Und hier, siehst du?« Sie zeigte auf eine feine, aber robuste Naht, die darauf hinwies, dass dieser Lappen ursprünglich Teil eines größeren Kleidungsstücks gewesen sein musste. »Vielleicht wurde dieser Stoff für Arbeitskleidung verwendet. Er ist robust genug dafür. Vielleicht gehörte er ursprünglich zu einer alten Jacke oder so was.«

Sie ließ den Lappen ein letztes Mal durch ihre Finger gleiten, dann legte sie ihn zurück.

Leider fanden sie sonst nichts mehr, was ihnen weiterhalf. Sie klappten den Deckel zu und stellten beide Koffer vorsichtig in eine Zimmerecke.

»Hast du inzwischen eigentlich eine Antwort von dem Waisenhaus bekommen?«, fragte Sarah.

»Vorhin war noch nichts da. Aber warte, ich schau mal. Ja, in der Tat, da ist was gekommen.«

Gemeinsam beugten sie sich über die Mail, die eine gewisse Vanessa ihnen geschickt hatte.

Liebe Mrs Miller,

vielen Dank für Ihre Anfrage. Tatsächlich haben wir nach längerer Suche in unserem Kellerarchiv eine alte Akte zu diesem Fall finden können. Im Anhang übersende ich Ihnen einige Fotos davon.

Leider gibt es nur wenige Informationen.

Was wir feststellen konnten, ist:

- Das Kind, ein irischstämmiger Junge mit Namen Jeremiah Sheridan, wurde im November oder Dezember 1916 – genauer Monat leider unleserlich – im St Anne's Children's Home abgegeben.
- Der Name des Mannes, der das Kind abgegeben hatte, wurde mit Michael Donnelly angegeben, wohnhaft in Quincy, Massachusetts. Mr Donnelly betonte laut Aktennotiz allerdings, dass er nicht der Vater des Kindes sei und dass er den Kleinen leider nicht länger bei sich behalten könne, da er finanzielle Schwierigkeiten habe und sich nicht weiter angemessen um ihn kümmern könne, insbesondere da er bereits drei kleine eigene Kinder habe.
- Adoptiert wurde der kleine Jeremiah schließlich Ende 1917 von einer Familie Masters aus Framingham, Massachusetts. Das deckt sich mit Ihren Angaben.

Das ist alles, was wir dazu finden konnten. Falls Sie weitere Fragen haben, können Sie sich gern erneut an uns wenden.

Mit freundlichen Grüßen
Vanessa Hobbs, Assistentin der Verwaltung
St Anne's Children's Home, Portland, Maine

»Okay«, sagte Sarah gedehnt. »Jetzt haben wir also die Information, dass dein Vater als kleines Kind tatsächlich im Waisenhaus abgegeben wurde.«

»Aber offenbar nicht von Aidan Sheridan, sondern von einem Mann namens Michael Donnelly«, ergänzte Helen. »Irgendwie habe ich den Eindruck, dass alles immer komplizierter wird, je mehr wir nachforschen, und nicht einfacher. Wer war dieser Michael Donnelly? Warum hat er das Kind abgegeben? Und warum ist kein Wort von Aidan vermerkt? Oder hat Aidan einen falschen Namen angegeben? Aber warum?«

Sarah überlegte eine ganze Weile. »Vielleicht müssen wir ja ganz neu denken«, sagte sie dann. »Vielleicht müssen wir einen Schritt zurücktreten und die Situation aus einem anderen Blickwinkel betrachten.«

»Inwiefern?«

»Gibt es denn klare Hinweise darauf, dass Aidan Jeremiahs Vater war?«

Helen hob die Schultern. »Wir sind einfach davon ausgegangen. Schließlich stand es ja auch so in den Unterlagen vom Heim.«

»Aber was, wenn das nicht stimmt?« Sarah war plötzlich ganz aufgeregt. »Denk mal zurück an den Brief, den Carol an Lavinia geschrieben hat. Der, in dem sie erzählte, dass Joanna – wann? 1913? – nach Dublin zu ihrer Schwester kam. Der Grund wurde nicht genannt, nur, dass Carol ein Zimmer für sie gemietet habe und dass sie oft bedrückt und in sich gekehrt wirkte. Könnte es nicht sein, dass Joanna zu diesem Zeitpunkt schwanger gewesen ist?«

»Du meinst …«

Sarah nickte. »Ich meine, es könnte doch möglich sein, dass nicht Aidan Jeremiahs Vater war. Vielleicht sind wir die ganze Zeit auf der falschen Spur. Vielleicht sollten wir nicht nach dem Vater suchen, sondern nach der Mutter!«

20.

JOANNA

Leipzig, Deutschland, Juli 1912

Joannas Herz schlug schneller, als sich das Flugzeug in die Höhe schraubte. Sie wurde in den Sitz gedrückt, die Welt unter ihr wurde kleiner, als sie immer weiter in den Himmel hinaufstiegen. Dorian rief etwas, doch durch das Dröhnen des Motors und das Heulen des Windes drangen seine Worte nicht zu ihr durch.

Dann hatte die *Aripa* die richtige Höhe erreicht, und Dorian zog den Steuerknüppel noch weiter nach hinten. Die Welt um sie herum drehte sich kopfüber, Himmel und Erde tauschten die Plätze und verschwammen zu einem Farbenrausch aus Blau und Grün. Joannas Magen verkrampfte sich, ihr Körper schrie vor Anspannung und Übelkeit. Einen angsterfüllten Moment lang fürchtete sie zu fallen, ihre Hände klammerten sich fest an den Sitz. Aber sie konnte nicht herausfallen: Über ihren Schultern waren feste Gurte gespannt, die sie und Dorian sicher in ihren Sitzen hielten.

Ihr Herz raste, sie spürte das Pochen bis in die Fingerspitzen. Eine Mischung aus Aufregung und Angst durchflutete sie, und sie stieß ein nervöses Lachen aus, das vom Wind verschluckt wurde.

Dorian beendete den Looping und steuerte seine Blériot routiniert zurück in die Waagerechte, und die Welt rückte wieder in die richtige Position. Unter ihnen winkten und applaudierten die Menschen. Joanna fühlte sich großartig.

Sie beugte sich nach vorn, so weit die Gurte es erlaubten. »Noch mal!«, rief sie laut, ohne zu wissen, ob Dorian sie hörte. »Mach das noch mal!«

Sie waren in Leipzig in Deutschland, wo eine weitere Flugwoche stattfand. Nach ihrem Aufenthalt in Wien waren sie mit dem Zug über Prag und Dresden hierhergereist, Dorians sorgfältig zerlegte *Aripa* wurde mitsamt Zubehör in einem Frachtwaggon transportiert. Ursprünglich waren in Leipzig nur deutsche Piloten zugelassen, aber da sich ohnehin zu wenige Mitbewerber eingefunden hatten, durfte er dennoch teilnehmen.

Bei ihrer Ankunft hatte das denkbar schlechteste Flugwetter geherrscht. Mehrere Tage lang wehte ein kräftiger Wind, teilweise gefolgt von Gewittern mit heftigem Regen. Erst allmählich besserte sich das Wetter, die Tore der Hangars öffneten sich, und einige der teilnehmenden Flieger starteten zum Dauerflug, einem Flug ohne Zwischenlandung. Der Rekord vom Vorjahr lag bei zwei Stunden und neunzehn Minuten. Aber bald musste einer von ihnen wegen eines Propellerbruchs aufgeben, und andere waren gezwungen, frühzeitig zu landen, weil der Motor zu heiß geworden war. An diesem Tag wurde der Rekord nicht gebrochen.

Joanna und Dorian interessierten solche Dauerflüge nicht sonderlich. Sie wollten lieber Kunstflugmanöver sehen. Dorian nahm mit seiner Blériot am Zielwerfen teil, bei dem kleine Sandsäcke möglichst treffsicher aus dem Flugzeug geworfen werden mussten, und schnitt als einer der Besten ab.

Die Menge beklatschte jeden neuen Start freudig, am meisten aber begeisterten sie die waghalsigen Flugmanöver, die manche der Piloten flogen. Jeder Looping, jede Rolle, jeder Sturzflug wurde mit frenetischem Beifall gefeiert, und auch Dorians Flüge zogen bewundernde Blicke auf sich.

Am letzten Flugtag wurden die Gewinner verkündet. Dorian war zwar nicht unter den regulären Teilnehmern, bekam aber für seine Leistungen ein Preisgeld von vierhundert Mark zugesprochen. Das entsprach mehr als dem Jahreslohn eines qualifizierten Handwerkers.

Kaum war die Flugwoche in Leipzig vorüber, ging es für Joanna und Dorian auch schon zum nächsten Wettbewerb, diesmal nach England. Um Geld zu sparen, schliefen sie während der Reise am Bahnhof und manchmal auch in billigen Gasthäusern. Dort gaben sie sich stets als Ehepaar aus – Mr und Mrs Morris –, um zusammen sein zu können und sich die Kosten für zwei Einzelzimmer zu sparen. Gelegentlich wurden sie allerdings aufgefordert, ihre Heiratsurkunde vorzulegen – den Wirten drohten schließlich Strafen wegen Kuppelei, wenn sie Zimmer an unverheiratete Paare vermieteten. In diesen Fällen erklärte Dorian höflich, dass sie gerade erst geheiratet und die Urkunde bedauerlicherweise nicht bei sich hätten, sie aber beim nächsten Besuch gerne vorzeigen würden. Einmal bestand der Wirt allerdings darauf, dass sie ohne einen Ehenachweis kein Zimmer bekommen könnten, sodass sie an diesem Abend gezwungen waren, das Gasthaus zu verlassen und nach einer anderen Unterkunft zu suchen.

Um solche Situationen in Zukunft möglichst zu vermeiden und glaubwürdiger zu wirken, machten sie sich am nächsten Tag auf den Weg zu einem nahegelegenen Juwelier und kauften einen schlichten Ring für Joanna, den sie, da es im Preis inbegriffen war, gravieren ließen. Und tatsächlich: Bei ihrer nächsten Unterkunft, als Joanna stolz den frisch erworbenen Ring trug, gab es keine Fragen.

In Larkhill im Südwesten Englands sollte ein Wettbewerb stattfinden, bei dem es darum ging, die beste Flugmaschine für die Bedürfnisse der britischen Armee zu finden. Joanna hatte darüber in der *Flight* gelesen. Bei englischen Politikern und Militärs hatten bislang weitverbreitete Ignoranz und Skepsis über die Vorstellung von Dienstfluggeräten geherrscht. Flugzeuge hielt man für »eine nutzlose und teure Modeerscheinung, die von einigen wenigen Spinnern befürwortet wird, deren Ideen es nicht wert sind, beachtet zu werden«, wurde ein britischer Staatsmann zitiert. Aber inzwischen hatte ein Umdenken stattgefunden; im April des Vorjahres war das Royal Flying Corps, das Königliche Fliegerkorps, gegründet worden, und nun hatte man einen Wettbewerb für mögliche Militärmaschinen ausgeschrieben. Die teilnehmenden Flugzeuge mussten unter anderem in der Lage sein, von hohem Gras und unebenem Boden aufzusteigen und auf gepflügtem Land zu landen, ohne dabei Schaden zu nehmen. Außerdem waren ein einfacher Zusammenbau und Abbau sowie die Möglichkeit des Straßentransports wichtig.

Dorian versprach sich viel von diesem Wettbewerb.

»Die Preisgelder sind zwar nicht so hoch wie in Aspern«, sagte er, »aber Kleinvieh macht auch Mist.«

»Kleinvieh?«, empörte Joanna sich. »Der Hauptpreis beträgt immerhin viertausend Pfund!«

»Und du glaubst, wir gewinnen den Hauptpreis?«

»Warum nicht? Man kann es doch zumindest versuchen.«

Dorian lächelte, legte seinen Arm um Joanna und küsste sie. »Ich liebe deinen Optimismus!«

Jedes Flugzeug musste in einer Kiste vorgegebener Größe nach Larkhill transportiert und dort montiert werden. Die meisten waren in zerlegtem Zustand mit dem Schiff und dann der Eisenbahn, zum Teil auch mit einem Automobil mit Anhänger nach Larkhill gebracht worden. Da er keine eigene Crew hatte, heuerte Dorian zwei einheimische Mechaniker an, die ihm und Joanna bei der Montage sowie bei der Vorbereitung und Wartung des Flugzeugs halfen. Die Fliegergemeinschaft war international, die wichtigsten Sprachen waren Englisch, Französisch und Deutsch, sodass Joanna und Dorian überall gut zurechtkamen.

In Leipzig waren sie gemeinsam mit anderen Fliegern und ihren Crews in einigen Baracken untergekommen, in Larkhill waren als Unterkünfte für die Teilnehmer ein paar Rundzelte errichtet worden und dazu ein großes Festzelt, in dem sie die Mahlzeiten einnahmen.

Hier fragte niemand nach der Art ihrer Beziehung – Joanna gehörte zu Dorian, und damit war sie natürlich auch gemeinsam mit den anderen untergebracht. Trotz der beengten und oft sehr einfachen Verhältnisse war Joanna glücklich. Sie war verliebt, und sie teilte mit Dorian die Leidenschaft für das Fliegen. Zu ihrem vollkommenen Glück fehlte lediglich, dass sie auch selbst fliegen durfte. So blieb ihr nur, gelegentlich als Passagier bei Dorian mitzufliegen, wenn es das Reglement erlaubte oder wenn er zu einem Probeflug aufstieg. Ansonsten sah sie ihm und den anderen Piloten vom Boden aus zu und hielt den Atem an, wenn er seine Flugkünste zeigte.

Dann aber schlug das Wetter um, und wie schon in Leipzig machte heftiger Regen mit böigen Winden das Fliegen unmöglich. Ein Redakteur der *Flight*, der vor Ort war, um von dem Wettbewerb zu berichten, klagte Joanna sein Leid: »Ich kann mir vorstellen, dass es in der Erinnerung der Menschheit nirgends einen solchen August gegeben hat. Und dass er ausgerechnet auf einem offiziellen Luftfahrttreffen stattfinden soll, ist nichts weniger als der Gipfel der Ironie.«

Mehrere Tage lang war keine Wetterbesserung abzusehen, und die Flieger wurden allmählich ungeduldig. Um die Wartezeit zu überbrücken, ließ sich manch einer der Piloten ein paar Spiele einfallen. So amüsierten sie sich mit Versuchen, sich gegenseitig mit einem Lasso einzufangen. Joanna erwies sich beim Lassowerfen als besonders geschickt und sorgte damit für viel Unterhaltung. Außerdem wurden einige Kricketspiele organisiert, wenn auch nicht ganz regelgemäß: Als behelfsmäßiger Schläger diente eine überzählige Schwanzkufe eines Deperdussin-Flugzeugs.

Einer der Piloten, ein gebürtiger Amerikaner namens Samuel Cody, erzählte, warum er nicht mit seinem ursprünglich angemeldeten Eindecker, sondern mit einem Doppeldecker erschienen war, den er hastig aus den Überresten einer früheren Maschine gebaut hatte. Ihm sei nämlich in einer Höhe von zweitausend Fuß plötzlich der Motor seines Flugzeugs ausgefallen, und als er auf einer Weide in Farnborough zur Notlandung ansetzte, kollidierte das Flugzeug mit einer Kuh. Weder Kuh noch Maschine hatten diese Begegnung überlebt. Und nicht nur, dass sein Flugzeug zerstört war, Cody war auch noch verpflichtet, dem Besitzer des Tieres eine Entschädigung zu zahlen.

»Er wollte nicht akzeptieren, was ich zu meiner Verteidigung anbrachte: dass nämlich die Kuh Selbstmord begangen habe!«, empörte er sich im Kreis seiner Zuhörer, die ihn lachend bedauerten.

Als das Wetter einige Tage später aufklarte, wurde wieder geflogen. Bei einem Dreistundenflug stellte ein Pilot einen neuen Höhenrekord auf. Beim Landungs- und Startwettbewerb mussten die Maschinen auf tiefen, gepflügten Furchen starten und landen. Damit kamen nur wenige zurecht, darunter die drei teilnehmenden Blériots.

Am Ende der Veranstaltung stand fest, dass alle neuen Maschinen versagt hatten. Nur sechs oder sieben Flugzeuge älteren Baujahrs hatten die Bedingungen halbwegs erfüllt. In der Internationalen Klasse ging der erste Preis an den Cody-Doppeldecker, der zweite an einen französischen Deperdussin-Eindecker. Dorian erlangte zwar keinen der ersten Preise, aber für die erfolgreiche Durchführung aller vorgegebenen Tests erhielt er – wie auch einige andere – einhundert englische Pfund. Die geringe Summe enttäuschte ihn, aber nur kurz. Wenn sie Anfang Oktober erst zur Herbstflugwoche in Berlin waren, würde er erneut sein Können unter Beweis stellen.

Aber vorher stand für sie beide erst noch etwas anderes auf dem Programm: Sie würden einen Abstecher nach Irland machen. Joanna freute sich darauf, ihre Familie wiederzusehen.

21.

JOANNA

Larkhill, England, August 1912

Sie würden mit Dorians Blériot, der *Aripa,* nach Irland reisen. Viel Gepäck konnten sie nicht mitnehmen. Nur das, was unbedingt nötig war, kam in zwei Reisetaschen, die sie dann im spärlichen Raum neben und unter ihren Sitzen befestigten.

Um sicherzugehen, dass ihnen unterwegs nicht der Treibstoff ausging, informierten sie sich genau über die Lage möglicher Tankstellen und planten daraufhin mehrere Unterbrechungen für Tankstopps ein. Die größte Herausforderung stellte dabei die Überquerung der Irischen See dar. Es war erst wenige Monate her, dass es einem Piloten gelungen war, das Meer zwischen England und Irland mit dem Flugzeug zu überwinden, und Joanna hatte Bedenken, ob die *Aripa* den Flug schaffen würde, aber Dorian war zuversichtlich.

Die erste Etappe führte sie von Larkhill aus nach Goodwick an der Westküste von Wales, eine Strecke von ungefähr einhundertzwanzig Meilen. Der Flug über Land verlief ohne Probleme, erst kurz vor der Landung wehte eine leichte Brise. Dorian landete auf einem Feld, dann holten sie sich Benzin bei einer nahegelegenen Tankstelle, füllten den Treibstoff in den Tank und brachen erneut auf.

Kaum waren sie von Goodwick aus nach Westen gestartet und flogen über das Meer, kam ein kräftiger Wind auf. Es fühlte sich an, als führen sie über eine extrem holprige Straße, nur mit dem Unterschied, dass unter ihnen kein Weg, sondern tausend Fuß Luft war. Bald darauf goss es in Strömen. Innerhalb kürzester Zeit waren das Flugzeug und seine Insassen klatschnass. Joanna fror trotz ihrer mit Pelz gefütterten Kleidung. Während Dorian versuchte, die Nase des Flugzeugs gegen den Wind zu halten, beobachtete Joanna mit Sorge, wie sich der Stoff, mit dem die Flügel der Blériot bespannt waren, durch die Nässe immer weiter dehnte. Dann fing auch noch der Motor immer wieder kurz zu stottern an. Da Dorian jedoch gelassen blieb und sich auch der Motor bald wieder benahm, beruhigte Joanna sich wieder.

Dennoch war sie sehr erleichtert, als nach knapp zwei Stunden Irlands Küste unter ihnen erschien und Dorian die Maschine in den Landeanflug auf einem Feld lenkte. Joannas Beine zitterten ein wenig, als sie wieder festen Boden unter den Füßen hatte. Für diesen Tag waren sie genug geflogen. Die letzte Etappe würden sie morgen angehen, wenn sie sich ausgeruht und die Maschine neu betankt hatten.

Nach der Landung durften sie die *Aripa* in einem Schuppen bei einer nahegelegenen Tankstelle unterstellen. Danach machten sie sich zu Fuß auf den Weg nach Enniscorthy, wo sie sich ein Gasthaus suchen wollten.

»Sieh nur!« Joanna – durchnässt, frierend, aber bester Laune – deutete nach Westen, wo sich ein Regenbogen über den Himmel spannte. »In Irland sagt man, am Ende des

Regenbogens steht ein Topf mit Gold. Als Kind wollte ich unbedingt dorthin, um das Gold zu finden.«

Dorian strich sich die feuchten Haare aus der Stirn und lächelte. »In Rumänien heißt es, dass der Regenbogen den Pfad zu einem geheimnisvollen Schloss anzeigt, wo es lauter wundersame Sachen zu entdecken gibt.«

Der Regenbogen verblasste bereits. »Nun«, sagte Joanna, »dann sollten wir uns besser beeilen, bevor er ganz verschwindet.«

*

Aidan hörte das vertraute Knattern eines einmotorigen Flugzeugs schon von Weitem. Dann tauchte ein Eindecker – war das eine Blériot? – aus den Wolken auf. Aidan konnte die Umrisse zweier Personen darin erkennen. Die hintere winkte. Er winkte zurück.

Gleich würde er Joanna wiedersehen. Endlich! Seine Lieblingsschwester war zwar nur einige Wochen fort gewesen, aber es kam ihm vor wie eine halbe Ewigkeit. Die Enttäuschung war groß gewesen, als Joanna geschrieben hatte, dass sie nach ihrem Aufenthalt in Wien nicht sofort nach Hause zurückkehren, sondern noch eine Weile auf dem Festland bleiben und weitere Flugshows besuchen würde. Aber jetzt, endlich, kehrte sie zurück.

Joanna hatte telegrafiert, dass sie heute kommen würde. Mit dem Flugzeug. Und dass sie einen befreundeten Piloten mitbringen würde.

Das Flugzeug drehte ein paar weite Runden über Glengarriff und die Bantry Bay. Das ungewohnte Geräusch und der Anblick einer Flugmaschine hatten einige Bewohner umliegender Gehöfte angelockt, die sich vor ihre Häuser stellten und den Flug beobachteten.

Dann landete das Flugzeug leichtfüßig auf der Wiese hinter dem Schuppen, in dem Aidan und Joanna an der *Sparrow* gearbeitet hatten, rollte aus und blieb schließlich stehen.

Ein paar Leute klatschten, einige Kinder rannten mutig zur Maschine und bestaunten sie. Aidan wäre am liebsten auch losgestürmt, um Joanna zu begrüßen, aber er besann sich auf seine Erziehung und ging mit seinem Vater langsam auf die Blériot zu.

Joanna zog sich die Fliegerkappe vom Kopf und lief auf ihn zu, dann konnte er endlich seine Schwester in die Arme schließen.

»Jojo, was hab ich dich vermisst!«

»Aidan, Bruderherz, ich freue mich so!«

Dann fiel sein Blick auf den Piloten, der nach Joanna aus dem Flugzeug gestiegen war. Ein gut aussehender, dunkelhaariger Kerl von Mitte zwanzig, wie Joanna in pelzgefütterter Fliegermontur.

Er stellte sich als Dorian Morris vor und schüttelte erst Vater, dann Aidan die Hand.

»Freut mich. Ich bin Joannas Bruder. Aidan Sheridan.«

»Ich habe gehört, Sie fliegen auch?«

Aidan nickte. »Ja, ich habe zusammen mit Joanna den Flugschein gemacht. Aber momentan habe ich leider nur wenig Gelegenheit zum Fliegen.«

»Wollen wir es dann nicht weniger formell halten, so unter Fliegern? Ich bin Dorian.«

»Aidan«, sagte Aidan knapp. Ihm wäre lieber gewesen, eine gewisse Distanz zu Joannas Fliegerfreund zu wahren, aber das war jetzt nur noch schlecht möglich.

»Dad«, begrüßte Joanna ihren Vater jetzt, »es ist so schön, dich wiederzusehen!«

Er umarmte sie liebevoll. »Ich freue mich auch sehr, dich wieder hier zu haben, Joanna.«

Sie wechselten noch einige Worte, dann schoben sie die Blériot mit vereinten Kräften und gefolgt von einem kleinen Pulk neugieriger Kinder bis vor Onkel Elliots Schuppen.

Aidan schloss die beiden großen Türen auf und öffnete sie.

»Und das«, sagte Joanna mit kaum verhohlenem Stolz, »ist meine *Sparrow*.«

Hier war die *Sparrow* in vielen Stunden harter Arbeit entstanden. Dennoch gab es noch genug Platz, um ein weiteres Flugzeug unterzustellen.

Dorian war sichtlich beeindruckt. »Ich habe ja schon eine Fotografie davon gesehen, aber in Wirklichkeit ist sie noch viel eindrucksvoller. Und sie fliegt wirklich?«

»So wahr ich hier stehe.«

Für ein paar Minuten verloren sie sich in technischen Details, während Joanna stolz von den verschiedenen Komponenten und ihrer Funktionsweise erzählte.

»Joanna.« Ihr Vater wirkte ein wenig ungeduldig. »Deine Mutter und deine Schwestern wollen dich sicher auch begrüßen.«

»Oh, natürlich.« Joanna manövrierte die *Sparrow* ein wenig weiter zur Seite und nach hinten. Obwohl sie recht kompakt aussahen, ließen sich die Flugzeuge einfach bewegen, schließlich bestanden sie bis auf den Motor fast nur aus Holz und Leinen. Dann schoben sie Dorians Blériot versetzt daneben, sodass beide Flugzeuge gerade so im Schuppen Platz hatten. Schließlich entluden sie ihr Gepäck und machten sich auf den Weg zu Vaters Automobil. Der Schuppen lag zwar nur knapp zwei Meilen von Sheridan House entfernt, aber mit dem Gepäck war es selbstverständlich bequemer, sich fahren zu lassen.

*

Joanna war sich gar nicht bewusst gewesen, wie sehr sie ihre Familie vermisst hatte. Die vergangenen Wochen waren so voller neuer und aufregender Erfahrungen gewesen, dass sie nur selten an zu Hause gedacht hatte. Eine Mischung aus Freude und Nervosität durchströmte sie bei dem Wissen, wieder daheim zu sein. Doch darunter lag eine unterschwellige Anspannung, schließlich wusste sie nicht, wie ihre Familie auf Dorian reagieren würde.

Kaum waren sie eingetreten, drückte sie ihre Mutter – ganz untypisch für sie – kurz an sich. Danach wollte Lavinia alles wissen, was ihre älteste Schwester erlebt hatte, während Carol interessiert lauschte. Joanna entgingen nicht die verstohlenen Blicke, mit denen Carol die beiden Neuankömmlinge musterte, und das kaum wahrnehmbare Lächeln, das ihre Lippen umspielte.

»Ich bin so froh, dass du wieder zurück bist!«, sagte ihre Mutter ein ums andere Mal.

Joanna biss sich auf die Zunge. Nein, jetzt war noch

nicht der richtige Zeitpunkt, um ihrer Mutter zu sagen, dass sie schon in wenigen Tagen erneut aufbrechen würde. Dorian und sie hatten außerdem vereinbart, Joannas Familie über ihre Liebesbeziehung im Unklaren zu lassen. »Es wäre etwas anderes, wenn wir verlobt wären«, hatte Joanna gesagt, »aber eine Liaison würden sie nie akzeptieren. Also ist es besser, wenn du einfach nur ein Fliegerkollege bist, der mich begleitet.«

Honoria Sheridans Gesichtsausdruck war nicht zu entnehmen, was sie von Dorian hielt. Sie reichte ihm die Hand.

»Ich freue mich, Sie kennenzulernen, Mr Morris.«

»Ihre Gastfreundschaft in diesem wunderbaren Heim ehrt mich, Madam«, antwortete er mit vollendeter Höflichkeit. »Ihre Tochter spricht immer mit viel Wärme von Ihnen.«

Joanna musste sich zurückhalten, um nicht zu lachen. Dorian wusste, wie man jemanden um den Finger wickelte.

Der goldene Schimmer der untergehenden Augustsonne tauchte das Esszimmer der Sheridans in ein warmes Licht. Durch die offenen Fenster wehte eine laue Brise, die den Duft frischer Blumen hereintrug. Die gesamte Familie Sheridan hatte sich um den großen Esstisch versammelt, wo nun die Suppe aufgetragen wurde.

Die Gespräche, die sich bislang nur um Oberflächliches gedreht hatten, stockten, als Joannas Vater sich vor dem Hauptgang an Dorian wandte: »Wie ist Ihr Familienstand? Sind Sie verheiratet?«

»Nein«, erwiderte Dorian gelassen. »Ich bin der Meinung, Flieger sollten nicht heiraten.«

Joanna blickte überrascht auf. Sagte er das jetzt nur, um den Schein aufrechtzuerhalten? Oder dachte er wirklich so? Über dieses Thema hatten sie beide noch nie wirklich gesprochen.

Joannas Vater fragte ihn dann nach seiner Laufbahn, und Dorian stand bereitwillig Rede und Antwort. Er hatte als Flugzeugmechaniker angefangen und sich zudem das Fliegen mehr oder weniger selbst beigebracht. Seitdem war er in mehreren Ländern gewesen, hatte als Pilot und Mechaniker an verschiedenen Flugshows und Wettbewerben teilgenommen und zuletzt für Aurel Vlaicu, den berühmten rumänischen Erfinder und Piloten, gearbeitet, bis er beschlossen hatte, selbstständig weiterzumachen.

»Und Sie kommen ebenfalls aus … Rumänien?« Honoria Sheridan sagte es mit einem gewissen Zögern, als wäre es etwas Unanständiges.

Dorian bejahte. »Aus Constanţa. Das ist eine recht bekannte Hafenstadt am Schwarzen Meer.«

Ihr Vater nickte. »Ja, von Constanţa habe ich schon gehört. Ein wichtiges Handelszentrum, ich glaube, mein Bruder Elliot erzählte davon.«

»Mein Vater ist allerdings kurz nach meiner Geburt gestorben«, fuhr Dorian fort, »und meine Mutter hat wenige Jahre später einen Engländer geheiratet.«

»Ah«, machte Joannas Vater. »Daher also der englische Nachname.«

»Und die englischen Sprachkenntnisse«, ergänzte ihre Mutter.

Natürlich wurden sie nicht zusammen untergebracht. Joanna bezog ihr altes Zimmer, und Dorian bekam eines der Gästezimmer im oberen Stockwerk. Das hielt Joanna allerdings nicht davon ab, sich am späten Abend, als alle anderen bereits schliefen, zu ihm zu schleichen, um die Nacht mit ihm zu verbringen.

Als sie am frühen Morgen durch die Gänge zurück zu ihrem Zimmer huschen wollte, stand plötzlich ihre Schwester Carol vor ihr.

»Wo warst du?«, fragte sie. Das bodenlange Nachthemd umspielte ihre Figur.

»Das könnte ich dich genauso gut fragen«, stieß Joanna mit laut klopfendem Herzen hervor. Carols unerwartetes Auftauchen hatte sie erschreckt.

»Ich hatte Durst. Ich habe mir etwas zu trinken geholt«, sagte Carol. »Du warst bei ihm, nicht wahr?«

Bei wem?, wollte Joanna scheinheilig fragen, ließ es aber. Carol hatte sie ohnehin längst durchschaut.

»Du bist ziemlich verliebt, oder?«, fragte Carol, und nach kurzem Zögern nickte Joanna mit brennenden Wangen.

»Keine Sorge, ich werde dich schon nicht verraten. Unter einer Bedingung.«

»Und die wäre?«

Carol grinste verschwörerisch. »Dass du mir demnächst alles darüber erzählst, wie das so ist zwischen Mann und Frau.«

22.

JOANNA

Irland, Glengarriff, August 1912

Sobald das Wetter es erlaubte, was nach zwei Tagen der Fall war, holten Joanna und Dorian die *Sparrow* aus dem Schuppen. Nachdem sie den gesamten Vormittag damit verbracht hatten, das Flugzeug zu warten und flugfähig zu machen, ließ es sich Joanna nicht nehmen, eine kleine Runde damit zu fliegen. Nach der Landung – die zugegebenermaßen recht holprig ausfiel – war Dorian voller Lob.

Mit ein wenig Bauchschmerzen ließ sie dann auch ihn mit der *Sparrow* fliegen – und war erleichtert, als er nach ein paar Runden wieder sicher gelandet war. Mit einem Anflug von schlechtem Gewissen wurde ihr klar, dass Dorian der bislang Einzige war, der – außer ihr selbst – mit der *Sparrow* geflogen war. Das hatte sie nicht einmal Aidan erlaubt. Aber Dorian war schließlich ein viel erfahrenerer Pilot als ihr Bruder.

Am Abend legte sich eine angenehme Stille über das Anwesen, begleitet von einem sanften Regen, der gegen die Fensterscheiben klopfte.

Joanna hatte sich für das Abendessen umgezogen. Als

sie die Treppe zum Erdgeschoss hinunterging, drangen leise Klaviertöne an ihr Ohr. Es klang wunderbar – Joanna erkannte Tschaikowskis *Schwanensee.* Sie lächelte. Sie hatte ihre Mutter schon lange nicht mehr spielen gehört. Sie alle hatten Unterricht erhalten, aber keiner der Sheridans liebte das Klavierspiel so wie ihre Mutter.

Als sie näher kam und einen Blick in den Salon warf, blieb ihr der Mund vor Überraschung offen stehen. Es war Dorian, der spielte, nicht ihre Mutter. Honoria Sheridan saß mit leicht entrücktem Gesichtsausdruck auf einem der gepolsterten Salonstühle und lauschte.

Joanna war überrascht und fasziniert zugleich. Ohne sich zu rühren, blieb sie stehen und hörte ebenfalls schweigend zu, während die sanfte Melodie den Raum erfüllte.

Erst als die letzten Töne verklungen waren, bewegte sich ihre Mutter und klatschte leise und ergriffen in die Hände.

Auch Joanna machte sich nun bemerkbar. »Ich wusste gar nicht, dass du Klavier spielen kannst. Und das so gut.«

»Ja, das war wirklich ganz wunderbar«, sagte Honoria Sheridan sichtlich bewegt. »Wo haben Sie so spielen gelernt, Mr Morris?«

Dorian lächelte bescheiden. »Von meiner Mutter. Sie ist Klavierlehrerin.«

»Sie hätten Pianist werden sollen und kein Pilot.«

»Sehr freundlich von Ihnen, das zu sagen, Mrs Sheridan. Aber meine Leidenschaft gehört dem Fliegen und nicht der Musik.« Er strich leicht über die Tasten, ohne ihnen einen Ton zu entlocken. »Musik kann Herzen berühren, doch das Fliegen eröffnet einem die Möglichkeit, den Himmel zu berühren.«

»Das haben Sie schön gesagt.«

»Sind Sie schon einmal geflogen, Mrs Sheridan?«

»Ich? Um Himmels willen. Wenn Gott gewollt hätte, dass der Mensch fliegen kann, hätte er ihm Flügel gegeben.«

Dorian schmunzelte. »Nun, es scheint, als hätte Gott uns Menschen zwar keine Flügel, dafür aber den Verstand gegeben, um Flugzeuge zu erfinden. Wenn Sie möchten, würde ich Sie gern zu einem kleinen Rundflug über Glengarriff und die Bantry Bay einladen. Ich verspreche Ihnen, Sie sind bei mir so sicher wie in Abrahams Schoß.«

Honoria Sheridan winkte ab, aber sie lächelte dabei. »Oh. Nein, nein … Das ist ganz reizend von Ihnen, aber ich denke nicht, dass das etwas für mich wäre.«

Als sie die beiden so miteinander reden hörte, wurde Joanna von einem leisen Glücksgefühl erfüllt: Dorian war es ganz offensichtlich gelungen, eine Verbindung zu ihrer sonst so reservierten Mutter herzustellen.

*

Aidan zog die Nadel aus seiner Armvene, massierte die Einstichstelle und lehnte sich zurück. Nur wenige Sekunden später setzte ein angenehmes Kribbeln ein, das seinen ganzen Körper erfüllte.

Seit Kurzem war er dazu übergegangen, das Kokain auch zu spritzen. So wirkte es schneller als bei der oralen Einnahme, und vor allem bescherte es ihm ein Hochgefühl, das mit nichts zu vergleichen war. Und er konnte schneller vergessen, was ihn umtrieb.

Dennoch: Irgendwann musste er seinem Vater beichten,

dass er auch die bislang letzte Prüfung verhauen hatte. Noch ein weiterer nicht bestandener Test. Beim nächsten Versagen würde er exmatrikuliert werden.

Das Beschaffen des Kokains wurde allmählich zum Problem. Der kleine Vorrat in Vaters Medizinschrank war längst aufgebraucht – Aidan hatte ihn mit harmlosen kleinen Zuckerpillen ersetzt, die auf den ersten Blick nicht vom Original zu unterscheiden waren. Kokain war zwar in jeder Apotheke zu haben, allerdings lediglich in kleinen, teuren Dosierungen. Aidans Tätigkeit im Krankenhaus brachte ihm nur ein geringes Einkommen ein, und das Taschengeld, das sein Vater ihm zusätzlich gab, war schnell aufgebraucht. Er hatte sich Geld bei Freunden und Kommilitonen geliehen, aber auch das reichte schon lange nicht mehr aus.

Vor Kurzem hatte er sich dann eine Summe zu hohen Zinsen bei einem windigen Geldverleiher besorgt, aber auch der wollte inzwischen sein Darlehen zurück. Aidans finanzielle Lage verschlechterte sich zusehends. Wenn wenigstens Onkel Elliot da gewesen wäre. Aber Dads Bruder war noch immer irgendwo im Orient unterwegs – vor zwei Wochen hatte er eine Postkarte aus Damaskus geschickt.

Aidan hatte noch nicht mit Joanna über seine Probleme sprechen können und über die Schwierigkeiten, die ihm sein Studium bereitete. Seine Schwester hatte ja kaum Zeit für ihn. Immer war sie mit ihrem Flugzeug oder mit wichtigen anderen Dingen beschäftigt, und wenn er sie ausnahmsweise erwischte, war sie nicht allein, sondern in Begleitung ihres Pilotenfreundes.

Sie hatte diesen Kerl sogar mit ihrer *Sparrow* fliegen lassen. Dabei hatte sie das nicht einmal ihm, ihrem eigenen

Bruder, angeboten! Nicht, dass er selbst je damit hätte fliegen wollen, aber hier ging es ums Prinzip.

Er dachte zurück an das Gespräch, das er am Vortag mit seiner Mutter geführt hatte.

»Was hältst du von diesem … Fliegerfreund, den Joanna mitgebracht hat?«, hatte er sie gefragt.

»Von Mr Morris? Ich muss zugeben, er ist recht charmant. Und er kann wunderbar Klavier spielen, das habe ich gestern Abend erlebt. Warum fragst du?«

Aidan ließ sich Zeit mit der Antwort. »Ich bin mir nicht sicher. Er kommt mir ausgesprochen risikofreudig vor.«

»Wie meinst du das?«

»Er scheint mir ein ziemlicher Draufgänger zu sein. Wusstest du, dass er unglaublich gefährliche Manöver fliegt? Joanna hat mir davon erzählt. Und sie hat mir auch erzählt, dass sie manchmal dabei mitgeflogen ist.«

Seine Mutter runzelte die Stirn. »Gefährliche Manöver? Das klingt nicht gut.«

Aidan war sich klar, dass er sich auf heiklem Terrain bewegte. Die Fliegerei war für ihn zwar nicht ganz so lebensbestimmend wie für Joanna, dennoch fand auch er sie faszinierend, und er genoss es, damit etwas Besonderes zu tun. Aber bislang war er der wichtigste Mensch im Leben seiner Schwester gewesen – jedenfalls hatte sie das immer behauptet. Doch nun schien Dorian diese Rolle eingenommen zu haben. Und um Dorian zu diskreditieren, war ihm fast jedes Mittel recht.

Er nickte. »Und gerade heute«, setzte er noch hinzu, »habe ich die traurige Nachricht gelesen, dass Harriet Quimby vor Kurzem ums Leben gekommen ist.«

»Wer ist Harriet Quimby?«

»Eine der ersten Pilotinnen. Aus den Vereinigten Staaten von Amerika.« Aidan seufzte. »Sie ist beim Absturz ihres Flugzeugs gestorben.«

»Oh, wie furchtbar. Aber«, fügte seine Mutter erleichtert hinzu, »dann ist es ja gut, dass Joanna jetzt wieder daheim ist und keine Gelegenheit mehr für solche Verrücktheiten hat.«

Aidan hatte an dieser Aussage gewisse Zweifel.

»Wie auch immer, ich denke nicht, dass dieser Mann gut für Joanna ist.«

Seine Mutter hob überrascht die Augenbrauen. »Aber er ist doch nur ein Fliegerkollege. Sie sind doch nicht …«

»Das habe ich ja auch nicht behauptet. Ich denke nur, falls sich doch irgendwann etwas entwickeln sollte – kannst du dir diesen Mann als Schwiegersohn vorstellen?«

Seine Mutter lachte auf. »Einen Piloten? Um Gottes willen!«

Aidan hatte gelächelt. Wenigstens seine Mutter war auf seiner Seite.

*

So sehr sie ihre Familie auch liebte und sich gefreut hatte, sie alle wiederzusehen: Nach einer Woche kam Joanna das Familienleben eng und erdrückend vor. Sie konnte es kaum erwarten, endlich wieder mit Dorian zu fliegen, und fieberte dem Tag ihrer Abreise stündlich mehr entgegen.

Erwartungsgemäß weniger erfreut war dagegen ihre Familie. Als ihre Mutter erfuhr, dass Joanna zusammen mit

Dorian schon bald wieder abreisen würde, um weitere Flugshows auf dem Kontinent zu besuchen, ließ sie sich nur schwer davon überzeugen, Joanna ziehen zu lassen. Erst als Joanna versprach, auf ihre Sicherheit zu achten, und betonte, dass sie ja nicht einmal ein eigenes Flugzeug habe, mit dem sie auf diesen Veranstaltungen hätte fliegen können, lenkte ihre Mutter ein. Ihre *Sparrow* war für solche Manöver natürlich nicht geeignet, und Joanna würde sie in Irland lassen.

Ihr nächstes Ziel war die deutsche Hauptstadt, wo der zweitägige Wettbewerb »Rund um Berlin« stattfand. Hier durften sie zwar nicht teilnehmen, da nur deutsche Motoren erlaubt waren, aber sie wollten rechtzeitig für die anschließend stattfindende Flugwoche vor Ort sein, für die Dorian sich angemeldet hatte. Bis dahin wollten sie die Veranstaltung beobachten und schon einmal die Atmosphäre genießen.

Der Flugplatz Johannisthal lag auf einem weitläufigen Feld im Süden Berlins, das von den letzten Ausläufern eines Waldes gesäumt war. Inzwischen war er einer der wichtigsten Flugplätze Europas, auf dem etliche Veranstaltungen und Flugvorführungen stattfanden. An einer Seite erhoben sich zwei imposante Hallen für Luftschiffe. Daneben hatten verschiedene Unternehmen und Fliegerschulen ihre Werkstätten, darunter Wright, Albatros, Harlan, Rumpler und Fokker. Hier schlug das Herz der Flugtechnik.

Auch für die Sicherheit war gesorgt: Um den Piloten bei einem möglichen Unglücksfall schnell zu Hilfe eilen zu können, war die Gesamtstrecke mit einer dichten Reihe von

Beobachtungs- und Hilfsstationen besetzt, die mit Telefon, Sanitätsmannschaften und Automobilen ausgestattet waren.

Folgte man hinter dem Eingangstor einem längeren Weg, gelangte man ans Ende des Flugplatzes. Hier gab es rechts und links mehrere große Hangars und Schuppen mit Werkstätten hinter mächtigen Schiebetüren. In einem dieser Schuppen hatten sie Dorians Blériot, die *Aripa*, unterstellen dürfen.

Wie so oft in letzter Zeit regnete es morgens, als die deutschen Flieger zum Langstreckenflug starteten. Kaum waren sie abgeflogen, nutzten Joanna und Dorian wie die meisten anderen am Boden Gebliebenen den Tag, um ihre Maschine zu warten und sicherzustellen, dass alles einwandfrei funktionierte.

Als es dunkel wurde, waren noch immer nicht alle Teilnehmer zurückgekehrt. Am Rand des Flugplatzes, hoch über den Bäumen, ragte ein Leuchtturm auf, der mit Beginn der Abenddämmerung durch ein Blinkfeuer Fliegern und Luftschiffern den Weg wies. Ein wirklich schöner Anblick. Erst lange nach Einbruch der Nacht kehrten die letzten Piloten zurück.

Kaum waren die Sieger des Langstreckenflugs geehrt, begann die Herbstflugwoche. Wie schon in Aspern bei Wien strömten auch hier Piloten, Flugzeugbauer und Flugbegeisterte aus verschiedenen Ländern herbei, um den zahlreichen Flugvorführungen und Wettbewerben beizuwohnen. Diese Flugwoche sollte nicht nur als sportlicher Wettbewerb dienen, sondern Zuschauer und Teilnehmer hatten auch die Möglichkeit, die Flugzeuge aus der Nähe zu betrachten und sich über die technischen Details zu informieren.

Schon früh am Morgen, sobald die ersten Besucher durch das große Eingangstor eingelassen wurden, erwachte der Platz zum Leben. Der Eintritt war erschwinglich, und für das leibliche Wohl war bestens gesorgt. Es gab mehrere Restaurants und ein Café, dessen großzügige Glasfront auch bei schlechtem Wetter einen guten Blick auf das Flugfeld ermöglichte.

Überall standen Automobile mit Ersatzteilen und Spezialanhängern zum Transport von Flugmaschinen. Auf dem Flugplatz gab es einen Windmesser, der aus einem großen Ziffernblatt mit einem einzigen Zeiger bestand. Rotierende Halbkugeln darüber lieferten Informationen zur aktuellen Windgeschwindigkeit. Sobald der Windmesser mehr als zehn Meter pro Sekunde anzeigte, wurde vom Fliegen abgeraten, und die meisten Piloten hielten sich daran. Die wenigen, die es dennoch wagten, wurden aufmerksam verfolgt. »Sturmflieger« nannte man diese Draufgänger.

Es wurden verschiedene Wettbewerbe ausgetragen, darunter Rennen, Höhenflüge und Präzisionslandungen. Als Dorian an der Reihe war, steuerte er das Flugzeug wie bei den vorherigen Flugshows steil in die Höhe, bis es fast senkrecht nach oben zeigte. Statt jedoch das übliche Manöver zu wiederholen und einen einfachen Looping zu fliegen, vollführte er zudem noch eine halbe Rolle um die Längsachse des Flugzeugs. Anschließend drehte er steil nach unten und kam wieder in die Horizontale. Joanna stockte kurzzeitig der Atem – Dorian hatte gerade eine faszinierende Kombination aus Looping und Rolle geflogen. So etwas erforderte enorm viel Geschicklichkeit.

Dorian gewann mit seiner Darbietung einige Preise im

Wert von mehreren tausend Deutschen Mark. Wieder einmal bedauerte Joanna, dass sie kein eigenes Flugzeug hatte, mit dem sie selbst an diesen Veranstaltungen teilnehmen konnte.

Da Dorians umgebaute Blériot Platz für einen Passagier hatte, kam er auf die Idee, gegen Bezahlung einen Gast zu einem kurzen, natürlich harmlosen Rundflug mitzunehmen. Die Leute rissen sich darum, und Dorian freute sich über die Einnahmen.

»Wenn das so weitergeht, können wir uns bald ein zweites Flugzeug kaufen!«, versprach er Joanna.

23.

JOANNA

Berlin, Deutschland, September 1912

Der Flugplatz Johannisthal war erfüllt vom Brummen der Motoren und dem Geruch nach Benzin. Joanna und Dorian standen vor einem der Hangars nebeneinander und inspizierten Dorians *Aripa*. In der Nähe sahen sie einen Mann – vornehm gekleidet mit Mantel und Hut –, der ebenfalls mit sichtbarem Interesse ihre Blériot betrachtete.

Dorian drehte sich um. »Kann ich Ihnen helfen, Sir?«, fragte er höflich auf Englisch.

Der Mann zog ein zusammengefaltetes Schreiben aus der Innentasche seines Mantels. »Oh, möglicherweise. Ich bin auf der Suche nach Mr Dorian Morris.«

Dorian neigte leicht den Kopf. »Er steht vor Ihnen.«

»Wunderbar.« Der Mann lüftete seinen Hut und lächelte. »Mr Morris, mein Name ist Rupert Lockwood. Ich vertrete die Interessen der Firma Blériot.«

»Sehr erfreut, Mr Lockwood. Und was kann ich für Sie tun?«

»Hätten Sie ein paar Minuten Zeit für mich? Ich hätte etwas mit Ihnen zu besprechen. Etwas Geschäftliches.«

»Gern. Lassen Sie uns doch dafür ins Café gehen.« Dorian deutete auf das Café am Rande des Flugplatzes, warf Joanna einen entschuldigenden Blick zu und ging mit Mr Lockwood davon.

Joanna blieb allein zurück. Die Neugier quälte sie. Was hatte dieser Mann mit Dorian zu besprechen? Und warum durfte sie nicht dabei sein?

Weil er nur mit Dorian hatte reden wollen, gab sie sich selbst zur Antwort. Sie würde schon früh genug erfahren, worum es dabei ging.

Am Rande des Flugplatzes hatte sich eine Zuschauermenge versammelt, um die nächste Vorführung zu bewundern. Auch Joanna trat näher. Wie stets in solchen Momenten verspürte sie eine Mischung aus Vorfreude und Ehrfurcht.

Motorengeräusche erfüllten die Luft, Wind wirbelte Staub auf, als die ersten Flugmaschinen starteten. Eine Frau mit halblangen, dunkelbraunen Locken, neben der Joanna stehen blieb, erregte ihre Aufmerksamkeit. Sie trug eine taillierte Jacke über einem langen Rock, und ihr Blick glitt mit Kennermiene über die Flugzeuge.

»Unglaublich«, sagte die Frau neben ihr auf Deutsch. Dann fragte sie noch etwas in derselben Sprache, was Joanna nicht mehr verstand.

»Entschuldigung«, gab Joanna zurück. »Ich verstehe leider nur sehr wenig Deutsch. Sprechen Sie Englisch?«

»Ja, das tue ich.« Die Frau wechselte auf Englisch, ihre blauen Augen strahlten Freundlichkeit aus. »Ich sagte, das alles hier ist doch wirklich unglaublich. Wenn man bedenkt, dass Fliegen noch vor wenigen Jahren nur ein Traum war, und jetzt erobern Menschen den Himmel.«

»Da haben Sie recht«, bestätigte Joanna. »Es ist in der Tat erstaunlich, wie schnell sich die Dinge entwickeln.«

Die andere Frau betrachtete fasziniert das Flugfeld und wandte sich dann wieder an Joanna. »Fliegen hat für mich immer etwas Magisches. Es ist ein unbeschreibliches Gefühl der Freiheit.«

»Sie fliegen auch?«

Die Frau nickte. »Allerdings. Aber seit ich eine Flugschule gegründet habe, komme ich selbst nicht mehr so oft dazu.«

Joanna riss erstaunt die Augen auf. »Sie haben eine Flugschule?«

Die Frau lächelte. »Ja. Seit Anfang des Jahres. Direkt hier auf dem Flugplatz.« Sie streckte Joanna die Hand hin. »Amelie Beese, genannt Melli. Pilotin und Fluglehrerin.«

Joanna erwiderte das Lächeln und schüttelte die angebotene Hand. »Joanna Sheridan. Aus Irland. Ebenfalls Pilotin.« Dann erst ging ihr der Name ihres Gegenübers auf. »*Sie* sind Melli Beese?«, fragte sie fast ehrfürchtig.

»Sie haben von mir gehört?«

Joanna lachte. »Gehört nicht, aber gelesen. Sie waren die erste deutsche Frau, die eine Fluglizenz erhalten hat, und das erst nach erheblichen Schwierigkeiten.«

»Oh ja«, gab Melli Beese zurück. »Ich musste gegen viele Vorurteile und Widerstände kämpfen. Manche meiner männlichen Kollegen haben mir buchstäblich Steine in den Weg gelegt und versucht, meine Flugversuche zu sabotieren.« Kurz verzog sie das Gesicht und verlagerte ihr Gewicht auf den linken Fuß.

»Es ist nichts«, winkte sie auf Joannas besorgten Blick ab. »Nur eine alte Verletzung, die manchmal Probleme macht.«

Schnell einigten sich die beiden Frauen darauf, sich beim Vornamen zu nennen, und waren bald in ein Gespräch über die Herausforderungen und Errungenschaften der Fliegerei vertieft. Joanna erfuhr, dass Melli Beese es sich zur Aufgabe gemacht hatte, die Flugausbildung für ihre Schüler schneller als sonst üblich anzubieten. Bislang mussten Flugschüler nämlich oft lange auf ein freies Flugzeug und damit auf die Gelegenheit zu fliegen warten. Melli dagegen standen drei Maschinen und drei Fluglehrer – einer davon sie selbst – zur Verfügung. Neben der Flugschule baute Melli gemeinsam mit ihrem französischen Geschäftspartner auch die Rumpler-Taube nach, ein in Deutschland beliebtes Flugzeug ohne Patentschutz. Sie hatten nur ein paar geringfügige Änderungen daran vorgenommen.

»Schon sehr bald«, sagte Melli, »werden wir diesen Vogel günstig zum Verkauf anbieten.«

Joanna horchte auf. Vielleicht lag hier ja ihre Chance auf ein eigenes Flugzeug. »Welche Modifikationen hast du vorgenommen?«

Sie sprachen weiter über technische Verbesserungen und Details der Flugzeugentwicklung, bis Joanna ihren Blick auf das Café richtete und Dorian mit Mr Lockwood heraustreten sah. Gerade schüttelten sie sich die Hände, dann ging jeder seiner Wege. Dorian sah sich suchend um.

»Das hört sich alles ausgesprochen interessant an«, sagte Joanna zu Melli. »Und wir sollten unser Gespräch unbedingt fortsetzen. Aber auch wenn es wie eine billige Ausrede klingt: Ich muss mich jetzt leider entschuldigen. Da hinten ist gerade mein Geschäftspartner aufgetaucht, mit dem ich etwas Dringendes zu besprechen habe.«

Sie winkte Dorian, dann verabschiedete sie sich von Melli Beese und eilte zu ihm.

»Und, sag schon: Was wollte der Mann von dir?«

»Welcher Mann?« Seine dunklen Augen funkelten vor Vergnügen.

»Du weißt genau, wovon ich rede! Mr Lockwood. Der Blériot-Vertreter.«

»Ach, der.« Dorian zuckte mit den Schultern und grinste. »Er hat mich gefragt, ob ich Testpilot werden will.«

Joannas Augen weiteten sich vor Überraschung. »Bei Blériot? Das ist fantastisch!«

Testflieger, wusste sie, wurden nur unter den besten Piloten ausgewählt. Sie warf Dorian einen stolzen Blick zu.

»Oh, du hättest hören sollen, wie er mich und meine fliegerischen Fähigkeiten über den grünen Klee gelobt hat. ›Mr Morris‹«, ahmte er den etwas steifen Blériot-Vertreter nach, »›Sie sind der beste Pilot, den ich je gesehen habe. Ihre Flugkünste sind beispiellos.‹«

Joanna lachte. »Und was sollst du für sie tun?«

»Ihre neuen Modelle testen, eigene Ideen einbringen, eventuell auch aktiv an der Flugzeugentwicklung teilnehmen.« Er strahlte vor Begeisterung. »Ich müsste dafür nicht einmal nach Frankreich. Blériot ist zwar ein französischer Flugzeugbauer, aber inzwischen haben sie auch eine Produktionsstätte bei London.« Er machte eine bedeutungsvolle Pause. »Natürlich habe ich zugesagt. Eine solche Gelegenheit bekommt man nur einmal im Leben.«

»Ich freue mich so sehr für dich. Das ist eine große Ehre!«

Er nickte, zog sie in seine Arme und küsste sie. Er schmeckte nach Kaffee und Zigaretten.

»Das heißt«, sagte er, als er sich schließlich von ihr löste, »ich habe jetzt ein Flugzeug übrig. Hast du Lust, meine *Aripa* zu übernehmen?«

Ein kühler Herbstwind strich über den Flugplatz, während graue Wolken am Himmel dahinzogen. Joanna trat entschlossen in das kleine Büro am Rand des Flugfelds, wo ein älterer Mann gerade Papiere sortierte.

»Sie möchten *was?*«, fragte der Mann, als Joanna ihre Bitte geäußert hatte, und blickte von seinen Unterlagen auf. Zum Glück sprach er ein leidlich gutes Englisch, wenn auch mit starkem deutschen Akzent.

»Ich möchte mich anmelden«, wiederholte Joanna langsam. »Als Pilotin.«

Der Mann hinter dem Schreibtisch blies die Wangen auf. »Aber … Sie sind eine Frau.«

»Das ist mir auch schon aufgefallen«, entgegnete Joanna trocken. »Aber soweit ich weiß, ist es Frauen nicht verboten zu fliegen.«

»Nein, das nicht …« Der Mann seufzte leicht und zückte schließlich einen Stift. »Nun gut. Womit fliegen Sie?«

»Mit einer Blériot XI«, sagte Joanna stolz.

Sie war noch immer sprachlos vor Freude über diese unerwartete Bescherung. Die *Aripa*. Bislang Dorians Flugzeug. Aber jetzt, da Dorian als Testpilot bei Blériot eine Maschine zur freien Verfügung besaß, war es ihres. Nicht direkt als Geschenk, eher als Leihgabe, wie er es ausdrückte. Aber wie auch immer – sie hatte jetzt ein eigenes Flugzeug. Sie durfte fliegen!

Der Mann nickte und notierte ihre Angaben. »Ihr Name?«

»Joanna Sheridan. Aus Irland«, fügte sie hinzu, und auch diese Information wurde aufgeschrieben.

Joanna war ein wenig atemlos, als sie die *Aripa* umkreiste. Dann ließ sie sich in den schmalen Pilotensitz gleiten, zurrte den Kinnriemen ihrer Fliegerhaube fest und zog sich die Fliegerbrille über die Augen. Sie befestigte die Gurte und startete den Motor.

Zum ersten Mal flog sie als Pilotin bei einer Flugshow mit. Dorian hatte mit ihr einige einfache Figuren geübt, und Joanna war begeistert gewesen, wie leicht die Maschine auf den kleinsten Steuerdruck reagierte.

Nach einem ersten, niedrigen Geradeausflug flog sie in einer leichten Wellenbewegung knapp über dem Boden, ein effektvolles Auf und Ab, das die Zuschauer mit Jubelrufen quittierten. Dann stieg sie höher.

Die Gurte führten über ihre Schultern und hielten sie in ihrem Sitz. Sie zog das Steuerrad nach rechts, und das Flugzeug bebte ein wenig und neigte sich zur Seite. Ihr Herzschlag beschleunigte sich, als sie sich in die seitliche Drehung legte. Sie hörte das Dröhnen des Motors und das Heulen des Windes, als sie in Schräglage gezogen wurde. Himmel und Erde verschwammen zu einem Wirbel aus Farben, Joanna fühlte sich für einen Moment wie schwerelos.

Sie kehrte zurück in die Ausgangslage. Unter sich hörte sie die Zuschauer klatschen und jubeln.

Sie konnte kaum ein Ende finden. Immer wieder ließ sie die Blériot steigen, dann fallen, wieder steigen, nach links und nach rechtsherum schwenken, in immer engeren Kurven. Ein Tanz mit dem Wind, sie und ihr Flugzeug waren eins. Es war einfach nur wunderbar.

Als Joanna am nächsten Tag die Zeitung aufschlug, konnte sie es kaum fassen: Es gab einen Bericht über die Flugveranstaltung, und auch sie selbst wurde darin erwähnt, wenn auch nicht namentlich:

> »Aufsehen erregte dabei die Flugleistung einer Dame, genannt ›Irish Bird‹, die als einzige Frau bei der Flugwoche teilnahm. Die Genannte flog auf einer Blériot XI und vollführte einige ansehnliche Flugmanöver, die ihr spielend gelangen. Es scheint, als ob diese Dame noch von sich reden machen wird.«

Es störte Joanna ein wenig, dass nirgends ihr echter Name auftauchte und sie nur als *Irish Bird* – irischer Vogel – bezeichnet wurde. Aber trotz dieser Anonymität spürte sie eine gewisse Genugtuung und – ja, auch Stolz. Sie hatte bewiesen, dass Frauen ebenso geschickt mit dem Steuerknüppel eines Flugzeugs umgehen konnten wie Männer.

Nach einer der nächsten Veranstaltungen, als sie und Dorian gerade beim Zusammenpacken waren, stockte sie. Eine vertraute Gestalt stand vor dem Hangar, die Hände in den Taschen seines Mantels vergraben.

»Aidan?«, fragte sie ungläubig. »Bist du das wirklich?«

Er war es, mit einem breiten Lächeln im Gesicht, obwohl er müde und ein wenig erschöpft aussah.

Im nächsten Moment durchzuckte sie ein Schreck. War womöglich jemandem aus der Familie etwas zugestoßen?

»Was ist los?«, stieß sie besorgt hervor. »Ist zu Hause etwas passiert?«

Aber er schüttelte nur lächelnd den Kopf. »Keine Sorge, es ist alles in Ordnung. Mum, Dad und Lavinia sind wohlauf, und Carol ist seit einer Woche in Dublin zum Studium.«

»Und du? Solltest du nicht auch studieren?«

Aidan verzog das Gesicht, als hätte er Zahnschmerzen. »Ich studiere nicht mehr«, sagte er leise. »Ich habe es wirklich versucht, Jojo. Aber … es ging einfach nicht.«

Aus dem Augenwinkel bemerkte sie, wie Dorian sich zurückzog, vermutlich, um sie ungestört reden zu lassen.

»Was sagt Vater dazu? Weiß er es überhaupt?«

Aidan nickte seufzend. »Die Uni hat mich exmatrikuliert, weil ich die letzte Prüfung nicht bestanden habe. Vater hat den Brief gelesen. Es gab ein riesiges Donnerwetter. Wenn Carol nicht gewesen wäre, hätte er mich womöglich hochkant rausgeschmissen. Aber so bin ich freiwillig gegangen.«

»Aber Aidan, warum hast du nichts gesagt? Ich hätte dir doch helfen können!«

Er zuckte mit den Schultern. »Du hattest beim letzten Mal ja nur Augen für deinen Freund.« Er deutete auf Dorian, der sich etwas weiter abseits mit seinen Werkzeugen beschäftigte. »Das ist er doch – dein Freund, oder?«

Sie senkte kurz den Kopf, Wärme durchflutete sie. »Ja, wir sind ein Paar«, gab sie schließlich zu. »Ich wollte das nur nicht vor den Eltern bekannt geben.«

Ein Schatten huschte über Aidans Gesicht, verschwand aber rasch wieder. »Verstehe«, sagte er leichthin.

»Wie hast du mich überhaupt hier gefunden?«, fragte Joanna, um ein anderes Thema bemüht.

Aidan hob eine Zeitung in die Höhe – dieselbe, die sie vorhin durchgesehen hatte.

»Ich wusste, dass du in Berlin bist. Und Irish Bird – das konnte ja nur meine Jojo sein. Also bin ich auf direktem Weg hergekommen.«

Seine Augen glänzten unnatürlich, und seine Nasenflügel waren gerötet, als wäre er erkältet.

»Hast du etwas genommen?«, fragte Joanna.

»Ich? Nein!« Sein Widerspruch kam etwas zu heftig, aber Joanna ließ es auf sich beruhen. Irgendwann, in einer ruhigeren Minute, würde sie ein ernstes Wort mit ihm reden müssen. Aber nicht jetzt.

»Versteh mich nicht falsch, Aidan, aber: Wolltest du mich nur besuchen? Oder hast du noch einen Grund, warum du hier bist?«

Aidan zuckte nonchalant mit den Schultern. »Ich dachte, ich versuch es auch mal als Pilot.«

24.

JOANNA

Berlin, Oktober 1912

Aidan meinte es ernst. Er wollte seinen Lebensunterhalt fortan wirklich als Pilot verdienen.

Dorian nahm diese Neuerung hin, wie er die meisten Sachen in seinem Leben hinnahm: mit achselzuckender Unbekümmertheit. »Er ist dein Bruder«, sagte er. »Er wird schon wissen, was er tut.«

Da war sich Joanna nicht ganz so sicher.

»Aber er hat sein Studium in den Sand gesetzt«, wandte sie ein. »Und er hat bislang nie gesteigertes Interesse an der Fliegerei gezeigt. Den Flugschein hat er nur mir zuliebe gemacht.«

»Ich dachte, du trittst für Unabhängigkeit und Selbstbestimmung ein«, gab Dorian zurück. »Aber wenn man dich so reden hört, könnte man meinen, du bist eure Mutter. Hat er nicht auch das Recht, sein Leben so zu leben, wie er will?«

Joanna überlegte, dann nickte sie langsam. Wenn sie dieses Recht für sich in Anspruch nahm, dann musste sie es auch ihrem Bruder zugestehen. »Ja, das hat er«, murmelte sie.

Dorian war gedanklich schon weiter. »Die Frage ist nur, wo er jetzt ein Flugzeug herbekommt.«

»Ich hätte da eine Idee«, sagte Joanna. »Vielleicht sollte ich ihn mal mit Melli Beese bekannt machen.«

*

Aidan zog vorsichtig die Nadel aus dem Arm und legte sie beiseite, dann blickte er auf.

»Alles in Ordnung?«

Die junge Frau, die vor ihm auf einem Stuhl saß, nickte mit geschlossenen Augen.

»Gut«, murmelte sie auf Deutsch, und ein seliges Lächeln glitt über ihr Gesicht. »Vielen Dank, Doktor Sheridan, Sie haben mir sehr geholfen«, sagte sie dann auf Englisch.

Aidan winkte ab. »Gern geschehen. Aber ich bin kein Doktor. Ich bin nicht einmal mehr Student der Medizin.«

Seltsam, wie viel leichter es ihm fiel, mit dieser fast fremden Frau darüber zu sprechen als mit seiner eigenen Familie. Vermutlich hing es damit zusammen, dass Fräulein Beese nicht über ihn urteilte wie seine Eltern – oder auch einfach nur enttäuscht darüber war wie Joanna.

»Wollen wir uns nicht beim Vornamen nennen, wo wir doch beide Flieger sind?«

»Sehr gern. Ich bin Aidan.«

»Und ich Melli.«

Als der Schmerz nachließ, kehrte wieder etwas Farbe in Mellis blasse Wangen zurück. Der Schmerz, den sie ertragen musste, seit sie vor zwei Jahren mit dem Flugzeug abgestürzt war und sich dabei einen mehrfachen Knöchelbruch zugezogen hatte. Der Knöchel war geheilt, aber ein ständiger, peinigender Schmerz war geblieben. Das Einzige, was dagegen half, war Morphium. Und Aidan als ehemaliger Medizinstudent wusste, wie er an dieses Mittel kommen konnte. Die Vorschriften für den Verkauf von Betäubungsmitteln waren nicht streng, und einige Apotheker waren bereit, Morphium ohne ärztliche Verschreibung abzugeben. Dafür hatte Aidan nur einen Berliner Apotheker aufgesucht und sich als ausländischer Medizinstudent ausgegeben, der für eine angebliche medizinische Studie dringend Morphium benötige. Der Apotheker hatte ihm ohne weitere Fragen eine ausreichende Menge Morphium verkauft, und Aidan war sicher, dass er dort auch zukünftig welches beziehen konnte.

»So«, sagte Melli und klatschte in die Hände. »Nachdem du mich so gut versorgt hast, möchte ich gern auch etwas für dich tun. Deine Schwester sagte, du bist auf der Suche nach einem Flugzeug.«

Aidan nickte, eine leichte, kribbelnde Aufregung erfasste ihn.

»Du weißt, dass ich nicht nur fliege, sondern Flugzeuge auch baue und verkaufe?«

»Ja. Die Melli-Beese-Taube.« Das hatte ihm Joanna erzählt, die ihn auch mit der jungen Frau bekannt gemacht hatte.

Melli nickte. »Dieses Flugzeug geht auf die Rumpler-Taube zurück. Aber mein Verlobter und ich wollen es billiger herstellen und verkaufen.«

»Du bist verlobt?«, fragte Aidan, den eine kurze Enttäuschung durchzuckte.

Eine zarte Röte huschte über Mellis Züge. »Ja, mit Charles, meinem Geschäftspartner«, murmelte sie. »Nächstes Jahr wollen wir heiraten.«

»Gratuliere.«

»Danke.« Sie lächelte.

»Was heißt denn ›billiger‹ in Bezug auf euer Flugzeug?«

»Zwölftausend Mark. Eine Rumpler-Taube kostet fast das Doppelte.«

Aidan sog erschrocken die Luft ein. Das war immer noch viel mehr, als er aufbringen konnte. Er schüttelte bedauernd den Kopf. »So viel Geld habe ich nicht.«

»Ja, das war mir schon klar.« Melli legte den Kopf schräg, als würde sie überlegen. »Aber was hältst du davon, wenn ich dir einen Sonderpreis mache, für deine – nun – weitere medizinische Unterstützung? Und wir könnten eine Ratenzahlung vereinbaren.«

»Ja«, sagte Aidan, und ein Lächeln erschien auf seinem Gesicht. »Das wäre ein guter Anfang.«

*

In den nächsten Wochen führten Joanna und Dorian ihr unstetes Nomadenleben fort. Und jetzt war auch Aidan mit von der Partie. Für eine Anzahlung, die er sich von Joanna und aus anderen Quellen geliehen hatte, hatte Melli ihm eines ihrer neu gebauten Flugzeuge überlassen.

Mitte Oktober waren sie in Nürnberg, wo eine weitere Flugwoche stattfand, und danach in Frankreich zum großen Michelin-Preis. Hier brach Dorian seine eigene Regel und nahm an einem Langstreckenwettbewerb teil. Für einen zusätzlichen Passagier wurde dabei ein großzügiger Zeitbonus gewährt, sodass sie entschieden, dass Joanna mitfliegen solle. Sie gewannen das Rennen zwar nicht, heimsten aber dennoch ein sehr ordentliches Preisgeld ein.

Dorian hatte viel zu tun. Als Testpilot für Blériot musste er etliche Probeflüge absolvieren, aber auch andere Aufgaben erfüllen. Dabei ging es nicht nur um die Erprobung neuer Modelle, sondern auch um die Verbesserung bestehender Konstruktionen.

Auch Joanna flog jetzt häufiger und wurde immer sicherer, und bald versuchte sie sich zum ersten Mal an engen Kurvenflügen. An Loopings oder Sturzflüge wie Dorian traute sie sich allerdings nicht heran.

Erst mit Anbruch des Winters wurden sie notgedrungen etwas sesshafter, da jetzt kaum noch Flugveranstaltungen stattfanden. Aidan kehrte zurück nach Berlin, wo er als Fluglehrer bei Melli Beese anfing und in eine kleine Wohnung zog. Joanna und Dorian kamen ein paar Tage bei einem Fliegerkollegen in Hamburg unter, eine weitere Woche fanden sie Unterkunft in einem kleinen Gasthaus in Leipzig.

Über Weihnachten reisten sie dann nach Rumänien ans Schwarze Meer in Dorians Heimat. Dorian wohnte in einem Vorort von Constanța, in einem kleinen Haus, das er von seiner Großmutter geerbt hatte, aber die meiste Zeit verbrachten sie bei seinen Eltern.

Joannas anfängliche Befangenheit legte sich schnell, als sie Elena und Reginald Morris kennenlernte, die sie herzlich aufnahmen. Dorians Mutter, eine kleine, zierliche Frau, die ein recht gutes Englisch sprach, umarmte sie zur

Begrüßung, und Dorians Stiefvater schüttelte ihr erfreut die Hand.

Während der Feiertage genossen sie die Gastfreundschaft von Dorians Eltern. Gemeinsame Spaziergänge, wunderbares Essen und stimmungsvolle Abende mit Klaviermusik ließen die Zeit schnell vergehen. Aber so wohl sich Joanna dort auch fühlte – nach einer Weile wurde ihr die ständige Vereinnahmung zu viel. Daher war es ihr nur recht, als sie und Dorian Anfang Januar weiter nach Bukarest reisten. Hier besuchten sie Aurel Vlaicu, der an der Entwicklung einer neuen Flugmaschine, der *Vlaicu III*, arbeitete. Joanna freute sich sehr, ihren gemeinsamen Bekannten wiederzusehen. Die Zeit in Bukarest verbrachten sie damit, Vlaicu zu unterstützen.

Ende Januar 1913 erreichte sie dann eine Hochzeitsanzeige: Melli Beese und ihr Teilhaber und Geschäftspartner Charles Boutard hatten geheiratet. Sie hieß jetzt Amelie Beese-Boutard und hatte die französische Staatsbürgerschaft angenommen.

25.

AIDAN

Berlin, Februar 1913

Aidan empfand seit langer Zeit wieder so etwas wie Zufriedenheit. Er hatte eine Wohnung, und er hatte eine Arbeit, mit der er Geld verdiente. Nicht viel, aber genug, um sich hin und wieder eine Tasse Kaffee oder eine Dosis Kokain leisten zu können.

Während Joanna mit ihrem Fliegerfreund durch halb Europa tingelte – wenn er richtig informiert war, waren die beiden gerade in Bukarest –, war er in eine winzige und recht unbequeme Wohnung in Berlin-Johannisthal eingezogen. In derselben Straße befanden sich auch die Wohnung und das Büro der Flugschule von Melli Beese mit einem Telefon. Melli hatte ihm nicht nur diese Unterkunft vermittelt, sondern auch angeboten, in ihrer Flugschule als Aushilfs-Fluglehrer anzufangen. Natürlich hatte er zugesagt. Und so wusch eine Hand die andere. Er hatte eine Arbeit und eine Unterkunft, und sie hatte nicht nur einen weiteren Fluglehrer, sondern auch jemanden, von dem sie ihre tägliche Dosis Morphium erhielt.

Außer ihrer Tätigkeit als Fluglehrerin konstruierte Melli neben der Beese-Taube auch ein zerlegbares Flugzeug, das sie zum Patent anmelden wollte, und befasste sich mit Möglichkeiten zur sicheren Navigation in der Luft. Außerdem arbeitete sie an der Konstruktion eines Flugbootes.

Das Leben als Fluglehrer gefiel Aidan. Es war viel erfüllender, als tage- und nächtelang medizinische Lehrbücher zu wälzen oder Patienten versorgen zu müssen. Eine Maschine wie ein Flugzeug war viel einfacher zu verstehen als der menschliche Körper mit all seinen Eigenheiten.

Anfang des Jahres hatte Melli dann Charles Boutard geheiratet und war jetzt Frau Beese-Boutard. Das frischgebackene Ehepaar wohnte nun in einer Fachwerk-Villa aus gelben Ziegeln auf der gegenüberliegenden Straßenseite, sodass man sich weiterhin fast täglich sah. Kurz nach der Hochzeit hatte Melli Aidan angeboten, in ihre ehemalige Wohnung zu ziehen, was er gerne annahm.

*

Im Frühling ging es für Joanna und Dorian endlich weiter mit den Flugveranstaltungen. Joanna war inzwischen eine versierte Pilotin, auch wenn sie bei Weitem nicht dieselben Flugmanöver vollführte wie Dorian. Mittlerweile konnte sie nicht nur Rollen fliegen, sondern das Flugzeug auch in einer engen Spirale nach oben steuern und danach im Gleitflug elegant wieder nach unten sinken lassen.

Im Juni reisten sie erneut zur Wiener Flugwoche, die in diesem Jahr nicht in Aspern, sondern im Bezirk Donaustadt stattfand. Fast genau ein Jahr war es nun her, dass Dorian und sie sich in Wien zum ersten Mal getroffen hatten.

Dorians Fliegerkarriere ging unaufhaltsam weiter. Seine

waghalsigen Flugmanöver riefen jedes Mal Begeisterungsstürme bei den Zuschauern hervor, und es kam vor, dass manche seiner weiblichen Bewunderer ihm zum Teil eindeutige Botschaften hinterließen. Und Dorian machte nicht den Eindruck, als seien ihm diese Aufmerksamkeiten unangenehm.

Ab und an kam es sogar vor, dass es einer seiner Verehrerinnen gelang, näher zu ihm vorzudringen. In Wien war es eine junge blonde Dame mit einem eleganten Hütchen, die ganz besonders hartnäckig war und jedes Mal wie aus dem Nichts auftauchte, wenn Dorian in der Nähe war.

Joanna bemühte sich, die aufsteigende Eifersucht zu unterdrücken. Natürlich himmelten ihn die Frauen an – kein Wunder bei seinem Aussehen und seinem fliegerischen Können. Aber das hatte nichts zu bedeuten. Sie beide gehörten zusammen.

Dennoch war sie verärgert, als sie nach einer weiteren Flugvorführung vergeblich auf ihn wartete. Vermutlich musste er sich mal wieder einer Schar von Verehrerinnen erwehren und konnte sich nicht loseisen.

Wo war er bloß? Manchmal war es in diesem Wirrwarr gar nicht so einfach, jemanden zu finden. Sie suchte in den Hangars und beim Pilotenlager, aber dort war er nicht. Schließlich wandte sie sich an einen ihr bekannten Mechaniker und fragte, ob er Dorian gesehen hatte. Er wies mit dem Daumen hinter einen Hangar.

Als sie um die Ecke bog, sah sie ihn endlich. Er war nicht allein; bei ihm war die junge Frau mit dem auffälligen Hütchen, die ihm den ganzen Tag schon schöne Augen gemacht hatte.

Joanna beobachtete, wie die beiden sich angeregt unterhielten. Die junge Frau lachte laut über einen Witz, den Dorian gemacht hatte. Und dann beugte sich Dorian vor und küsste sie.

Joanna schnappte nach Luft und trat einen Schritt vor. Sofort fuhren die beiden überrascht auseinander. Die junge Frau errötete heftig und huschte davon.

»Joanna.« Dorian hatte wenigstens den Anstand, zerknirscht auszusehen. »Ich habe dich schon gesucht.«

Das konnte ja wohl nicht wahr sein! Sie räusperte sich. »Was sollte das gerade?«

»Was?« Er winkte ab. »Ach, das junge Ding. Das war nichts. Sie wollte nur ein bisschen Fliegerluft schnuppern.«

Als er sie in seine Arme ziehen wollte, versteifte sie sich.

»Fass mich nicht an!« Sie drehte sich weg von ihm.

»Verdammt, Jo, du bist in letzter Zeit so schrecklich kompliziert. So warst du doch früher nicht.«

»Da hast du auch nichts mit anderen Frauen angefangen!«

»*Ein* Kuss. Es war gerade mal *ein* Kuss, Jo, mehr nicht!«

»Mehr nicht, ach ja?«, fuhr sie ihn an. »Wieso ist ein Kuss angeblich nichts? Für mich war es damals alles!«

»Ich habe sie weder gevögelt noch ihr die Ehe versprochen.«

»Stimmt. Flieger heiraten ja nicht. Hast du selbst gesagt.«

Er schwieg, sah sie nur an. Dann schüttelte er leicht den Kopf. »Ich bin nicht dein Eigentum, Jo.«

»Nein, natürlich nicht. Aber ich dachte, wir gehören zusammen.«

»Das tun wir doch auch.« Er nahm ihre Hand. »Jo. Joanna, ich liebe nur dich und keine andere, das musst du mir glauben.«

Joanna zögerte einen Moment, schon wieder halb besänftigt. »Ich glaube dir ja. Ich komme nur einfach nicht damit zurecht, dass die Frauen dir nachlaufen, als wärst du der Messias.«

»Das kann ich leider nicht ändern.« Dorian seufzte und legte seine Stirn gegen ihre. »Aber du, Jo, bist die Einzige für mich.« Zum zweiten Mal versuchte er, sie an sich zu ziehen, und diesmal ließ sie ihn gewähren.

Der Geruch von frisch gemahlenem Kaffee und das leise Murmeln der Menge füllten das Café in der belebten Berliner Straße. Joanna saß an einem der kleinen Tische, ließ den Blick durch den Raum schweifen und blieb kurz an den elegant gekleideten Damen und Herren hängen, die angeregt miteinander plauderten.

Nach der Veranstaltung in Wien waren sie zu einer weiteren Flugwoche nach Kiel im Norden Deutschlands gereist, wo erneut einige Dauer- und Höhenflugwettbewerbe stattfanden, und danach ging es wieder nach Leipzig. Joanna fühlte sich allmählich ein wenig erschöpft. So sehr sie auch das Fliegen liebte – die ständigen Reisen und die damit verbundenen Umstände zehrten an ihren Kräften.

Jetzt war es August. Seit wenigen Tagen waren sie wieder in Berlin. Anfangs hatten sie bei Aidan gewohnt, der nach wie vor für Melli arbeitete. Wegen der beengten Verhältnisse in Aidans Wohnung waren sie jedoch auf Einladung von Melli und Charles in deren Villa gegenüber gezogen, die weitaus mehr Platz für alle bot.

Die Tür des Cafés ging auf, und ein kalter Windstoß trug Zigarrenrauch sowie Melli Beese-Boutard herein, die sich wortreich für die Verspätung entschuldigte.

Melli ließ sich auf dem freien Platz am Tisch nieder.

»Wir werden unser Flugboot demnächst für ein Patent anmelden«, sagte sie. »Wenn alles so funktioniert, wie wir planen, kann man damit bald wirklich lange Luftreisen unternehmen. Bis zu zweitausend Kilometer, stell dir das vor! Und nachher treffen Charles und ich uns mit einem möglichen Investor, also drück mir die Daumen!«

Joanna nickte geistesabwesend und legte die Gabel auf den Teller.

»Du hast ja kaum etwas gegessen«, stellte Melli besorgt fest. »Geht es dir nicht gut?«

Joanna nippte an ihrem Kaffee. Ihren Streuselkuchen hatte sie kaum angerührt. Nicht, weil er nicht schmeckte, sondern weil sie sich schon den ganzen Tag über unwohl fühlte. Am Morgen hatte sie sich übergeben müssen, und das war ihr nicht zum ersten Mal passiert. Möglicherweise war ihr etwas nicht bekommen oder auf den Magen geschlagen.

Aber eigentlich ahnte sie, dass es das nicht war, schließlich war ihre Monatsregel schon zum wiederholten Mal ausgeblieben.

Dabei hatten sie doch so gut aufgepasst. Dorian hatte jedes Mal Kondome benutzt, auch wenn die nicht immer einfach zu bekommen waren. Nun ja, *fast* jedes Mal.

Sie seufzte und teilte Melli schließlich ihre Befürchtung mit.

»Nun«, sagte Melli. »Dann gibt es nur einen Weg, sich

Klarheit zu verschaffen. Du musst zum Arzt. Ich kenne einen guten ganz in der Nähe. Soll ich dich begleiten? Noch habe ich Zeit, ich muss erst später zu unserem Termin.«

Noch am selben Nachmittag ging Joanna mit Melli zu dem Arzt, den die Freundin ihr empfohlen hatte. Eine halbe Stunde später hatte sie Gewissheit.

Joanna öffnete die Tür der Villa am Sterndamm mit einem der beiden Schlüssel, die Melli ihr und Dorian überlassen hatte, damit sie ein und aus gehen konnten, wie sie wollten. Seit ihrer Heirat befanden sich hier auch die Räume von Mellis Flugschule.

Dorian kam ihr entgegen, kaum dass sie eingetreten war.

»Wo warst du?«

»Beim Arzt.«

»Beim Arzt?« Dorian runzelte die Stirn. »Bist du krank?«

Joanna seufzte. »Nein, nicht krank.« Sie legte Mantel und Tasche ab und ließ sich auf einem Stuhl in der geräumigen Stube nieder. Dorian folgte ihr und setzte sich ebenfalls.

»Was ist dann los, Jo?«

»Ich … ich bin schwanger«, platzte es dann aus ihr heraus.

Dorian sah sie an, als würde sie plötzlich Chinesisch reden. »Schwanger?«

»Ja«, gab sie gereizt zurück. »So nennt man das, wenn man ein Kind erwartet.«

»Aber – das kann nicht sein. Wir haben doch immer verhütet.«

»Ach wirklich? Und was war mit dem einen Mal, als wir es nicht getan haben?«

Dorian brauchte offenbar ein paar Sekunden, um die Neuigkeiten zu verarbeiten.

»Und – du bist dir sicher?«

»Der Arzt zumindest war es.«

»Oh«, sagte er. Und noch einmal: »Oh.«

Das war nicht unbedingt das, was Joanna als Reaktion erwartet hätte. »Das ist alles? Ein bloßes ›Oh‹?«

»Aber – wie soll das gehen, Joanna? Ich bin Pilot! Meine Welt sind der Himmel und Flugzeuge. Ich bin noch nicht bereit für ein Kind. Das … das würde alles auf den Kopf stellen, was ich mir aufgebaut habe.«

»*Ich, ich, ich.* Du denkst immer nur an dich! Hast du mal überlegt, was es für mich bedeutet?«

»Nein, so viel Zeit hatte ich noch nicht«, fuhr er sie an. »Du hast mir diese Hiobsbotschaft ja gerade erst an den Kopf geworfen.«

Die Worte hingen wie ein bleierner Nebel in der Luft. Dorian erhob sich abrupt, die Stuhlbeine kratzten über das Parkett.

»Ich brauche frische Luft«, murmelte er und verließ das Zimmer, ohne Joanna eines weiteren Blickes zu würdigen.

26.

JOANNA

Berlin, August 1913

Joanna weigerte sich zu weinen. Sie war eine starke Frau, sie wollte nicht weinen. Allerdings nagte der Gedanke an ihr, wie es nun weitergehen würde.

Manchmal musste man sich das Schlimmstmögliche ausmalen und überlegen, wie man damit umgehen könnte, dachte sie. Wenn Dorian das Kind nicht wollte, würde er sich von ihr trennen. Wenn er sich von ihr trennte, würde sie eben allein weitermachen. Sie konnte fliegen, sie konnte sich auch ohne ihn eine Zukunft aufbauen – sie würde schon einen Weg finden. Aber ein Leben ohne Dorian? Nein, das konnte und wollte sie sich nicht vorstellen.

Wollte sie das Kind überhaupt? Darüber hatte sie noch gar nicht wirklich nachgedacht. Dorian hatte ihr klargemacht, dass ein Kind ihn in seiner Karriere behindern würde. Aber für Joanna galt das auch.

Ach, es war einfach zu vertrackt. Warum hatten sie nicht besser aufgepasst? Und er war doch genauso dafür verantwortlich. Am liebsten hätte sie mit jemandem darüber gesprochen. Aber Melli war mit Charles zu ihrem wichtigen Termin aufgebrochen, und wo Aidan war, wusste sie nicht.

Am späten Nachmittag blätterte sie gedankenverloren in einem Flugmagazin, ohne die Inhalte darin wirklich wahrzunehmen, als es an der Tür klingelte. Für einen Moment zögerte sie, ob sie öffnen sollte. Normalerweise tat sie das, da Melli und Charles kein Personal hatten. Andererseits hatte sie keine Lust, sich nach dem Streit mit Dorian jetzt auch noch mit unerwarteten Besuchern auseinanderzusetzen.

Aber dann stand sie auf. Es konnte ja etwas Wichtiges sein, das Melli oder Charles oder die Flugschule betraf.

Joanna öffnete die Tür – und blickte in ein Meer von Blumen. Ein riesiger, prachtvoller Blumenstrauß aus Rosen, Gerbera und Sommerastern in warmen Spätsommerfarben.

Dahinter war Dorian fast nicht mehr zu sehen.

»Was …?« Sie rang um Fassung. »Was soll das?«

Er ließ den Strauß sinken. »Das ist meine Form, dich um Entschuldigung zu bitten.«

»Wofür?«

»Dass ich so ein Idiot war.« Er atmete tief durch. »Ich war einfach komplett überfordert mit dieser Nachricht. Aber jetzt hatte ich Zeit zum Nachdenken.«

Ihr Herz begann, schneller zu schlagen. »Und was ist dabei herausgekommen?«

»Dass ich es gar nicht so schlimm fände, Vater zu werden.« Er grinste. »Ein Sohn oder eine Tochter mit dir – ich glaube, das würde mir gefallen.«

Ein Lächeln schlich sich in ihre Mundwinkel. »Du glaubst es nur?«

»Ich bin mir sogar sicher!«

Joanna nahm den Strauß und inhalierte tief die blumigen Düfte, dann trat sie einen Schritt zurück und ließ ihn ein.

»Wir schaffen das schon, Jo. Bis das Kind da ist, könnten wir einfach weitermachen wie bisher. Und nach der Geburt müssten wir ein bisschen mehr planen und uns vielleicht auch etwas anpassen, aber ich denke, das kriegen wir hin. Das wird das erste fliegende Kind der Welt!« Er schien auf einmal ganz beseelt von dieser Vorstellung. »Wenn ich so darüber nachdenke, dann kann ich es kaum erwarten, endlich meinen Sohn vor mir sitzen zu haben und ihm die Welt der Fliegerei zu zeigen.«

»Oder ihr«, warf Joanna lächelnd ein. Ihr Herz tanzte vor Freude.

»Was?«

»Oder ihr. Es könnte ja auch ein Mädchen werden.«

»Ja, natürlich. Dasselbe gilt natürlich auch für meine Tochter.«

In den nächsten Tagen und Wochen sprachen sie beide immer wieder über ihre Zukunft und darüber, wie sie ihr Leben als Eltern und Piloten in Einklang bringen könnten. Sie hatten beschlossen, Joannas Schwangerschaft vorerst geheim zu halten, auch vor Aidan. Dorian plante, an so vielen Flugveranstaltungen und Wettbewerben wie möglich teilzunehmen, um mehr Geld zu verdienen und für ihre Familie zu sorgen.

Eines Nachmittags Mitte September saß sie gemeinsam mit Dorian in einem Café. Joanna blätterte durch einige Zeitungen, um nach weiteren möglichen Flugwettbewerben zu suchen, als sie plötzlich innehielt.

»Oh nein«, murmelte Joanna. »Hier steht … Aurel Vlaicu ist verunglückt.«

»Was?« Dorian riss ihr die Zeitung aus der Hand.

Joanna deutete auf den Artikel.

> **»Flugpionier Aurel Vlaicu stirbt bei Absturz in den Karpaten**
>
> BERLIN, 14. SEPTEMBER 1913 – Gestern ereignete sich ein schrecklicher Vorfall, der die aufstrebende Welt der Luftfahrt in Trauer stürzte. Der rumänische Pilot Aurel Vlaicu, der als einer der innovativsten Ingenieure und Luftfahrtpioniere seiner Zeit galt, kam bei einem Flugzeugabsturz ums Leben.
>
> Vlaicu plante einen Flug über die Transkarpaten mit seinem selbst konstruierten Flugzeug Vlaicu II. Die genauen Umstände des Absturzes sind noch ungeklärt, aber es werden schwierige Wetterbedingungen und die herausfordernde Topografie der Karpaten vermutet.
>
> Der Verlust von Aurel Vlaicu wird von der gesamten Luftfahrtgemeinschaft als herber Schlag empfunden. Sein Erbe wird jedoch in seinen bahnbrechenden Entwicklungen und seinem mutigen Einsatz als Pilot weiterleben.«

Dorian ließ die Zeitung sinken, er war aschfahl geworden.

»Das … es tut mir so leid«, murmelte Joanna.

Sie war genauso bestürzt wie Dorian, der schließlich

lange für Vlaicu gearbeitet hatte. Sie konnte sich kaum vorstellen, dass dieser stille, zielstrebige Mann, den sie erst Anfang des Jahres wiedergetroffen hatten, nicht mehr da sein sollte.

*

Es war Ende September. Aidan genoss die aufregende Atmosphäre der Herbstflugwoche in Johannisthal. Kaum öffneten sich die Tore, strömten die Menschen herein, um sich die besten Plätze für die Shows zu sichern.

Es gab eine Vielzahl von Vorführungen, darunter Wettbewerbe um Geschwindigkeit, Höhe und beeindruckende Kunstflugmanöver, und jede einzelne Darbietung zog ein begeistertes Publikum an. Die Piloten rollten ihre Maschinen um die eigene Achse, flogen Schleifen und schraubten sich spiralförmig in den Himmel. Einer von ihnen war Dorian, der mit seinem Blériot-Eindecker beeindruckende Kunstflüge vorführte. Die Menge liebte seine waghalsigen Flugkünste. Er startete mit scharfen Kurven in einen Steigflug, um dann in einen atemberaubenden Sturzflug überzugehen, aus dem er seine Maschine im letzten Moment wieder nach oben führte. Einmal flog er sogar kopfüber und hob kurz die Hand, um den jubelnden Zuschauern zu winken.

Er war ein fantastischer Pilot, das musste Aidan neidvoll anerkennen. Diese Meisterschaft würde er selbst sicher nie im Leben erreichen.

Eigentlich hatte er nichts gegen Dorian. Er war ein netter Kerl, wenn auch manchmal vielleicht etwas zu großspurig und zu sehr von sich überzeugt. Was Aidan allerdings wirklich störte, war die Macht, die dieser Mann über Joanna hatte. Wenn Dorian in der Nähe war, schienen alle anderen Dinge zu verblassen, nicht mehr zu existieren. Dann schien sie nicht einmal mehr ihren eigenen Bruder wahrzunehmen.

Und das gab ihm jedes Mal einen Stich. Wo war seine Jojo geblieben, seine geliebte Schwester, die all ihre Freuden und Sorgen mit ihm teilte? Seit Dorian in ihr Leben getreten war, war nichts mehr wie früher. Sie hatte sich verändert.

Das ging so nicht weiter. Diesem Kerl gehörte eins ausgewischt.

Um sich zu beruhigen, nahm Aidan wieder Kokain, und als der Rausch allmählich abklang, kam ihm eine Idee. Er erinnerte sich daran, was Melli ihm von ihren fliegerischen Anfängen erzählt hatte. Welche Schwierigkeiten ihr die ausschließlich männlichen Flugschüler-Kollegen gemacht hatten, indem sie ihre Maschine sabotierten, sodass sie gar nicht erst hatte starten können.

Und so etwas würde er jetzt auch tun.

Es war bereits später Abend, auf dem Flugfeld war fast niemand mehr unterwegs. Aidan nahm eine Petroleumlampe, ging damit zu dem Bereich, wo die Hangars standen, und schob die Schiebetür des hintersten auf. Leise schlüpfte er hinein und entzündete die Lampe. Hier stand auch Dorians neue Blériot, bereit für den Flug. Morgen würde er damit zu einer weiteren, beeindruckenden Vorstellung abheben. Es sei denn, eine kleine Störung würde den Start verhindern.

Im Schein der Lampe schaute Aidan sich um. Es war niemand zu sehen.

Aus einem Werkzeugkasten nahm er eine dicke Nadel, mit der man das Leinen für die Flügel nähte, und stach damit gezielt in den Benzinschlauch der Blériot. Vorsichtig vergrößerte er das Loch ein wenig, bis ein Tropfen Benzin heraustrat. Nur ein kleines Loch, gerade groß genug, dass der Treibstoff langsam heraustropfte. Wenn Dorian dann morgen starten wollte, würde das Flugzeug gar nicht erst anspringen. Oder den Start zumindest verzögern, wenn er den Schlauch erst reparieren oder ersetzen musste.

Zufrieden schlich Aidan sich wieder aus dem Hangar.

Aidan träumte vom Fliegen und dem Rauschen des Windes. Ein Geräusch wie von Motoren weckte ihn aus seinem tiefen Schlaf. Verschlafen rieb er sich die Augen und warf einen Blick aus dem Fenster.

Die Morgensonne spiegelte sich auf dem Flugfeld, aber am westlichen Himmel ballten sich ein paar dunkle Wolken. Dennoch waren fast sämtliche Zuschauerplätze bereits besetzt. Aidan stieß einen Fluch aus. Er hatte verschlafen!

Hastig streifte er sich ein paar Kleidungsstücke über und rannte hinaus. In der Tat: Die ersten Flugzeuge standen schon bereit.

Aber wie konnte das sein? Ursprünglich war doch für den Morgen eine kleine Ausstellung von Flugzeugen und Flugtechnologie geplant gewesen. Die Flüge selbst sollten erst gegen Mittag stattfinden.

Am Rand des Flugfelds traf er seine Schwester, die mit einem anderen Piloten sprach.

»Was ist los?«, unterbrach Aidan sie. »Warum starten sie so früh?«

»Das Wetter soll bald umschlagen«, erklärte Joanna. »Deshalb hat die Flugleitung entschieden, die Flüge vorzuziehen, um die geplante Flugshow nicht zu gefährden. Dorian ist schon am Start.«

In Aidan zog sich etwas zusammen. »Dorian ist schon am Start?«, wiederholte er.

Joanna nickte und fügte hinzu: »Er wollte unbedingt als einer der Ersten abheben.«

Aidan spürte, wie ihm das Blut aus dem Gesicht wich.

Oh nein. Oh neinneinnein! Das war nicht möglich. Dorian hätte überhaupt nicht antreten dürfen. Aidan wollte loslaufen, um ihn aufzuhalten, doch seine Beine waren wie gelähmt.

Es wäre ohnehin zu spät gewesen. Mit vor Entsetzen geweiteten Augen konnte er nur zusehen, wie die Flugzeuge kurz hintereinander abhoben. Erst eine Farman, dann eine Rumpler-Taube, und schließlich Dorians Blériot als drittes. Warum zum Teufel flog die verdammte Maschine?

Warum hatte er bloß nicht noch mal nachgeschaut, ob es eine Benzinlache gegeben hatte statt der paar Tropfen zu Anfang? War das Loch zu klein gewesen und hatte sich von selbst wieder geschlossen? Aber jeder Pilot war selbst dafür verantwortlich, dass seine Maschine flugtauglich war! Dorian hatte sicher den Schaden bemerkt und geflickt oder einen neuen Benzinschlauch eingebaut. Ja, das musste es sein, sonst wäre dieser Start doch gar nicht möglich gewesen. Aidan atmete ein wenig auf.

Dorian flog ein paar seiner üblichen Manöver, begleitet von Applaus. Er setzte gerade zu einem weiteren Looping an, als der Motor zu stottern begann. Aidans Augen weiteten sich vor Entsetzen, als er sah, wie die Blériot in der Luft zu taumeln anfing.

Die Menge jubelte – offenbar hielten die Leute es für ein weiteres spektakuläres Flugmanöver.

Aidan jubelte nicht. Alles in ihm war erstarrt.

Dorians Motor setzte aus, dann röhrte er wieder auf. Aidan sah, dass er kaum mehr in der Lage war, die Maschine zu lenken.

Jetzt schienen auch die ersten Zuschauer zu begreifen, was los war. Dorians Blériot war direkt über ihnen. Vereinzelte Schreie ertönten, aus der Masse lösten sich einzelne Menschen und begannen, in verschiedene Richtungen davonzulaufen.

Aidan sah, wie Dorian in einem verzweifelten Versuch, über die Zuschauermenge hinwegzufliegen und dahinter zu landen, die Nase seiner Blériot steil nach oben zog. Das Flugzeug gewann an Höhe, aber die Schwankungen wurden immer heftiger. Während Dorian versuchte, die Maschine zu stabilisieren, konnte Aidan seinen eigenen Herzschlag in den Ohren hören und meinte, das Benzin aus der Blériot tropfen zu sehen.

Die Zuschauer hatten aufgehört zu jubeln und starrten mit offenem Mund nach oben.

Dorian hatte es gerade so geschafft, als die Blériot, die noch einmal fast senkrecht gestiegen war, wie ein Stein zu Boden fiel und knapp hinter den Zuschauertribünen aufprallte. Ein vielstimmiger Schrei ertönte.

Aidan selbst konnte nicht schreien. Alles in ihm war erstarrt. Bitte, betete er lautlos, bitte lass ihn nur leicht verletzt sein!

Ein Krankenwagen, der sich am Rand des Flugfelds bereitgehalten hatte, fuhr in Höchstgeschwindigkeit in Richtung der Absturzstelle. Viele Zuschauer eilten ebenfalls dorthin.

Als Aidan den Absturzort erreichte, bot sich ihm ein Bild des Grauens.

Die Flügel der Blériot waren regelrecht zersplittert, einige Trümmerteile lagen verstreut auf dem Boden. Der Rumpf war kaum mehr als solches zu erkennen, der Motor war vollständig aus seiner Verankerung gerissen.

Der Rettungswagen kam. Zuschauer drängten sich vor Aidan und verstellten ihm die Sicht, während die Rettungskräfte Dorian aus dem Wrack befreiten.

Er wusste es in dem Moment, als er Joannas verzweifelten Schrei hörte.

27.

SARAH

Glengarriff, Anfang April

Sarah ging die Außentreppe hinauf, die seitlich am Haus entlang zu einer dunkelblau gestrichenen Eingangstür im ersten Stock führte. Im Erdgeschoss darunter befand sich ein Laden für Elektrotechnik. Dann zögerte sie. Ihr Herz klopfte ein wenig schneller, und das war nicht auf die leichte Anstrengung zurückzuführen. *Walsh*. Der Name an der Tür stimmte. Ja, hier war sie richtig.

Dann gab sie sich einen Ruck und schellte.

Sie hatte kaum die Hand wieder sinken gelassen, als die Tür auch schon aufgerissen wurde und ein freudestrahlender Finn erschien.

»Sarah! Da bist du ja endlich!«

»Hallo, Finn.«

»Jetzt lass sie doch erst einmal rein.« Kilian erschien hinter ihm, und Sarahs Herz machte einen kleinen Satz. »Hallo, Sarah. Herzlich willkommen in unserem Drei-Männer-Haushalt.«

»Drei?«, wollte sie fragen, wurde aber im nächsten Moment fast umgerannt von einem schwarzbraunen Irrwisch, der sie voller schwanzwedelnder Begeisterung begrüßte.

»Ach natürlich, Cooper, wie hatte ich dich nur vergessen können?« Dann hob sie den Blick. »Hi Kilian. Hier bin ich.«

Er lächelte. Seine dunkelblonden Haare waren leicht zerzaust, und der kurze Fünftagebart verlieh ihm eine verwegene Ausstrahlung.

»Ich war mir nicht sicher, ob du wirklich kommen würdest«, sagte er. Er wirkte fast ein wenig befangen – was Sarah unglaublich süß fand.

»Na ja, du hast gesagt, du kochst. Da konnte ich nicht widerstehen.«

Er grinste. »Komm rein. Und du, Cooper, auf deinen Platz.« Er wies in eine Zimmerecke, und der Hund zog sich gehorsam auf eine Decke zurück.

»Schön habt ihr es hier«, sagte sie.

Kilian zuckte mit den Schultern. »Geht so. Es müsste halt mal wieder renoviert werden.«

Er hatte recht: Hier war lange nichts mehr neu gemacht worden. Einiges schien notdürftig repariert und überstrichen worden zu sein. Die Möbel hatten abgegriffene Kanten, und eine Fußleiste an der Wand fehlte. Das Sofa wirkte etwas durchgesessen, die Polsterung war abgewetzt und der Teppichboden ein wenig wellig. Dennoch strahlte die Wohnung eine gemütliche Atmosphäre aus.

»Wie geht es Helen?«

Sarah hob die Schultern. »Gut, nehme ich an. Aber ich hänge jetzt auch nicht jede freie Minute mit ihr ab.« Sie lächelte, um ihren Worten die Schärfe zu nehmen.

»Natürlich nicht. Setz dich schon mal, das Essen ist gleich fertig.«

»Stört es dich, wenn ich euch stattdessen zuschaue?«

»Kein Problem. Ich hoffe, du magst Fisch?«

»Klar«, log sie.

Sie stellte sich in die Tür der kleinen Küche und sah den beiden Männern bei der Zubereitung des Essens zu. Kilian kümmerte sich um Fisch und Kartoffeln, während Finn, der eine bunt bedruckte Kochschürze umgebunden hatte, in einer Pfanne mit Gemüse rührte und hin und wieder einen Blick auf seinen Bruder warf.

Als sie dann zu dritt am Esstisch saßen, probierte Sarah vorsichtig von dem gebratenen Fisch. Es schmeckte sehr gut, vor allem der Fisch war viel besser, als Sarah erwartet – oder befürchtet – hatte. Das Kartoffelpüree hatte eine feine Butternote, das gemischte Gemüse war noch knackig, und alles harmonierte bestens miteinander.

»Wie findest du das Gemüse?«, fragte Finn, während er Sarah gespannt beobachtete.

»Es ist ganz wunderbar«, lobte sie. »Wie alles auf dem Teller.«

»Das hab ich geschnitten«, sagte Finn stolz. »Und die Kartoffeln auch.«

»Ja, Finn ist ein kleiner Tausendsassa in der Küche.« Kilian lächelte.

Sarah lud sich einen weiteren Bissen auf die Gabel. »Ich kann leider so gut wie gar nicht kochen. Ich kriege höchstens Nudeln und Spiegeleier hin.«

Kilian zuckte mit den Schultern. »Das kann man lernen. Ist gar nicht schwer.«

Zum Nachtisch gab es Banoffee Pie, eine geschichtete Herrlichkeit aus einem Keksboden, Karamellcreme, Sahne und Bananenscheiben.

Nachdem sie den letzten Bissen verdrückt hatte, lehnte Sarah sich entspannt zurück und seufzte zufrieden.

»Finn«, sagte Kilian, »ich glaube, Cooper will raus. Gehst du eine Runde mit ihm?«

»Na klar.«

Kaum war sein Bruder mit dem Hund verschwunden, fiel Sarah auf, wie ruhig es plötzlich war. Ruhig, aber nicht unangenehm.

Kilian begann, die leeren Teller abzuräumen. Sarah half ihm dabei.

»Du lebst also mit deinem Bruder zusammen.« Es war eine Feststellung, keine Frage, aber Kilian fühlte sich offenbar bemüßigt zu antworten.

»Ja, schon seit einigen Jahren.«

»Er ist jünger als du?«

Kilian nickte. »Zwei Jahre. Genauer gesagt, zwei Jahre und zwei Monate.« Er zeigte auf ein Bild an der Wand, auf dem die beiden als Kinder zu sehen waren. Zwei blonde Jungen, unterschiedlich groß, die einen riesigen Fisch in den Händen hielten und in die Kamera strahlten. »Du hast sicher bemerkt, dass er eine Lernbehinderung und eine Entwicklungsverzögerung hat. Er ist jetzt siebenundzwanzig. Aber emotional und kognitiv ist er auf dem Stand eines Kindes.«

»Was ist passiert?«

Kilian hob die Schultern. »Weiß man nicht so genau, er war schon immer so. Vermutlich ist irgendwas in seiner Entwicklung anders gelaufen, als es sollte.« Er warf ihr einen forschenden Blick zu. »Stört es dich, dass er ist, wie er ist …?«

Sie sah ihn erstaunt an. »Wieso sollte es? Er scheint mir ein unglaublich liebenswerter Mensch zu sein.«

»Das ist er wirklich.« Kilian senkte den Blick. »Allerdings ist es nicht immer einfach mit ihm, das muss ich zugeben. Manchmal kann er einem tierisch auf den Geist gehen. Und manch einer kommt nicht damit zurecht. Meine vorige Beziehung ist daran zerbrochen.«

»An Finn?«

»An der Tatsache, dass ich auch seinetwegen nur selten Zeit habe und vieles für ihn erledigen muss. Das hat sie – gestört.«

»Und eure Eltern …« Sarah verstummte, weil sie nicht wusste, wie sie weiter fragen sollte, ohne zu indiskret zu werden. Wenn sie das nicht ohnehin schon war.

Aber Kilian schien sich nicht daran zu stören. »Sie sind … wie soll ich sagen? Sie waren einfach nicht mehr in der Lage, sich um Finn zu kümmern. Mein Vater ist zwanzig Jahre älter als meine Mutter und inzwischen schon recht gebrechlich, und Mum kümmert sich um ihn und hat noch ihre eigenen Probleme an der Backe. Sie hatten beide keine Kraft mehr, auch noch für Finn zu sorgen. Das habe ich dann übernommen.«

»Das finde ich sehr großzügig und selbstlos von dir.«

Er wirkte fast verlegen. »Na ja, so toll ist das jetzt auch wieder nicht. Wir beide standen uns schon immer sehr nahe, und da hat es sich einfach angeboten. Unsere Eltern wohnen in Kenmare, das ist dreißig Minuten Fahrt von hier. Wir sehen uns recht oft.« Er räusperte sich. »Aber jetzt haben wir lange genug über mich geredet. Ich weiß noch immer fast nichts über dich.«

Sie zog leicht eine Augenbraue hoch. »Nicht? Ich hätte gedacht, ich wäre wie ein offenes Buch.«

Kilian lachte leise. »Nun ja … Ich fasse mal zusammen: Du bist mit deiner Oma auf der Suche nach eurer gemeinsamen Familiengeschichte. Und ihr habt inzwischen das Haus eurer Vorfahren hier in Glengarriff gefunden. Außerdem arbeitest du in Cork in einem Souvenirladen, bist aber nicht wirklich glücklich dort. Du magst finnische Rockmusik, aber keine irische Folklore.«

Sarah wollte Einspruch erheben, aber da sprach er schon weiter.

»Außerdem bist du eine sehr hilfsbereite Frau, die ein Herz für Hunde hat.«

Und für ihr Herrchen, setzte Sarah in Gedanken dazu und spürte, wie sie knallrot wurde. »Na ja, der Souvenirladen ist nur ein Übergangsjob. Eigentlich habe ich Grafikdesign studiert, aber in diesem Bereich bekomme ich keinen Job. Oder zumindest keinen, mit dem ich die Miete bezahlen könnte.«

»Okay, du bist also Grafikdesignerin. Und was machst du sonst so, wenn du nicht gerade im Laden stehst oder deiner Familiengeschichte hinterherjagst?«

»Na ja.« Sie zögerte, dann gab sie sich einen Ruck. »Das habe ich noch fast niemandem erzählt, aber – ich schreibe. Also keine Romane oder so was. Fan-Fiction und solchen Kram. Ich hab im Studium damit angefangen, und das tue ich jetzt immer noch.«

»Fan-Fiction?«, wiederholte er stirnrunzelnd. »Sorry, wenn ich mich als totaler Banause oute, aber: Was ist das?«

»Das ist, wenn man mit den Figuren aus bestimmten Filmen oder Serien eigene Geschichten schreibt.« Sie überlegte kurz. »Zum Beispiel könnte den Charakteren aus *Game of Thrones* etwas ganz anderes passieren, oder sie könnten in einem anderen Universum leben.«

»Verstehe. Und was macht man damit?«

»Die meisten stellen es ins Internet. Es gibt spezielle Foren dafür. Dann können andere Fans das lesen und ihre Kommentare dazu abgeben. Macht viel Spaß.«

»Und damit kann man Geld verdienen?«

»Nein, natürlich nicht, das wäre ja auch gar nicht erlaubt. Urheberrecht an den Figuren und so.«

»Hast du auch schon was eingestellt?«

»Ja, ein paarmal. Aber die Resonanz war eher bescheiden.«

»Ich würde gern mal was von dir lesen. Ich bin sicher, du bist richtig gut.«

»Oh. Nein, bin ich nicht.«

Ihre letzte Geschichte über *Die Tribute von Panem* hatte ihr Ex-Freund Elias gnadenlos zerrissen. Eine solche Blöße, hatte sie sich damals geschworen, würde sie sich nie wieder geben. Nie wieder würde sie etwas persönlich aus der Hand geben. Ab jetzt würde sie nur noch unter Nickname und in der Anonymität des Internets veröffentlichen.

Kilian nickte, und dann ließ er dieses Thema zum Glück fallen. »Du bist mit deiner Großmutter unterwegs. Darf ich fragen, was mit deinen Eltern ist?«

Sarah seufzte. Aber sie hatte ihn schließlich auch nach seinen Eltern gefragt, da war es nur recht und billig, dass sie ihm jetzt dieselbe Frage beantwortete.

»Mein Vater ist Forscher und zurzeit auf einer Station in

der Antarktis. Ja, hört sich toll an«, winkte sie ab, »aber das bedeutet eben auch, dass er fast nie da ist. Wir haben kein sonderlich inniges Verhältnis.«

»Und deine Mutter?«

»Meine Mutter ist gestorben, als ich noch sehr jung war.«

»Tut mir sehr leid«, murmelte Kilian. »Hast du noch Erinnerungen an sie?«

»Nur ganz schwach.« Sie schloss die Augen und ließ die Bilder jener tragischen Nacht wiederauferstehen, die sie von Zeit zu Zeit immer noch heimsuchten. »Hauptsächlich an den Abend, als der … der Unfall passierte. Ein betrunkener Autofahrer ist uns reingefahren. Ich saß im Kindersitz hinten und habe es fast unverletzt überlebt. Aber Mum«, sie schluckte, »Mum hat es voll erwischt.«

Kilian legte sanft seine Hand auf ihre. Die Berührung ging ihr durch und durch. »Das muss furchtbar für dich gewesen sein.«

Sarah hob die Schultern. »Vielleicht ist das ja auch der Grund, weshalb mich diese ganze Sache mit meiner, also, unserer Familiengeschichte so interessiert. Ich weiß nur so wenig von meiner eigenen Mutter oder meinen Großeltern. Und mein Vater …« Sie blickte kurz aus dem Fenster, bevor sie weitersprach. »Wir haben nicht den allerbesten Draht zueinander. Er hat mich in ein Internat gesteckt, kaum dass ich sieben Jahre alt war, und seitdem haben wir nur wenig Kontakt.«

»Wow, das ist hart.« Er erhob sich. »Kaffee?«

Sie bejahte und sah ihm dann zu, wie er Wasser aufkochte und löslichen Kaffee aufbrühte. Als sie beide mit je einer Tasse wieder am Tisch saßen, nahm Kilian einen Schluck und beugte sich dann ein wenig vor.

»Versteh mich nicht falsch, Sarah, ich bin sicher die letzte Person, die das beurteilen kann, aber nach dem, was du mir erzählt hast, und von außen betrachtet: Solltest du nicht auch mal versuchen, deinen Vater zu verstehen?«

»Wie meinst du das?« Sie spürte, wie sie sich versteifte.

»Dein Vater hat deine Mutter sicher sehr geliebt. Und dann passiert so ein schrecklicher Unfall und reißt sie urplötzlich aus dem Leben. Danach war er zweifellos am Boden zerstört.«

»Ich weiß.« Sarah senkte den Kopf und schaute in ihren Kaffee. Und dann sagte sie etwas, was sie erst ganz wenigen Menschen gegenüber geäußert hatte: »Ich glaube, er hat es mir unbewusst vorgehalten. Als sei ich gewissermaßen schuld daran. Ich meine, ich war schließlich bei dem Unfall dabei, bei dem meine Mutter starb.«

»Aber du konntest doch nichts dafür!«

»Natürlich nicht, ich war ein kleines Kind. Aber Gefühle sind nicht rational. Wäre doch möglich, dass er dennoch unbewusst mir die Schuld gegeben hat. Vielleicht war es für ihn so auch einfacher, mich abzugeben und sich nicht mehr als unbedingt nötig mit mir zu beschäftigen.«

»Vielleicht sah er sich auch schlicht außerstande, allein die Verantwortung für ein Kind zu tragen.« Kilian sah sie an. »Habt ihr je darüber gesprochen – du und dein Vater?«

»Nein«, gab Sarah zu.

»Dann solltet ihr das dringend mal nachholen.«

Sie seufzte. »Vermutlich hast du recht. Aber … das ist nicht so einfach.«

Lautes Bellen von draußen durchbrach die darauffolgende Stille. Kilian lächelte. »Oh, Cooper und Finn sind zurück.«

Der Hund begrüßte Kilian und Sarah so enthusiastisch, als hätte er die beiden drei Jahre lang nicht gesehen, aber gleich darauf zog er sich freiwillig auf seine Decke zurück, sichtlich müde.

Finn hatte derweil Schuhe und Jacke ausgezogen.

»Kommst du morgen auch?«, fragte er Sarah, während er die Leine an ihren Platz hängte.

Sarah lachte. »Nein, ich glaube, ich kann hier nicht jeden Tag aufkreuzen – auch wenn es ganz wunderbar geschmeckt hat.«

»Nein, doch nicht zum Essen!« Finn schüttelte den Kopf, als wäre Sarah etwas begriffsstutzig. »Ich meine, zum Schwimmen.«

»Zum Schwimmen?«

»Er meint das Training«, erklärte Kilian. »Wir trainieren beide für den großen Schwimmwettbewerb, der in Glengarriff zweimal jährlich stattfindet.«

»Tatsächlich?« Ihr Interesse war geweckt. »Wo ist denn das Schwimmbad? Das habe ich bislang noch nicht entdeckt.«

Kilian grinste. »Es gibt kein Schwimmbad. Geschwommen wird rund um Garinish Island. Einmal im Mai und einmal im September.«

»Ihr schwimmt … im Meer? Bei diesen Temperaturen?« Sarah konnte es nicht fassen.

»Natürlich. So schlimm ist das nicht, und es ist jedes Mal ein tolles Event. Finn und ich und viele andere bereiten uns jeden Sonntagmorgen darauf vor.«

»Oh.« Sarah war sich nicht sicher, ob die beiden sie nicht doch zum Narren hielten. »Ich fürchte, ich kann morgen nicht. Ich habe mit Helen einen Ausflug nach Killarney geplant.«

Sarah schlenderte durch Glengarriff, ihre Gedanken noch immer bei Kilian. Wie von selbst lenkte sie ihre Schritte dann zum Wasser, an den Rand der Bucht, und ließ sich auf einer Bank nieder. Die Sonne spiegelte sich auf dem Wasser, und die frische Luft und das sanfte Plätschern halfen ihr, ihre Gedanken zu ordnen.

Schließlich zog sie ihr Telefon hervor und wählte Naomis Nummer.

Nach ein paar kurzen Klingeltönen nahm ihre Freundin ab, ihr hübsches dunkles Gesicht erschien auf dem Display.

»Hey Naomi, wie geht's?«

»Alles bestens. Und bei dir? Wie läuft es mit Helen? Und mit eurer Recherche?«

»Ziemlich gut. Helen ist ein Schatz, und wir haben schon einige interessante Dinge herausgefunden. Aber darüber später mehr. Im Moment möchte ich einfach nur ein bisschen abschalten.«

»Ja, das kann ich mir vorstellen. Und sonst so?«

»Es ist echt schön hier. Und …« Sarah zögerte nur kurz. »Ich habe jemanden kennengelernt.«

»Soso, du hast jemanden kennengelernt. Wen denn?«

»Er heißt Kilian. Er ist Ranger hier im Naturpark.« Sarah spürte, wie sie rot wurde. »Ich war gerade bei ihm zum Essen.«

Naomi nickte anerkennend. »Ein Ranger? Hört sich gut

an! Aber ich dachte, nach dem Flop mit Elias hättest du erst mal genug von den Kerlen?«

»Dachte ich auch«, gab Sarah zu. »Aber … er ist ganz anders als Elias. Viel – erwachsener. Verantwortungsbewusster. Und er hat eine tolle Ausstrahlung. Außerdem spielt er Gitarre und kocht echt lecker.«

Auf Naomis Gesicht erschien ein Grinsen, das immer breiter wurde.

»Was?«, fragte Sarah irritiert.

»Ach, nichts. Du solltest nur mal hören, wie du von ihm schwärmst.«

»Ich schwärme nicht!«

Naomi hob spöttisch eine Augenbraue. »Nein, natürlich nicht«, sagte sie mit einem amüsierten Unterton. »Okay, er ist also ein netter Kerl, der dir offensichtlich gefällt und der dazu noch kochen kann. Das klingt doch sehr vielversprechend. Warum ziehst du dann so ein Gesicht?«

Sarah seufzte. »Ich bin nicht sicher, ob es klappen würde. Ich werde schon bald wieder zurück nach Cork gehen, und er wird hier in Glengarriff bleiben.«

»Das ist doch in der heutigen Zeit wirklich keine Entfernung. Es gibt da so eine Erfindung, die nennt sich Busse, oder Autos … Und ach ja, so was wie Telefone und Skype gibt es auch noch.« Naomi schüttelte in leichtem Tadel den Kopf. »Wann siehst du ihn wieder?«

»Ich weiß noch nicht. Er hat mich gefragt, ob ich morgen früh zum Schwimmtraining kommen will, aber …«

»Geh hin!«, unterbrach Naomi sie.

»Aber ich bin schon mit Helen verabredet. Wir wollten nach Killarney.«

»Wo ist das Problem? Die Tour nach Killarney könnt ihr danach doch immer noch machen, der Tag ist ja noch lang. Aber deinen neuen Schwarm beim Schwimmen zu beobachten, würde ich mir nicht entgehen lassen.«

»Er ist nicht mein ›neuer Schwarm‹!«

»Ich weiß«, sagte Naomi grinsend. »Geh trotzdem hin.«

28.

SARAH

Ellen's Rock, Glengarriff, Anfang April

Es war so frisch, wie es an einem Morgen im frühen April nur sein konnte. Ein leichter Wind wehte, und die Luft roch rein und nach Salzwasser. Sarah hatte sich in ihre warme Jacke gepackt und den Schal bis zu den Ohren hochgezogen. Nach dem Telefonat mit Naomi hatte sie kurz entschlossen den Ausflug mit Helen um eine Stunde verschoben, um doch noch herkommen zu können.

Die Vorstellung, sich jetzt auszuziehen und in das kalte Wasser zu steigen, das mit leisem Klatschen an den Rand des Bootsstegs schwappte, schien ihr absurd. Und dennoch hatten sich an diesem Sonntagmorgen bestimmt mehr als ein Dutzend Schwimmfreudige am Steg eingefunden, die jetzt fröhlich ihre Jacken, Hosen und Pullover ablegten. Manche trugen Neoprenanzüge darunter, einige Mutige erschienen tatsächlich nur in Boxershorts oder Bikini.

Leider konnte sie Kilian oder Finn nirgends entdecken. Aber vielleicht waren die beiden auch schon im Wasser – Sarah war schließlich etwas zu spät gekommen, und offenbar hatte ein Teil der Schwimmer schon früher mit dem Training begonnen. Sie suchte die Wasserfläche ab und wirklich: Draußen in der Bucht entdeckte sie einen Kopf, der zu Kilian gehören könnte.

Fasziniert sah sie zu, wie er mit kräftigen Schwimmzügen bis fast zu der nahegelegenen Robbenbank vorstieß, dann umkehrte und zurück in Richtung Ufer schwamm. Sarahs Herz machte einen kleinen Hüpfer, als er näher kam und sie erkannte, dass es wirklich Kilian war. Als er Sarah sah, hob er eine Hand und winkte. Sie winkte zurück und wartete, bis er flacheren Grund erreicht hatte und aus dem Wasser stieg.

»Du bist ja doch gekommen«, sagte er ein wenig atemlos, während er auf sie zukam. »Ich dachte, du hast keine Zeit.«

»Wir haben den Termin ein wenig verschoben«, gestand sie und lächelte. »Das Schwimmtraining wollte ich mir doch nicht entgehen lassen.«

Sie musterte ihn – unauffällig, wie sie hoffte. Er trug lediglich eine dunkelblaue Boxershorts, die ihm jetzt am äußerst gut gebauten Körper klebte. Er ging ein paar Schritte zur Seite an den Rand des Stegs und griff nach dem Handtuch, das er dort deponiert hatte.

»Ich habe einen heißen Kaffee mitgebracht, wenn du willst«, bot sie an, während er begann, sich abzutrocknen. »Mit Zucker, ohne Milch.«

»Das weißt du noch? Sehr nett von dir, vielen Dank.« Er nahm den To-Go-Becher mit Kaffee und nippte vorsichtig daran.

»Ist Finn auch hier?«

Kilian schüttelte den Kopf. »Der wurde heute spontan im Altenheim gebraucht, da ist jemand in der Küche krank geworden.« Er nahm einen weiteren Schluck Kaffee, dann stellte er den Becher auf den Boden.

»Könntest du dich vielleicht …« Er lächelte und machte eine Handbewegung, die ihr andeutete, sich umzudrehen. »Ich müsste mich mal umziehen.«

»Oh, klar. Entschuldige. Natürlich.«

Es dauerte nicht lange, und Kilian stand in Jeans und Pullover vor ihr. Nur seine feuchten Haare und das Handtuch in seiner Hand verrieten, dass er gerade noch im Wasser gewesen war.

Er nahm den Kaffee wieder auf und trank, dann deutete er mit dem Becher auf die Bucht. »Und, willst du es auch mal probieren?«

Sie schüttelte lachend den Kopf. »Auf gar keinen Fall. Kaltes Wasser und ich, das geht nicht zusammen.«

»So kalt ist es gar nicht. Es hat mindestens elf Grad.«

»Oh, das ist ja fast schon Badewanne«, witzelte sie.

»Na ja, ich dachte, wenn du so auf finnische Musik stehst: Die Finnen gehen doch mit Begeisterung zum Eisbaden. Das hier ist nichts dagegen.«

»Nur weil ich auf finnischen Rock stehe, muss ich doch nicht alles Finnische toll finden«, gab sie grinsend zurück. »Schon gar kein Eisbaden.«

Er sah sie an, und Sarah spürte ein angenehmes Prickeln in der Magengrube. Sie räusperte sich. »Wo ist eigentlich Cooper?«

»Zu Hause. Zum Schwimmen nehme ich ihn nur selten mit.«

Kilians Blick ging an ihr vorbei, sein Ausdruck veränderte sich, wurde neutral höflich.

»Guten Morgen«, sagte er. »Sie müssen Sarahs Großmutter sein.«

Sarah drehte sich um. Tatsächlich, da stand Helen und betrachtete sie beide mit einem amüsierten Lächeln.

»Helen Miller«, sagte sie. »Aber bitte, sagen Sie Helen zu mir und lassen Sie die Großmutter weg.«

»Sehr gern, Helen. Ich bin Kilian Walsh.«

»Sie sind der junge Mann, der uns vor einigen Tagen auf der Fähre begegnet ist, nicht wahr? Und der Sarah den wertvollen Tipp mit dem ehemaligen Sheridan House gegeben hat. Das war überaus hilfreich, vielen Dank!«

»Nicht der Rede wert.« Kilian zuckte leicht mit den Schultern.

Als er einen weiteren Schluck Kaffee nahm, fing Sarah ein Augenzwinkern von Helen auf. Ihr wurde warm.

»Oh doch, das ist es«, sagte Helen. »Zum Dank würde ich Sie gern zum Frühstück einladen, wenn Sie nichts dagegen haben. Was halten Sie davon?«

»Jetzt gleich?«

Helen deutete in Richtung Hauptstraße. »Ja, das Café dort hat ein ausgezeichnetes Frühstücksangebot.«

Sarah warf ihr einen erstaunten Blick zu. Das war so nicht vereinbart gewesen, aber natürlich sprach absolut nichts dagegen, noch etwas mehr Zeit mit Kilian zu verbringen.

Das *Full Irish Breakfast* bestand aus zwei kleinen Würstchen, gebratenem Speck, je einer dicken Scheibe Black und White Pudding, gebratenen Pilzen, Bohnen, Hash Browns, zwei Spiegeleiern und zwei Scheiben Toast, dazu noch einer Tasse Kaffee.

Sarah sah mit Erstaunen, mit welcher Geschwindigkeit Kilian seinen Teller leerte.

»Kaltes Wasser macht hungrig«, entschuldigte er sich mit einem verlegenen Lächeln.

Helen nickte verständnisvoll. »Kann ich mir vorstellen.«

Sie und Sarah hatten sich für Toast und Omelett mit Schinken entschieden und waren zum gleichen Zeitpunkt wie Kilian damit fertig geworden.

Helen erkundigte sich nach dem Verlauf des Schwimmevents. »Und was springt dabei für den Gewinner raus?«

»Nichts.« Kilian zuckte mit den Schultern. »Es geht nicht ums Gewinnen. Es geht ums Dabeisein. Um das Gemeinschaftsgefühl und darum, sich gemeinsam zu überwinden.« Er legte die Gabel beiseite und wischte den letzten Rest Bohnensauce mit dem Toast auf. »Das war ganz wunderbar, vielen Dank, Helen.«

»Nicht doch. Sie haben uns schließlich sehr geholfen.«

»Das freut mich zu hören. Haben Sie denn noch mehr über Ihre Vorfahren herausgefunden?«

»Allerdings.« Gemeinsam mit Sarah setzte Helen ihn über ihre neuesten Erkenntnisse ins Bild, darunter auch die Nachricht von dem Waisenhaus, die bestätigte, dass 1916 ein kleiner Junge namens Jeremiah Sheridan dort abgegeben wurde.

»Aber jetzt«, schloss Helen, »stecken wir schon wieder in einer Sackgasse. Wer war der Mann, der den Kleinen im Waisenhaus abgegeben hat, dieser Michael Donnelly? Warum ist Aidan verschwunden?«

»Was macht euch so sicher, dass Aidan der Vater des kleinen Jungen war?«, fragte Kilian.

Sarah hob die Schultern. »Ja, darüber haben wir auch schon nachgedacht. Sicher sein können wir natürlich nicht, wir sind nur einfach davon ausgegangen. Aber möglicherweise war es auch alles ganz anders.«

Kilian trank seinen letzten Schluck Kaffee. »Ich habe irgendwo mal einen Spruch gelesen: Wenn alle wahrscheinlichen Lösungen nicht zu einem Ergebnis führen, dann muss man auch die unwahrscheinlichen Lösungen akzeptieren.«

Sarah nickte. »Das ist aus *Sherlock*. Ich glaube, ganz richtig heißt es, ›Wenn man das Unmögliche ausgeschlossen hat, muss das, was übrig bleibt, die Wahrheit sein, so unwahrscheinlich sie auch klingen mag.‹«

»Und das bedeutet für uns?«, fragte Helen.

»Dass wir womöglich richtigliegen mit unserer Vermutung, dass Joanna die Mutter von Jeremiah war«, sagte Sarah.

»Also, ich versuche mal, zusammenzufassen, ob ich alles richtig verstanden habe«, wandte Kilian sich an Helen. In der Wärme des Cafés waren seine Haare getrocknet und lockten sich nun über seinem Kragen. »Sie suchen nach der Herkunft Ihres Vaters, der als kleines Kind aus einem Waisenhaus in – wo?«

»In Portland, Maine«, half Helen aus.

»Genau, aus diesem Waisenhaus adoptiert wurde. Dieses Kind scheint – oder schien – der Sohn von Aidan Sheridan zu sein, den es irgendwie in die USA verschlagen hat und der dort mit einem Kleinflugzeug abgestürzt ist. Das Flugzeug und die Leiche hat man erst vor Kurzem gefunden, sonst wären Sie ja gar nicht auf die Verbindung mit Irland gekommen.«

»Vergiss nicht das Bild von dem Teddybären«, warf Sarah ein.

»Ach ja, der Teddybär. In dem abgestürzten Flugzeug fand sich neben der Fluglizenz von Aidan Sheridan auch noch das Foto eines Kleinkindes mit einem selbst genähten Teddybären. Diesen Bären haben Sie, Helen, als den Ihres Vaters wiedererkannt.«

»Und ich bin mir sicher, dass ich in einem der Koffer im Sheridan House auch ein Stück Stoff wiedererkannt habe, aus dem der Teddy gemacht wurde«, ergänzte Helen.

»Das ist eine bemerkenswerte Entdeckung«, sagte Kilian. »Langsam scheinen sich die Puzzleteile zusammenzufügen.«

Helen nickte, erhob sich von ihrem Stuhl und griff nach ihrer Tasche. »Ich würde mich gern noch länger mit Ihnen unterhalten, aber ich fürchte, es wird Zeit für uns. Wir wollen heute noch nach Killarney.«

»Killarney? Dann müssen Sie dort unbedingt mit der Pferdekutsche fahren.«

»Das ist der Plan«, gab Sarah lächelnd zurück.

Die Pferdehufe klapperten laut auf der Straße, hinter der leichten Kutsche stauten sich die Autos. Überall in Killarney waren diese Pferdekutschen, die sogenannten *Jaunting Cars*, zu sehen, meist besetzt mit zwei bis sechs Touristen, die sich auf diese Weise die Stadt und den nahegelegenen Park zeigen ließen.

Helen hatte sich zum Abschluss ihrer gemeinsamen Reise noch einen Ausflug nach Killarney gewünscht, der Touristenhochburg an Irlands Westküste. Sie hatte sich sofort in die *cosy little town*, wie sie sie nannte, verliebt und darauf bestanden, eine Tour mit einem *Jaunting Car* zu machen. Sarah war schon einmal in Killarney gewesen und kannte die pferdegezogenen Kutschen, aber sie war noch nie mit einer gefahren.

Ihr Kutscher Mike, ein freundlicher älterer Herr mit einem verschmitzten Lächeln, begrüßte sie herzlich und half ihnen beim Einsteigen. Die Tour mit seinem gutmütigen Braunen namens Gepetto führte durch die Straßen der Stadt und anschließend vorbei am nahegelegenen, herrschaftlichen Muckross House, an wunderschönen alten Bäumen und einem malerischen See. Dabei erzählte Mike Anekdoten über die Geschichte der Stadt und ihrer Bewohner, darunter auch die bemerkenswerte Geschichte des Killarney National Park, den die Besitzer einst dem irischen Staat vermacht hatten und der einer der ersten Nationalparks Irlands wurde.

Nach der Fahrt kehrten sie zum Mittagessen in einem traditionellen Pub ein und gönnten sich anschließend noch zwei fantastische Scones in einem kleinen, urigen Café in der Innenstadt, in dem sie nur mit viel Glück noch einen Platz ergattern konnten, weil es so voll war.

»Hast du jemals so einen leckeren Scone gegessen?« Helen nahm einen weiteren Bissen und schloss genüsslich die Augen.

Sarah lachte. »Ich glaube nicht. Dieses Café ist definitiv eine Entdeckung.«

»Das werde ich wirklich vermissen, wenn ich erst wieder in Boston bin.« Helen seufzte. »Und du? Was wirst du tun, wenn du wieder zurück in Cork bist?«

Sarah hob die Schultern. »Ich weiß noch nicht genau.

Aber was ich genau weiß, ist, dass ich nicht länger als unbedingt nötig in Karens Laden arbeiten werde. Ich muss mir nur noch darüber klar werden, was ich stattdessen möchte.«

Helen nickte verständnisvoll. »Darf ich dich etwas Persönliches fragen?«

»Klar, schieß los.«

»Es geht mich ja wirklich nichts an, aber ich bin einfach schrecklich neugierig: Läuft da was zwischen diesem jungen Ranger und dir?«

»Kilian?« Sarah spürte, wie ihr plötzlich ganz warm wurde. Sie räusperte sich, dann hob sie in dem Versuch, nonchalant zu wirken, die Schultern. »Womöglich«, sagte sie. »Ehrlich gesagt, ich weiß es nicht so genau.«

Helen lächelte. »Würde mich jedenfalls sehr freuen. Man konnte richtig die Luft knistern hören zwischen euch.«

Sarah lächelte verlegen zurück. »Na ja, mal sehen, was die Zeit so bringt.«

29.

JOANNA

Berlin, Oktober 1913

Dorian war tot.

Das war so unwirklich, so unbegreiflich, dass Joanna sich eine ganze Weile lang weigerte, es zu glauben. Dabei hatte sie doch gesehen, wie ihn die Rettungskräfte aus dem Wrack befreit hatten. Er war angeschnallt gewesen, aber das hatte ihm nicht geholfen. Der Arzt, der wenig später zu ihr kam, sagte, er hätte sich das Genick gebrochen. Und dass er sofort tot gewesen sei.

Der Rest des Tages verstrich wie in einem Nebel. Die Welt um sie herum schien plötzlich nur noch grau in grau zu sein, als ob jemand alle Farben weggenommen hätte. Melli Beese, Joannas Freundin und Fliegerkollegin, stand ihr in den ersten Stunden bei, versuchte, sie zu trösten und für sie da zu sein. Ebenso Aidan, der ebenfalls sein Bestes tat, Joanna aufzufangen, obwohl auch er sichtlich mit der eigenen Fassungslosigkeit und dem Schock zu kämpfen hatte. Die anderen Flugteilnehmer, die den Absturz miterlebt hatten, waren genauso betroffen. Einige sprachen leise miteinander, andere zogen sich zurück, um ihre Gedanken zu ordnen.

Dennoch ging das Leben weiter, und schon am Nachmittag wurde wieder geflogen. Joanna war fassungslos. Wie konnte die Welt sich weiterdrehen, als wäre nichts geschehen? Wie konnte nicht jedermann um diesen grässlichen Verlust trauern?

Nach den ersten lähmenden Tagen verfiel Joanna jedoch selbst in hektische Betriebsamkeit. Sie wollte nicht zurückblicken, wollte nur fliegen, fliegen, fliegen, solange es irgend möglich war.

Ende Oktober war Joanna bei einer weiteren Flugshow in Deutschland. Dann ging es nach England, wo sie am Rundflug von Hendon nach Brighton und zurück teilnahm und anschließend für weitere Wettbewerbe in Hendon blieb.

Im Cockpit ihres Flugzeugs spürte sie den festen Druck des Steuerrads in ihren Händen, hörte das Brummen des Motors, das rasche *Flap-flap-flap* des Propellers. Das hier war das einzig Wirkliche für sie, das Einzige, was zählte. Alles andere fühlte sich an wie ein Traum, aus dem sie nicht erwachen konnte – oder wollte.

Sie hob ab, ließ die Erde unter sich zurück und stieg auf in den wolkenlosen Himmel. Höher und immer höher. Wie es wohl wäre, noch weiter und immer weiter zu fliegen, bis es nicht mehr ging? Bis man im schwebenden Nichts entschwand, für alle Zeiten, für immer …

Das Einzige, was sie davon abhielt, war der Gedanke an das Kind in ihrem Bauch. Dorians Kind. Wenn sie sich umbrachte, würde sie auch das Kind töten. Nein, das war undenkbar. Dieses Kind musste leben.

Sie drehte das Steuerrad wieder nach vorn und ließ das Flugzeug in einen ruhigen Sinkflug gleiten.

Und so flog sie, wann immer sie konnte. Flog überall dort mit, wo sie zusammen mit Dorian hatte teilnehmen wollen – Flugshows, Wettbewerbe, Flugdemonstrationen.

Aidan war stets an ihrer Seite. Er tröstete sie, hörte ihr zu und war da, wenn sie jemanden brauchte. Der Fels in ihrer Brandung, auf den sie sich in den schwersten Momenten verlassen konnte. Er half ihr, die Maschine zu warten, kümmerte sich um organisatorische Dinge und erledigte alles, was Joanna in ihrer Trauer nicht bewältigen konnte. Er selbst flog nicht. Das könne er momentan nicht, sagte er. Sein Flugzeug, die Taube, hatte er bei Melli Beese in Berlin zurückgelassen.

Und irgendwann, als sie es nicht länger verbergen konnte, erzählte sie ihm, dass sie ein Kind von Dorian erwartete.

Er sah sie an, in seinen Augen lag eine Mischung aus Überraschung, Besorgnis und einer Spur von – Angst?

»Wir müssen nach Hause, Jojo«, sagte er schließlich nach einer langen Pause.

Joanna nickte langsam. Aidan hatte recht: Sie konnte nicht länger fliegen. Nicht, wo das Kind in ihr immer mehr Platz beanspruchte. Inzwischen passte sie kaum noch in ihren gefütterten Fliegeranzug. Zudem stand der Winter vor der Tür, und da war Fliegen ohnehin kaum noch möglich.

»Die Rückkehr der verlorenen Kinder in den Schoß der Familie«, gab sie mit grimmigem Witz zurück.

*

In Aidans Kopf kreiste seit jenem verhängnisvollen Unfall nur noch ein Gedanke in Dauerschleife: Bin ich schuld? Bin ich schuld?

Er erinnerte sich, dass er in den Hangar gegangen war. Dass er den Benzinschlauch von Dorians Blériot mit einer dicken Nadel angestochen hatte, sodass ein kleines Leck entstand und das Benzin in Tropfen austrat.

Er war felsenfest davon ausgegangen, dass Dorian, wie es jeder Pilot tun sollte, vor dem Abflug seine Flugmaschine kontrollieren und daher schnell feststellen würde, dass zu wenig Benzin im Tank war. Spätestens die Benzinlache unter dem Flugzeug wäre ein handfestes Indiz dafür gewesen.

Dann wäre Dorian an diesem Morgen nicht gestartet.

Mehr hatte Aidan nicht gewollt.

Er hatte Dorians Tod nicht gewollt.

Verdammt, warum hatte niemand genauer nachgesehen?

Offenbar war das Loch in der Benzinleitung zu klein gewesen, um jemandem aufzufallen. Womöglich hatte es sich auch wieder ganz geschlossen. Und vermutlich war in der Eile der vorgezogenen Flugshow niemand auf die Idee gekommen, alles noch einmal genau nachzuprüfen. Anders konnte Aidan sich nicht erklären, dass Dorian gestartet war.

Das Problem war erst in der Luft aufgetreten. War es denkbar, dass das kleine Leck in der Benzinleitung während des Flugs größer geworden war und zu einem plötzlichen Treibstoffmangel geführt hatte? Vielleicht war das Benzin durch die Wärme des Motors auch flüssiger geworden und dadurch in der Lage, herauszutropfen? Oder traf nichts davon zu, und Dorians Absturz war auf einen Flugfehler oder einen Motorschaden zurückzuführen?

Vermutlich würde er es nie erfahren.

Aber er würde alles dafür tun, Joanna zu unterstützen und ihr den Schmerz zu nehmen.

*

Graue Wolken hingen tief über dem Hafen von Fishguard an der englischen Westküste, als Joanna und Aidan den Dampfer nach Irland bestiegen. Ein kalter Wind pfiff über das Deck, und salzige Gischt spritzte hoch in die Luft. Dorians *Aripa*, die er Joanna überlassen hatte, würde ebenfalls mitreisen, demontiert und in Kisten verpackt. Die Überfahrt nach Rosslare würde einige Stunden dauern und vermutlich recht ungemütlich werden. Der November brachte oft stürmisches Wetter mit sich, und die Irische See konnte äußerst unruhig sein, mit starkem Wind und hohen Wellen.

Als Joanna und Aidan schließlich Glengarriff erreichten, zogen dicke Wolken am Himmel auf, und ein kalter Wind strich über die irische Landschaft. Das stattliche weiß gestrichene Haus ihrer Eltern mit den grünen Hügeln im Hintergrund wirkte so vertraut wie immer, und Joanna spürte eine plötzliche, heftige Sehnsucht nach ihrem Zuhause.

Ihre Anspannung wuchs, als sie mit klopfendem Herzen vor ihre Eltern trat, um ihnen zu sagen, was sie zu sagen hatte. Die Zeit schien für einen Moment stillzustehen.

»Du bist was?« Ihre Mutter sah sie entsetzt an.

»Ich bin schwanger«, wiederholte Joanna mit fester Stimme, auch wenn sie innerlich zitterte.

Honoria Sheridan schnappte nach Luft. »Wer hat dir das

Kind angehängt? Etwa dieser Fliegerfreund, den du zu uns gebracht hast? Mr Morris?«

Joanna nickte, ihre Augen brannten.

»Ich wusste es!«, sagte ihre Mutter schmallippig.

Ihr Vater hob die Augenbrauen. »Nun, das ist eine Entwicklung, die unerwartet kommt. Auch wenn ich mir einen anderen Gemahl für dich erträumt hätte, so hoffe ich doch, er ist ein Ehrenmann und wird dich heiraten.«

Jetzt konnte Joanna die Tränen nicht mehr zurückhalten.

»Er … er ist tot«, schluchzte sie.

»Tot?« Ihre Mutter erstarrte vor Entsetzen. »Oh nein, das ist ja schrecklich! Was ist passiert?«

Jetzt endlich zog sie Joanna in ihre Arme. Gleich darauf legte ihr Vater sanft eine Hand auf ihre Schulter.

»Er ist abgestürzt«, hörte sie Aidan mit einer Stimme sagen, die ganz fremd klang. »Auf einer Flugshow. Vor wenigen Wochen.«

»Oh mein armes Kind. Mein armes Kind! Ich habe doch immer gesagt, dass der Mensch nicht in die Luft gehört.« Für einen Augenblick drückte ihre Mutter Joanna fest an sich, dann schob sie sie ein kleines Stück von sich fort und begutachtete ihre Figur.

»Wann ist es so weit? Wann wirst du niederkommen?«

»Ich bin nicht sicher. In zwei Monaten?«

»Hier kannst du jedenfalls nicht bleiben.«

Joanna sah sie fassungslos an. »Aber … ich dachte, ich könnte das Kind hier bekommen.«

»Das geht nicht. Joanna, wir würden uns zum Gespött der Leute machen.«

»Sie hat recht.« Ihr Vater seufzte schwer und wandte

sich ihr zu. »Du bist nicht verheiratet, und ein uneheliches Kind zu bekommen, würde einen Skandal hervorrufen, der uns allen schaden würde.« Er seufzte erneut und fuhr sich mit der Hand über das Gesicht. »Als Arzt stehe ich in einer verantwortungsvollen Position. Wenn herauskommt, dass meine Tochter unverheiratet schwanger ist, könnte das meinen Ruf und meine Karriere ruinieren.«

»Wir können nicht zulassen, dass das passiert, Joanna«, pflichtete Honoria Sheridan ihrem Mann bei. Ihre Stimme klang sanft, aber bestimmt. »Das musst du verstehen.«

»Aber … wo soll ich denn hin?«

Ihr Vater überlegte kurz. »Womöglich wären die Sinclairs noch einmal bereit, dich aufzunehmen.«

»Die Sinclairs? In England?« Dort hatten sie und Aidan gewohnt, während sie ihren Flugschein in Brooklands gemacht hatten. Das war vor gerade einmal zwei Jahren. Joanna kam es vor, als wären es Jahrzehnte. Das Ehepaar mittleren Alters war sehr nett und gastfreundlich gewesen, aber Joanna konnte sich nicht vorstellen, dass die beiden über diesen neuerlichen Überfall erfreut wären. Aber noch während sie darüber nachdachte, formte sich eine neue Idee in ihr.

»Nein«, entschied sie. »Ich habe einen besseren Vorschlag. Ich gehe nach Dublin. Zu Carol.«

»Deine Schwester wohnt in einem Wohnheim für Studentinnen«, warf ihre Mutter ein. »Dort kannst du natürlich nicht unterkommen.«

»Nein, das wohl nicht«, gab Joanna zurück. »Aber sie könnte mir sicher ein Zimmer verschaffen, wo ich bis zur Geburt bleiben kann.«

»Das ist keine schlechte Idee«, sagte Joannas Vater. »Wir werden dafür sorgen, dass alles bezahlt wird.«

»Und dann?«, fragte ihre Mutter besorgt.

»Dann sehen wir weiter«, antwortete Joanna. Sie fühlte sich auf einmal entsetzlich müde.

Und so wurde es beschlossen.

30.

JOANNA

Dublin, Ende November 1913

Joanna saß am Fenster und blickte auf die Straße hinunter. Das Rauschen vereinzelter Automobile, das Gemurmel der Passanten und das entfernte Läuten einer Straßenbahn vermischten sich zu einer Melodie des Stadtlebens.

Das Zimmer, in dem sie seit einigen Tagen wohnte, war nicht groß, aber recht gemütlich eingerichtet. Die Wände waren mit einem ansprechenden Muster tapeziert, und das Bett, nur wenige Schritte vom Fenster entfernt, war mit einem bunten Quilt bedeckt, den Carol ihr besorgt hatte. Ein kleiner Tisch mit einer schlichten Vase, gefüllt mit getrockneten Blumen und Gräsern, stand neben dem Bett, und an der Wand hing ein Kruzifix. Ein paar schwache Sonnenstrahlen bahnten sich ihren Weg durch die tief hängenden Wolken und tauchten den Raum in kaltes, helles Licht.

Im Erdgeschoss wohnte Mrs Brennan, die Vermieterin. Eine freundliche ältere Witwe, die Bescheid wusste über Joannas schwierige Situation. Sie hatte Joanna versichert, dass sie jederzeit zu ihr kommen könne, wenn sie Hilfe benötige.

Joanna seufzte und strich sanft über ihren Bauch. Sie musste etwas tun, musste sich mit irgendetwas beschäftigen, sonst wurde sie noch wahnsinnig vor Trauer oder Langeweile. Ohne großes Interesse blätterte sie durch die Zeitschriften, die Carol ihr dagelassen hatte. Einige politische Traktate, daneben Frauenzeitschriften über neue Trends in der Mode, zum Teil mit Schnittmustern.

Dann erregte etwas ihre Aufmerksamkeit: eine Anleitung, um einen der seit einigen Jahren so beliebten Teddybären selbst zu nähen. Bislang hatte Joanna sich für solche Sachen nie wirklich interessiert, aber jetzt war sie für alles dankbar, was sie ablenkte. Ein Teddybär – das wäre doch eine schöne Sache für ihr Kind, und außerdem könnte sie damit die vielen langen Stunden des Nichtstuns füllen.

Manche Piloten hatten auf ihren Flügen ein Maskottchen dabei. Einen Glücksbringer wie einen kleinen Plüschhund oder einen Vogel aus Holz – einer besaß sogar einen handgenähten Pinguin. Dorian würde ein Maskottchen nicht mehr helfen. Aber vielleicht seinem Kind.

Vorsichtig trennte sie das Schnittmuster aus der Zeitung und legte es auf das Bett.

Jetzt brauchte sie noch einen passenden Stoff, aus dem sie den Bären nähen konnte.

Sie nahm die Schachtel mit Dorians Habseligkeiten, die sie bis jetzt verschlossen gehalten hatte, und öffnete sie. Zuoberst lagen ein paar gepresste Rosen, die sie von dem großen Blumenstrauß aufbewahrt hatte, den er ihr einmal geschenkt hatte. Die meisten seiner Besitztümer waren, so hatte man ihr gesagt, an seine Eltern in Constanţa geschickt worden. Nur seine Fliegerbrille, der falsche Ehering und ein paar Briefe waren ihr geblieben. Und sein Mechanikeranzug, der Overall, den er getragen hatte, wenn er an einem der Flugzeuge arbeitete.

Sie hob den dunkelblauen Baumwollstoff an ihr Gesicht und sog den Geruch nach Maschinenöl, Metall und, ganz schwach, seinem Duft ein. In diesem Moment fühlte es sich an, als wäre Dorian ihr ganz nah. Sie zwang die aufsteigenden Tränen zurück und wandte sich ihrer Arbeit zu.

Die Entscheidung fiel ihr leicht: Sie würde den Bären aus dem Stoff von Dorians Mechanikeranzug nähen. Liebevoll strich sie über den robusten Stoff, spürte dabei die Spuren von Öl und Schmutz, die sich im Gewebe festgesetzt hatten. Dann griff sie beherzt nach der Schere und schnitt das rechte Bein des Anzugs ab.

In dem kleinen Waschbecken, das sich in ihrem Zimmer befand, weichte sie dann das Hosenbein ein, wusch es mit Seife durch, spülte es aus und wusch es erneut und dann noch ein drittes Mal, bis das Wasser klar war. Dann wrang sie den Stoff aus, hängte ihn über eine Stuhllehne und stellte den Stuhl nah an den Ofen, der ihr Zimmer heizte.

Nach wenigen Stunden war der Stoff getrocknet, und Joanna machte sich an die Arbeit.

Sorgfältig trennte sie das Hosenbein seitlich auf, bis sie zwei lange Lappen hatte. Sie räumte den kleinen Tisch frei und legte sie darauf. Mithilfe der Schablonen aus der Zeitung übertrug sie die Konturen auf den gewaschenen Baumwollstoff und schnitt daraus dann die Einzelteile für einen Teddybären aus: zwei Arme, zwei Beine, den Kopf und den Rumpf.

Dann begann sie zu nähen – erst die Beine, dann die

Arme, dann den Körper und zu guter Letzt den Kopf. Je länger sie ihre Nadel führte, desto ruhiger wurde sie.

Nach der Fertigstellung wendete sie alle Teile vorsichtig auf rechts.

Während der Stoff getrocknet war, hatte sie Holzwolle besorgt und sich von ihrer Wirtin Garn und Nadeln geliehen. Jetzt stopfte sie die feinen Fasern nach und nach sorgfältig in die kleinen Gliedmaßen, bis sie die richtige Form hatten. Danach kamen Körper und Kopf an die Reihe.

Sie nähte Arme und Beine an den Rumpf, dann den Kopf, an dem sie zuletzt die Ohren befestigte. Jetzt ähnelte der Teddy schon sehr seinem lebenden Vorbild. Aus hellgrauem Garn stickte sie dann mit viel Sorgfalt das Gesicht des Bären – zuerst die Nase, dann den Mund, dann die Augen.

Prüfend drehte sie ihn in der Hand. Er war vielleicht nicht perfekt, aber er war ihr trotzdem gut gelungen. Er trug ein leichtes, irgendwie melancholisches Lächeln in seinem Bärengesicht, und seine gestickten Augen schauten aufmerksam in die Welt.

Joanna traten Tränen in die Augen, als eine Mischung aus Sehnsucht und Freude in ihr aufstieg. Diesen Teddy würde ihr Kind bekommen. So hatte es wenigstens etwas von seinem Vater.

Kurz nach dem Jahreswechsel, das Jahr 1914 war gerade mal ein paar Tage alt, weckte ein Druck, tief in ihrem Bauch, Joanna aus einem unruhigen Schlaf. Sie setzte sich auf und spürte, wie sich ihre Muskeln anspannten. Waren das erste Wehen?

Als sie langsam aufstand, durchzuckte ein heftiger Schmerz ihren Unterleib. Sie blieb stehen, hielt sich am Fensterrahmen fest und atmete angestrengt ein und aus. Die Wehe ebbte allmählich ab. Nur ihr Rücken schmerzte immer noch höllisch, aber das tat er schon seit Wochen. Dann spürte sie, wie etwas Flüssiges ihre Beine hinablief. Für einen Augenblick glaubte sie, sie hätte Urin gelassen, dann bemerkte sie die klebrige Flüssigkeit und roch etwas Süßliches. Fruchtwasser. Ihre Blase war gesprungen. So zumindest hatte Carol es ihr erklärt.

Carol. Sie musste ihre Schwester dringend erreichen. Joanna zog sich den Morgenmantel um den schmerzenden Leib und wankte zur Tür. Langsam und mit steifen Schritten stieg sie im Treppenhaus bis hinunter zum Erdgeschoss. An der Tür ihrer Vermieterin klopfte sie.

»Mrs Brennan«, rief sie, so laut sie konnte. »Bitte, Mrs Brennan. Ich bin es, Joanna.«

Es schien eine Ewigkeit zu dauern, bis sie die schlurfenden Schritte ihrer Vermieterin hinter der Tür hörte und sie öffnete.

»Ja, Kindchen, was …« Ein Blick auf Joannas schmerzverzerrtes Gesicht, und Mrs Brennan verstummte. »Ist es so weit?«, fragte sie nur.

Joanna nickte, während der Schmerz allmählich abebbte.

»Ich gebe gleich Ihrer Schwester Bescheid. Aber vorher bringe ich Sie wieder zurück in Ihr Zimmer.«

Mrs Brennan half ihr die Treppe hinauf und ließ sie dann allein. Joanna war ihr dankbar, dass sie keine unnötigen Fragen stellte und tat, was man ihr offenbar schon vor längerer Zeit aufgetragen hatte. Allerdings fühlte sie sich gerade sehr allein und hilflos. Und voller Angst. Nicht nur vor den Schmerzen, sondern auch wegen der Möglichkeit, dass dem Kind – Dorians Kind – bei der Geburt etwas zustoßen könnte. Dass sie es nicht schaffte, dieses Kind zu beschützen. Ob sie es nicht übertrieben hatte. Immerhin war sie bis vor zwei Monaten noch geflogen. Vielleicht hatte das dem Kind geschadet. Vielleicht hatte sie Fehler gemacht …

Sie spürte eine weitere Wehe anrollen, und während sie sich darauf konzentrierte, ihren Atem zu kontrollieren, fiel ihr Blick auf den kleinen Teddy, den sie für das Baby genäht hatte. Ein kleiner Lichtblick inmitten der Angst und Unsicherheit.

Mrs Brennan erschien in der Tür, ihr Gesicht drückte Sorge aus. »Ich habe im Wohnheim angerufen. Ihre Schwester sei gerade auf dem Weg zur Vorlesung, sagte man mir, aber man wolle sie umgehend suchen und ihr Bescheid geben.«

Ein weiterer Schmerz durchzog Joannas Unterleib, und sie biss die Zähne zusammen und atmete tief durch.

»Danke«, stieß sie mühsam hervor. »Vielen Dank, Mrs Brennan.«

Hoffentlich kam Carol bald.

Ihre Schwester erschien nach einer gefühlten Ewigkeit, mit erhitzten Wangen und außer Atem. Ihre Hände zitterten leicht, als sie nach Joannas Puls fühlte, und dann ließ sie sich viel Zeit, Joanna zu untersuchen und ihren Bauch zu betasten. Die Minuten schien sich endlos zu dehnen, und zwischendurch verkrampfte sich Joanna immer wieder vor Schmerzen.

»Jetzt sag doch was!«, fuhr sie ihre Schwester schließlich an. »Wie lange wird es noch dauern?«

Carol hob den Blick, sie sah fast so elend aus, wie Joanna sich fühlte. »Ich weiß es nicht, Joanna. Ich bin noch keine Ärztin. Das hier – ich weiß nicht, ob alles richtig ist.«

»Ob alles richtig ist? Was meinst du?«

»Ob das Kind richtig liegt oder ob es sich möglicherweise in einer ungünstigen Position befindet. Dafür – dafür bin ich noch nicht ausgebildet.«

Joanna starrte sie an. »Ich dachte, du bist angehende Ärztin. Deswegen bin ich doch hier, damit du mir hilfst.«

»Bin ich auch.« Carol strich sich eine Haarsträhne aus dem Gesicht. Sie zögerte einen Moment, bevor sie fortfuhr. »Aber das hier – das könnte eine Nummer zu groß für mich sein«, gestand sie. »Es gibt Anzeichen für Komplikationen.«

Joanna schluckte schwer, während eine Welle der Panik über sie hinwegrollte. »Was für Komplikationen?«

»Es ist besser, wenn wir ins Krankenhaus fahren und dort professionelle Hilfe bekommen«, gab Carol zurück, ohne auf Joannas Frage einzugehen. »Ich werde jetzt einen Krankenwagen rufen.«

Bevor Joanna Einspruch erheben konnte, war Carol auch schon aus dem Zimmer. Vermutlich ging sie hinunter zu Mrs Brennan und ihrem Telefon. Joanna spürte, wie sich die Wehen wieder verstärkten und ein neuer Schwall von Schmerz durch ihren Körper zog. Die Intensität war überwältigend, und sie presste die Zähne zusammen, um nicht laut aufzuschreien.

Carol war wieder zurück. »Der Wagen kommt gleich«, sagte sie.

Joanna nickte schwach und versuchte aufzustehen, aber ihre Beine zitterten vor Schmerzen und Anstrengung. Carol half ihr, sich anzuziehen, und führte sie dann vorsichtig die Treppe hinunter und nach draußen. Kurz darauf fuhr ein schwarzes, kastenförmiges Automobil mit Rotkreuzzeichen an der Seite vor.

Joanna bekam von der Fahrt nur wenig mit. Alles wirkte nebelig und bruchstückhaft. Jemand sprach beruhigend auf sie ein, aber sie nahm es kaum wahr. Dann wurde es wieder klarer. Carol.

»Ich bin hier, Jo. Alles wird gut«, versicherte sie ihr.

Kaum hatten sie das Krankenhaus erreicht, wurde Joanna in den Kreißsaal gebracht. Ein Arzt kam, um sie zu untersuchen, dann spürte sie, wie jemand ihre Beine festschnallte. Die Atmosphäre war hektisch, und es wurden medizinische Fachbegriffe gerufen, die sie kaum verstand. Weiß gekleidete Pflegerinnen huschten um sie herum und bereiteten alles für die Entbindung vor. Ihr Körper fühlte sich schwer und fremd an.

Die nächsten Stunden blieben ihr nur noch undeutlich im Gedächtnis. Sie erinnerte sich an schreckliche Schmerzen, an Schreie und Stöhnen, an gesichtslose Gestalten, die sich über sie beugten und ihr sagten, was sie tun sollte, an den intensiven Geruch nach Desinfektionsmittel und Blut – und an erlösende Erschöpfung, als es endlich vorüber war.

Als Joanna wieder zu sich kam, lag sie in einem stillen Raum. Ein leises Greinen drang an ihre Ohren. Sie drehte den Kopf und sah Carol, die ein winziges Bündel in den Armen hielt.

»Du hast einen Sohn zur Welt gebracht, Joanna«, sagte sie sanft.

»Ist er …« Joanna fiel es schwer, Worte zu formen. »Ist alles mit ihm in Ordnung?«

Carol nickte lächelnd. »Oh ja. Er ist ein gesunder kleiner Junge.«

Joanna nickte ebenfalls. Aber trotz der Freude über die Geburt ihres Sohnes empfand sie eine tiefe innere Leere.

31.

JOANNA

Bahnhof von Dublin, Anfang Februar 1914

Der Zug von Dublin nach Cork setzte sich langsam und schnaufend in Bewegung. Joanna saß am Fenster, den kleinen Jeremiah warm eingepackt auf ihrem Schoß, und sah hinaus in den trüben Tag. Dichte, graue Wolken verbargen den Himmel. Vereinzelt sah man kahle Bäume, die Äste entblößt. Die Natur war noch gefangen in ihrem Winterschlaf, still und abwartend. Auch in Joanna herrschte nichts als Kälte und Leere.

»Willst du etwas essen?« Aidan neben ihr hielt ihr ein belegtes Brot hin.

Sie schüttelte den Kopf. »Nein, danke. Ich habe keinen Hunger.«

»Geht mir genauso«, sagte er und packte das Brot wieder weg. Er sprach so leichthin wie möglich, aber Joanna hörte die Sorge darin.

Es war ihr egal. Es war ihr überhaupt alles egal.

Sie blickte aus dem Fenster, während die vorbeiziehende Landschaft an ihr vorüberglitt. Der Zug rumpelte und schnaufte rhythmisch auf den Gleisen, das monotone Geräusch der Räder wirkte einschläfernd. In wenigen Stunden würden sie in Cork sein und von dort aus nach Glengarriff weiterreisen. Nach Hause.

Wie es dort weitergehen würde? Sie wusste es nicht.

Bislang waren sie allein in ihrem Abteil gewesen, aber in Thurles gesellte sich ein älteres Ehepaar zu ihnen, die sich als Mr und Mrs McCarthy vorstellten.

Mr McCarthy, ein freundlicher Mann mit silbergrauem Haar, ließ die Zeitung sinken, in der er eine Weile gelesen hatte, und seufzte. »Ach, man mag gar nicht mehr die Zeitung aufschlagen. Überall nur Berichte über politische Unruhen.«

Aidan nickte. »Es geht sogar das Gerücht um, dass demnächst ein Krieg drohen könnte.«

Mrs McCarthy schaute besorgt auf. »Ein Krieg?«

»Man sagt, es gibt politische Spannungen in Europa«, erläuterte Aidan. »Deutschland und Russland stehen sich offenbar feindselig gegenüber, und man hört von Bündnissen und gegenseitigen Verpflichtungen zwischen den europäischen Mächten, die die Gefahr eines großen Konflikts erhöhen könnten.«

»Gott bewahre, dass es dazu kommt«, sagte Mrs McCarthy. »Wir möchten nur in Frieden leben und uns um unsere eigenen Angelegenheiten kümmern.«

Joanna, die bisher still zugehört hatte, spürte eine zusätzliche Schwere auf ihren Schultern. Der Gedanke an einen drohenden Krieg verstärkte die Traurigkeit, die sie ohnehin schon in sich trug. Sie dachte an Dorian und wie viel Unsicherheit die Zukunft barg – nicht nur für sie selbst, sondern für die ganze Welt.

»Keine Sorge, Jojo.« Aidan fasste nach ihrer Hand, als

hätte er ihre Gedanken gelesen. »Ich passe schon auf euch auf.«

»Danke, Aidan.« Sie zwang sich zu einem Lächeln. »Ich glaube, ohne dich wäre ich verloren.«

Die Rückkehr in ihr Elternhaus fiel wie erwartet recht frostig aus. Die Atmosphäre war angespannt, die Blicke ihrer Eltern kühl. Nur der kleine Jeremiah wurde freudig begrüßt. Das Kind, der erste Enkel ihrer Eltern, konnte schließlich nichts für die Umstände, und sein kindliches Glucksen erfüllte das Haus mit Freude.

Joanna zog mit ihrem Sohn zurück in ihr Zimmer, wo jetzt zudem eine kleine Wiege stand. Jeremiah – oder Jemmy, wie sie ihn nannte – war zum Glück ein braves Kind, das wenig schrie und viel schlief. Die Sheridans hatten beschlossen, vorerst keine Gäste einzuladen. Die offizielle Ausrede war, dass Joanna sich von einer Krankheit erholte, die sie während ihrer Zeit in Dublin erwischt hatte.

Joanna war zwar nicht körperlich krank, aber sie spürte weiterhin eine tiefe Leere in sich, die sich einfach nicht abschütteln ließ. Die Tage vergingen in einer Art von Routine. Sie kümmerte sich um Jeremiah, wechselte seine Windeln, stillte ihn und wiegte ihn in den Schlaf. Dennoch fühlte sie sich distanziert, als ob sie durch einen Schleier von Trauer und Verlust von ihrem eigenen Leben getrennt wäre.

Sie wünschte, Carol, die ihr in den vergangenen Wochen so viel beigestanden hatte, wäre hier. Aber Carol war natürlich in Dublin geblieben, wo sie ihr Medizinstudium fortführte.

Dafür war ihre jüngste Schwester Lavinia von ihrem

kleinen Neffen fasziniert. Mit ihren elf Jahren war Lavinia begeistert von der Verantwortung, sich um das Baby zu kümmern. Für Lavinia war Jeremiah eine Art lebendige Puppe, die sie umsorgen und unterhalten konnte. Joanna beobachtete die Interaktion zwischen den beiden mit einem Lächeln. Lavinias Sorglosigkeit war eine willkommene Ablenkung in dieser schweren Zeit.

Lavinia wurde, wie die älteren Geschwister früher auch, von Hauslehrern unterrichtet. Die aktuelle Lehrerin, Miss Moore, war eine altjüngferliche Dame in mittleren Jahren. Ihr graues Haar war zu einem straffen Knoten zusammengebunden, und ihre Brille verlieh ihrem Gesicht einen zusätzlichen Hauch von Strenge. Miss Moore wohnte in einer nahegelegenen Pension und kam jeden Wochentag zum Unterricht. Zum Glück schien sie wenig Interesse an Joannas persönlichen Angelegenheiten zu haben, insbesondere was das Kind anging. Sie hielt sich diskret im Hintergrund, ohne Fragen zu stellen oder auf den offensichtlichen Umstand einzugehen, dass sich ein Säugling im Haus befand.

Manchmal, wenn Joanna sich mit ihrem Sohn zum Stillen zurückzog, erzählte sie Jeremiah von seinem Vater. Sie sprach von Dorians Leidenschaft für das Fliegen, von der Faszination, die er für Flugzeuge empfunden hatte, und wie wagemutig er jeder neuen fliegerischen Herausforderung gegenübergetreten war.

»Dein Vater war ein mutiger Mann«, flüsterte sie, während sie sanft über Jeremiahs winzige Hand strich.

Jemmy schien ihre Worte zu verstehen, denn er bewegte sich unruhig, als würde er Dorians Flüge in seinen Gedanken miterleben.

Der Frühling kam früh im Westen Irlands, und mit ihm kehrte ein Hauch von Leben und Farbe nach Glengarriff zurück. Zartes Grün hatte sich über die Wiesen gelegt, während die ersten Knospen zaghaft ihre Köpfe emporstreckten.

Joanna saß mit ihren Eltern und Lavinia beim Frühstück. Aidan schlief noch, und der kleine Jemmy war in Joannas Zimmer. Die Morgensonne warf ein warmes Licht durch die geöffneten Fenster, man hörte ein paar Vögel zwitschern, und ganz in der Ferne das leise Rauschen der Wellen an der Küste.

Als Lavinia sich entschuldigte, um mit Mrs Moore den Unterricht zu beginnen, wandte sich ihr Vater an seine älteste Tochter.

»Joanna, wir müssen reden. Wir brauchen eine Lösung.«

»Wofür?« Joanna hob den Kopf, auch wenn ihr klar war, was ihr Vater meinte.

»Für dich. Und das Kind.« Dr. Sheridan faltete seine Zeitung zusammen und legte sie neben sich. »Wir können uns nicht viel länger deinetwegen beschränken. Es wird höchste Zeit, dass wir wieder am gesellschaftlichen Leben teilnehmen.«

Ja, das sah Joanna natürlich ein.

»Wir hatten kurz überlegt, ob wir den kleinen Jeremiah als Kind deiner Mutter ausgeben«, sagte ihr Vater. »Aber ich fürchte, das glaubt uns keiner.«

Joanna zog die Brauen hoch und schüttelte leicht den Kopf. Ihre Mutter war inzwischen vierzig Jahre alt, und ihre letzte Schwangerschaft mit Lavinia lag zwölf Jahre zurück und war sehr beschwerlich für sie gewesen. Nein, Dad hatte recht: Das würde ihnen niemand abkaufen.

»Ich denke«, sagte ihre Mutter, »du solltest allmählich auch wieder hellere Farben tragen, es ist ja jetzt schon Frühling.«

Joanna trug zwar kein Schwarz, da sie nicht mit Dorian verheiratet gewesen war, hatte zum Zeichen ihrer Trauer aber dunkle Farben für ihre Kleidung gewählt.

»Wir dachten …«, ihre Mutter zögerte kurz, dann gab sie sich einen Ruck. »Wir dachten, es wäre das Beste für dich, wenn du schnellstmöglich heiraten würdest.«

»Heiraten?« Joanna sah auf. »Wen denn? Wer würde schon eine ledige Mutter mit Kind heiraten?«

»Nun, mit deinem Einverständnis würde ich einmal mit dem jungen Mr Bryce sprechen. Er hatte doch schon in der Vergangenheit Interesse signalisiert.«

Roland Bryce. Der einzige Sohn der Bryces, die Garinish Island inzwischen fast komplett umgebaut hatten. Der Mann, mit dem sie vor Jahren einen Nicht-Heirats-Pakt geschlossen hatte. Ob er sich überhaupt noch an sie erinnerte?

Joanna zuckte mit den Schultern. »Soll mir recht sein.«

Ihre Eltern schienen gemeinsam aufzuatmen. »Es freut uns, dass du so vernünftig bist.«

Aber kaum war Joanna wieder allein mit Jeremiah auf ihrem Zimmer, überkamen sie Zweifel.

Was hatte sie da bloß gesagt? Hatte sie nicht immer gesagt, sie wolle nicht heiraten?

»Ach Dorian«, flüsterte sie, in die Stille gerichtet, »was soll ich nur tun?«

Roland Bryce gab ihr einen Korb. Er schickte einen sehr freundlichen Brief, in dem er erklärte, dass er sich in absehbarer Zeit nicht binden wolle und sich voll und ganz auf seine beruflichen Ambitionen im britischen Außenministerium konzentrieren müsse. Aber natürlich war klar, dass der eigentliche Grund ihr kleiner Sohn war. Kein Mann wollte das Kind eines fremden Mannes aufziehen, das noch dazu mit dem Makel einer unehelichen Geburt behaftet war.

Dennoch spürte Joanna nach dieser Ablehnung ein gewisses Gefühl der Erleichterung. Sie mochte Roland, aber eine Heirat mit ihm hätte sie in eine Rolle gezwungen, die sie nicht wollte.

Ihre Eltern dagegen waren enttäuscht.

»Es gäbe noch eine Möglichkeit«, sagte ihre Mutter nachdenklich. »Der verwitwete Besitzer der Hargrove-Farm könnte überredet werden, dich zu nehmen.«

»Mr Smithers?« Der Abscheu riss Joanna kurzzeitig aus ihrer Lethargie. »Ich dachte, er wäre ein mieser alter Geizkragen. Jedenfalls hast du das immer gesagt.«

Ihre Mutter zuckte mit den Schultern. »Aber immerhin würde er dir ein sicheres Zuhause bieten.«

»Honoria, ich glaube nicht, dass Mr Smithers ein passender Ehemann für unsere Tochter wäre«, wandte nun auch Joannas Vater ein.

»Ich werde überhaupt nicht heiraten«, sagte Joanna. »Nicht Mr Smithers und auch sonst niemanden.«

»Ja«, seufzte ihr Vater. Er schien kein bisschen verwundert. »Das habe ich befürchtet.«

Als sie zwei Tage später wieder gemeinsam beim Frühstück saßen, war zu Joannas Überraschung auch Aidan anwesend, der sonst selten vor zehn Uhr aus dem Bett kam. Kaum hatte sich Lavinia zum Unterricht verabschiedet, ergriff ihre Mutter das Wort.

»Joanna, es muss sich etwas ändern.« Honoria Sheridan sah ihre Tochter ernst an, bevor sie fortfuhr. »Noch weiß außerhalb dieses Hauses so gut wie niemand von dem kleinen Jemmy. Aber sobald es herauskäme, gäbe es einen unglaublichen Skandal. Denk dir nur – die unverheiratete älteste Tochter von Doktor Sheridan hat ein Kind bekommen. Kannst du dir vorstellen, was dann hier los wäre?« Sie gab sich selbst die Antwort. »Man würde uns gesellschaftlich schneiden, die Patienten würden nach und nach wegbleiben, und am Ende wären wir mittellos und verarmt. Möchtest du das, Liebes?«

Joanna schüttelte den Kopf. »Nein, natürlich nicht.« Am liebsten hätte sie sich einfach wieder hingelegt und die Augen zugemacht. Geschlafen. All diese Probleme und Schwierigkeiten für immer vergessen.

»Aber zum Glück«, sagte ihre Mutter lächelnd, »haben wir jetzt eine Lösung gefunden, die für alle tragbar ist.«

Nun wollte Joanna es auch wissen. »Und – was schlagt ihr vor? Soll ich mein Kind etwa weggeben?«

»Oh nein, natürlich nicht.« Nun lächelte auch ihr Vater. »Das würden wir nie von dir verlangen. Du weißt, wie sehr uns der Kleine inzwischen ans Herz gewachsen ist.«

Aidan hatte die ganze Zeit stumm dabeigesessen und auf seinen Teller gestarrt. Jetzt hob er den Blick und sah Joanna an.

»Ich werde behaupten, es sei mein Kind«, sagte er.

Joanna machte große Augen. »Du willst … Jemmys Vater sein?«

Ihr Bruder lächelte ihr schwach zu. »Ja, das will ich.«

Ihr Vater nickte. »Aidan wird erklären, dass das Kind aus seiner Liaison mit einem Dienstmädchen stamme.«

»Wir dachten da an Bridget, die in der Küche hilft«, sagte Joannas Mutter. »Sie ist noch nicht lange bei uns. Wir werden ihr natürlich kündigen müssen. Aber keine Sorge, sie wird eine angemessene Entschädigung und eine Empfehlung erhalten und leicht eine neue Stelle finden.«

»Und dann werden wir es so darstellen«, fuhr Dr. Sheridan fort, »dass dein Bruder so großzügig war, das Kind als seines anzuerkennen. Daher wird der kleine Jemmy jetzt als unser Enkel aufwachsen.«

»Aber – dann wäre er immer noch ein uneheliches Kind.«

»Ja, aber es ist etwas anderes, wenn es um den Vater geht«, erwiderte Mrs Sheridan.

Joanna musste kurz den Kopf über diese Ungerechtigkeit schütteln: Sie als Frau durfte kein uneheliches Kind haben. Als Mann wurde über diesen Sachverhalt eher mit einem Schulterzucken hinweggesehen.

Aber wenn das die einzige Möglichkeit war … Es war vielleicht nicht ideal – vor allem nicht mit Aidans Drogenproblem, aber das konnte man bestimmt in den Griff bekommen –, aber unter den gegebenen Umständen war es vermutlich die beste Lösung. Und der kleine Jemmy wäre ja immer noch in ihrer Nähe. Sie würde ihn jeden Tag sehen können.

»Das würdest du für mich tun?«, wandte sie sich an ihren Bruder.

»Ja«, sagte er. Er sah sie kurz an, dann senkte er den Blick wieder. »Sehr gern sogar. Alles, womit ich dir helfen kann.«

Ihre Mutter bedachte Aidan mit einem zärtlichen Ausdruck, dann wandte sie sich an Joanna.

»Findest du es nicht ausgesprochen großzügig von deinem Bruder, dich so aus deiner misslichen Lage zu retten? Was sagst du dazu?«

Joanna nickte langsam. Das wäre wohl tatsächlich ein guter Ausweg, um einen Skandal zu vermeiden und ihre Familie zu schützen. Sie fühlte sich ohnehin nicht in der Lage, Jeremiah eine gute Mutter zu sein. Noch immer hatte sie das Gefühl, sich durch einen dicken, dunklen Sumpf zu bewegen, der ihr jeden Schritt schwer machte und sie nach unten zog. Wie sollte sie sich da um ein Kind kümmern? Es war vernünftig, wenn ihr jemand die Entscheidung abnahm und sicherstellte, dass ihr Sohn ein gutes Leben hatte.

»Ja«, sagte sie schließlich. »So machen wir es.«

*

Aidan ging durch die düsteren Gassen von Glengarriff, den Kopf gesenkt und die Hände tief in den Taschen seiner Jacke vergraben. Es regnete leicht, aber das störte ihn nicht, schließlich würde er sich gleich mit seinem Hehler treffen.

Vorbei war die Zeit, als er in Cork und später in Dublin spätabends durch die Straßen gestreift war und nach Möglichkeiten gesucht hatte, um schnell an Geld und damit auch an Kokain zu kommen. Er hatte Kontakte zu zwielichtigen Gestalten geknüpft, die ihm den Weg zu lukrativen Geschäften wiesen. Mehrmals war er in verlassene Lagerhäuser eingebrochen, um wertvolle Waren zu stehlen, die er dann auf dem Schwarzmarkt verkauft hatte. Zu seinem Glück und seiner Überraschung war er nicht ein einziges Mal erwischt worden.

Aber das lag jetzt alles hinter ihm. Endlich stand er nicht länger als Versager vor seinen Eltern da. Sein abgebrochenes Studium war kein Thema mehr. Jetzt galt er als Retter der Ehre seiner Schwester, als großherziger Bruder, der sein eigenes Glück für Joanna opferte, indem er ihr Kind als sein eigenes ausgab. Und mit dem Geld, das sein Vater ihm wieder – und zwar reichlich – gab, konnte er bequem seine Drogen finanzieren. Bis auf Joanna wusste schließlich niemand sonst von seiner Familie über seinen Kokainkonsum Bescheid.

Aidan hatte sich fest vorgenommen, seine Rolle als Vater und Beschützer zu erfüllen, und in den vergangenen Wochen hatte er eine enge Bindung zu dem kleinen Jemmy aufgebaut. Das Dienstmädchen Bridget, die angebliche Mutter, war mit einer fadenscheinigen Begründung entlassen worden, und eine Nanny war eingestellt worden, um sich um Jemmy zu kümmern, der jetzt in einem anderen Zimmer untergebracht worden war. Joanna durfte das Kind natürlich sehen, jedoch waren gewisse Grenzen gesetzt – sie durfte ihn nicht mehr stillen oder über Nacht behalten. Außerdem hatten die Eltern für eine großzügige Spende eine kleine, private Taufzeremonie bei ihnen zu Hause veranlasst, wo der Pfarrer Aidan und das Dienstmädchen Bridget als Eltern eintrug.

Dennoch lasteten düstere Gedanken schwer auf Aidans Seele. Eine Bürde, die er nicht abschütteln konnte, eine Schuld, die ihm den Atem raubte und ihn nachts nicht schlafen ließ.

Der Regen wurde stärker. Unaufhörlich prasselte er auf ihn herab, Aidan spürte, wie die Feuchtigkeit langsam seine Kleidung durchdrang. Wo blieb der Mann nur?

Er vernahm das Geräusch leiser Schritte hinter sich, gedämpft vom Trommeln des Regens, und hielt inne, all seine Sinne angespannt.

Langsam drehte er sich um. Da war niemand, nur die leere, dunkle Straße. Er runzelte die Stirn.

»Du hast gedacht, du könntest mich vergessen, nicht wahr?«, hörte er in diesem Moment eine vertraute Stimme vor sich. Eine Stimme, die er nie wieder zu hören geglaubt hatte.

Er fuhr herum – und hätte vor Schreck fast aufgeschrien: Dorian stand unter einer schummrigen Laterne, eine Zigarette zwischen den Lippen. Die klaren Konturen seines Gesichts waren unverkennbar. Er trug den pelzgefütterten Fliegeranzug, den Aidan zuletzt blutbeschmiert und zerrissen gesehen hatte, der jetzt aber vollkommen makellos war.

In Aidans Magen zog sich ein Knoten zusammen. Sein Verstand sagte ihm, dass es nur Einbildung war. Dass es nicht real war. Dorian war tot! Dennoch pochte sein Herz wild vor Angst und Schuldgefühlen.

»Was willst du von mir?«, fuhr er die Erscheinung an.

Dorian antwortete nicht, zuckte nur mit den Schultern und nahm einen weiteren Zug von seiner Zigarette, der Rauch wirbelte in der Nachtluft. Die Straße war menschenleer, nur die gedämpften Lichter der Laternen warfen schwache Schimmer auf den Asphalt.

Aidan wich einen Schritt zurück und ballte die Fäuste,

um die aufsteigende Panik zu unterdrücken. »Lass mich in Ruhe!«, rief er mit bebender Stimme.

»Mit wem redest du?«

Er drehte sich um. Diesmal war es der Hehler, auf den er gewartet hatte. Ein richtiger, ein echter Mensch. Aidan konnte das glänzende Funkeln seiner Augen sehen, als er auf ihn zukam.

»Nichts«, sagte er. »Ich habe nur … Selbstgespräche geführt.«

Langsam wandte er sich wieder um. Dorian war nicht mehr da.

*

Joanna war dabei, Kinderkleidung zu sortieren, die gewaschen werden musste. Sie stockte, als sie ein kleines Wickelhemd in den Händen hielt. Unwillkürlich hob sie es an ihr Gesicht und atmete den schwach daran haftenden Kinderduft ein. Jemmys unverwechselbarer Duft.

Vor Joannas geistigem Auge erschien das Bild ihres schlafenden Sohnes, wie sie ihn vorhin erst gesehen hatte. Der Kleine zuckte mit den winzigen Händen, als würde er von den Abenteuern seines Vaters träumen. Er hatte Dorians Lächeln.

Was hatte sie nur getan? Sie konnte ihr Kind doch nicht aufgeben. Es war Dorians Kind, in ihrem Sohn lebte ein Teil von ihm weiter. Jemmy war das Einzige, was ihr geblieben war von Dorian, was sie für immer mit ihm verband. Niemand sonst als sie selbst war dazu bestimmt, dieses unschuldige Leben zu schützen und zu lieben.

Aidan hatte diese Verantwortung nur für sie, für seine Schwester, auf sich genommen. Aber jetzt, da sie endlich wieder klarer sehen konnte, hatte sie eine Entscheidung getroffen. Damit wäre sicher auch Aidan einverstanden.

Eine Welle von Entschlossenheit überkam sie.

Die Zeiten hatten sich geändert – inzwischen gab es genug alleinstehende Mütter, die ihren Weg fanden. Und wenn alle Stricke reißen sollten, würde sie mit ihrem Sohn sogar ins Ausland gehen. Dorian hätte sicher gewollt, dass sein Kind bei seiner Mutter aufwuchs. Joanna würde schon Mittel und Wege finden, um Geld zu verdienen. Vielleicht könnte sie wieder bei Flugshows fliegen oder als Fluglehrerin arbeiten, so wie Melli Beese. Auf jeden Fall würde sie für ihren Sohn kämpfen und ihm ein liebevolles Zuhause bieten, wie es Dorian sicherlich gewünscht hätte.

Auf einmal konnte sie es kaum noch erwarten, Jemmy zu sehen.

Sie ließ das Hemd sinken und eilte mit schnellen Schritten die Treppe hinauf. Den Gang entlang, an einigen Türen vorbei, bis sie das Zimmer erreicht hatte, in dem der Kleine jetzt untergebracht war.

Leise, um ihn nicht zu wecken, drehte sie den Türknauf.

Ein vertrauter Anblick begrüßte sie: Die Wiege aus dunklem Holz, die schon seit langer Zeit in Familienbesitz war, stand in der Ecke des Raumes. Daneben befand sich ein niedriger Schrank, der mit Babysachen und gefalteten Mulltüchern gefüllt war. An der Wand hingen ein kleines Kruzifix und ein gerahmtes Bild des flammenden Herzens.

Die Wiege war leer.

Für einen Moment stockte Joanna der Atem, aber dann

beruhigte sie sich mit dem Gedanken, dass die Nanny den Kleinen sicher zu einem Spaziergang im Garten mitgenommen hatte.

Dort würde sie jetzt nach ihm sehen. Vorher ging sie noch zurück in ihr Zimmer, um sich eine Strickjacke zu holen – es war für Ende Mai noch recht frisch.

Auf dem Beistelltisch fand sie neben der mit roten Pfingstrosen gefüllten Vase einen zusammengefalteten Brief in Aidans Handschrift, adressiert an sie. Hastig faltete sie ihn auf und überflog die hingekritzelten Sätze:

Liebste Jojo,
es tut mir leid, aber ich kann nicht länger bleiben.
Jeremiah und ich gehen, damit du die Freiheit hast, dein eigenes Leben zu führen. Es geht uns gut, mach dir keine Sorgen um uns. Ich bitte dich jedoch inständig, uns nicht zu suchen. Das ist das Beste für uns alle.
Ich hoffe, du wirst das eines Tages verstehen.
Du verdienst es, glücklich zu sein.
In Liebe,
Aidan

32.

AIDAN

Unterwegs auf dem Atlantik, Anfang Juni 1914

Aidan stand an der Reling der *SS St Paul*. Der raue Meereswind blies ihm ins Gesicht, er lauschte den leisen Geräuschen der Maschinen und dem Rauschen des Wassers unter sich.

Ein wenig weiter entfernt in einer windgeschützten Ecke an Deck sah er Mrs Thompson und Mrs Harrison mit dem kleinen Jeremiah. Die beiden Frauen hatten sich ihm als fürsorgliche Mitreisende angeschlossen und kümmerten sich liebevoll um das Kind. Er beobachtete, wie sie den Kleinen abwechselnd trugen und ihn in ihren Armen wiegten. Als sie bemerkten, dass Aidan zu ihnen hinüberblickte, winkten sie ihm freundlich zu. Er erwiderte das Lächeln, dankbar für ihre Hilfe.

Er war unter den Passagieren als Mr Aidan bekannt, ein frisch verwitweter Mann, dessen Frau tragischerweise bei der Geburt des gemeinsamen Kindes gestorben war und den der Schmerz über ihren Tod zu Verwandten nach Amerika trieb. So hatte er es bislang jedem erzählt, und jeder glaubte ihm. Sie hatten ja auch keinen Grund, es nicht zu tun.

Die Trauer erklärte auch seine rotgeränderten Augen

und seine manchmal einsilbigen Antworten. Jeder hatte Mitleid mit ihm. Jeder glaubte, er habe viel durchgemacht.

Natürlich konnte er niemandem erzählen, dass Jeremiah das Kind seiner Schwester war. Er redete sich ein, dass es zu Joannas Bestem sei. Dass er das hier für sie tat. Dass er ihr damit ein neues, freies Leben ermöglichte, ohne das Kind, das doch nur eine Last für sie war.

Aber das war nur ein Teil der Wahrheit. In Wahrheit floh er. Vor seinem gescheiterten Leben. Vor seiner Schuld.

Er hatte ihn noch öfter gesehen. Dorians Geist oder wie immer man das nennen mochte. Fast jeden Tag war er aufgetaucht, an den unmöglichsten Orten. Zwischen den Blumenbüschen im Garten. In der Bibliothek, im Salon und sogar in Aidans Zimmer. Manchmal sprach er, manchmal schwieg er. Aber immer sah er ihn mit diesem anklagenden Blick an.

Es hatte Aidan schier wahnsinnig gemacht.

Bis er an einem regnerischen Abend die Zeitung durchgeblättert hatte und sein Blick auf einen Artikel fiel, in dem über die neuen Chancen und Möglichkeiten in Amerika berichtet wurde. Ein Funke der Hoffnung flammte in ihm auf. Als er las, dass in zwei Tagen ein Schiff von Southampton mit Zwischenstationen in Frankreich und Irland bis nach New York fahren würde, fühlte es sich wie eine glückliche Fügung an. Kurzentschlossen hatte er den Zeitungsartikel herausgerissen und ihn in seine Tasche gesteckt.

Er hatte das Haus am späten Vormittag verlassen, als die Nanny mit anderen Aufgaben beschäftigt und seine Schwester ebenfalls abgelenkt war. Als er in Joannas Zimmer ging, um den Brief zu hinterlegen, zögerte er nur einen Moment. Dann öffnete er ihre oberste Schreibtischschublade und nahm die Scheine an sich, die sie dort verwahrte. Er brauchte das Geld für die Überfahrt, und es war schließlich für ihr Kind bestimmt.

Er legte Jeremiah in die Tragevorrichtung für Säuglinge und nahm eine Tasche mit, in die er rasch das Nötigste für den Kleinen packte; etwas Nahrung, Kleidung, Windeln, eine Decke. Dann machte er sich mit einer Mietdroschke auf den Weg nach Queenstown, dem Hafen von Cork. Dort hatte er weitere Babysachen sowie Fahrkarten für sich und Jemmy gekauft und war auf die *St Paul* gestiegen.

Auf dem Schiff war er endlich frei. Kein düsterer Geist, der ihn heimsuchte. Keine quälenden Gedanken der Schuld mehr.

In gut einer Woche würden sie in New York ankommen. Wenn er und Jeremiah erst einmal in der Neuen Welt waren, würde er die Chance ergreifen und ganz neu anfangen.

*

Sie durchsuchten das ganze Haus und danach auch noch den weitläufigen Garten, aber es blieb dabei: Aidan und Jemmy waren verschwunden. Und auch der Teddybär, den Joanna so liebevoll aus Dorians Mechanikeranzug genäht hatte, fehlte.

Joanna war wie betäubt. Für eine ganze Weile war sie unfähig, irgendetwas zu empfinden. Weder Trauer noch Schmerz, aber auch keine Freude. Da war einfach nichts. Sie war wie abgestorben. Da machte es auch nicht mehr viel aus, als sie entdeckte, dass auch ihr Geld fort war, das sie in ihrer obersten Schreibtischschublade aufbewahrt hatte. Aidan hatte ihr nicht nur ihr Kind, sondern auch ihre finanzielle Sicherheit gestohlen.

Ihre Eltern waren gleichermaßen entsetzt über das Verschwinden ihres Enkels und fassungslos darüber, wie Aidan so etwas tun konnte.

Inmitten von Joannas persönlicher Tragödie hatte eine eigenartige Stimmung das Land ergriffen. Die Einführung der Home Rule, die eine Selbstverwaltung für Irland vorsah, wurde kontrovers diskutiert, und es herrschte erhebliche Unruhe zwischen nationalistischen und unionistischen Gruppen. Daneben überschatteten die aufkommenden Spannungen, die durch die Ermordung des österreichisch-ungarischen Thronfolgers Franz Ferdinand und seiner Frau Ende Juni in Sarajevo entfacht wurden, den Kontinent. Die Zeitungen waren voll von Berichten über militärische Mobilisierungen, diplomatische Verhandlungen und die wachsende Gefahr eines drohenden Krieges.

Nur einen Grund zur Freude gab es: An einem warmen Juliabend des Jahres 1914 kehrte Onkel Elliot nach seiner langen Weltreise endlich nach Glengarriff zurück. Diese Nachricht verbreitete sich schnell, und während eines gemeinsamen Abendessens mit der Familie schilderte Elliot seine Erlebnisse und die Eindrücke, die er in verschiedenen Ländern gesammelt hatte. Neben seinen Erzählungen über den Orientexpress, der ihn bis nach Konstantinopel geführt hatte, berichtete er von farbenfrohen Basaren, von den labyrinthartigen Gassen Kairos und den majestätischen Pyramiden Ägyptens. Seine Geschichten entführten die

Familie für einen kurzen Moment aus dem Alltag und ließen sie von fernen Ländern und aufregenden Abenteuern träumen.

Auf Wunsch ihrer Eltern hatte Joanna beim Abendessen kein Wort über Dorian, ihr gemeinsames Kind oder über Aidans Fortgang verloren. Aber als sie Onkel Elliot am nächsten Tag besuchte und sie beide bei einem späten Frühstück zusammensaßen, setzte sie sich darüber hinweg und berichtete ihm von den vergangenen Monaten. Von ihrer wilden, verrückten, außergewöhnlichen Liebesbeziehung, von Dorians Tod, ihrer Trauer, der Geburt ihres Sohnes Jeremiah und den schwierigen Umständen, die dazu geführt hatten, das Kind als das ihres Bruders auszugeben, und von Aidans und Jemmys spurlosem Verschwinden.

Onkel Elliot hörte aufmerksam zu, und während Joanna redete, spürte sie, wie sich eine Sperre in ihr öffnete. Eine Welle von Sehnsucht und Schmerz überwältigte sie, und sie begann haltlos zu weinen.

»Ich vermisse ihn so sehr«, schluchzte sie. »Ich vermisse Jemmy. Ich will ihn wiederhaben!«

Elliot legte tröstend einen Arm um sie. »Du weißt, dass du auf mich zählen kannst. Ich werde dir helfen, wo immer ich kann.«

Joanna wischte sich die Tränen aus dem Gesicht. »Danke, Onkel Elliot.«

»Was wirst du nun tun?«

»Ich werde die beiden suchen«, erklärte sie mit neuer Entschlusskraft. »Ich will mein Kind zurück!«

Die Suche gestaltete sich weitaus schwieriger, als Joanna erwartet hätte. Es schien, als seien Aidan und Jeremiah spurlos verschwunden. Niemand hatte sie gesehen, niemand von ihnen gehört.

Onkel Elliot war es, der vermutete, dass die beiden das Land verlassen haben könnten, womöglich auf dem Seeweg, und so begab Joanna sich zusammen mit ihm nach Cork, von dessen Hafen aus viele Überseeschiffe ablegten. Dort wollten sie die Passagierlisten einsehen und so mögliche Hinweise auf Aidans Aufenthaltsort erhalten.

Doch die Situation war kompliziert. Der drohende Krieg hatte die Sicherheitsvorkehrungen verschärft, und der Zugang zu den Passagierlisten war eingeschränkt. Ein Beamter erklärte bedauernd, dass aufgrund der äußerst angespannten internationalen Lage der Zugriff auf diese Informationen stark reguliert würde.

Joanna kam es vor, als würden die Chancen, Jemmy wiederzufinden, mit jedem Tag sinken, als hätte die Welt sich gegen sie verschworen. Und dann wurde alles noch schlimmer. Im August marschierte Deutschland in Belgien ein, und als Reaktion auf die Verletzung der Souveränität Belgiens trat Großbritannien daraufhin in den Krieg mit Deutschland ein. Irland war zwar nicht direkt in die Kriegshandlungen involviert, aber die Auswirkungen waren überall zu spüren. Die wachsenden Spannungen führten zu einer Atmosphäre der Unsicherheit und Angst in der gesamten Region. Zudem wurde auch die geplante Home Rule vorerst zurückgestellt.

Die Suche nach Aidan und Jemmy erwies sich als immer aussichtsloser. Trotz intensiver Bemühungen gab es keine

Spur von ihnen. In ihrer Verzweiflung schrieb Joanna auch an ihre Fliegerfreundin Melli Beese in Berlin und fragte sie, ob sie etwas von Aidan gehört habe.

Schließlich erreichte sie Mellis Antwort.

Die Freundin wusste nichts über Aidans Aufenthaltsort, und sie hatte selbst große Schwierigkeiten. Durch die Heirat mit Charles Boutard hatte Melli die französische Staatsbürgerschaft angenommen. Das war bis vor Kurzem kein Problem gewesen; Joanna hatte ja selbst erlebt, wie einträchtig die beiden miteinander lebten und arbeiteten. Sie hatten, schrieb Melli, ihr Flugboot für eine Vorführung in Warnemünde an der Ostsee vorbereitet. Doch dann brach der Krieg aus, und alles ging den Bach hinunter.

Charles und Melli galten plötzlich als »feindliche Ausländer« und waren verhaftet worden. Die Behörden zerstörten ihr Flugboot, und sie mussten ihre Flugschule schließen. Melli wurde unter Hausarrest gestellt, Charles kam in ein Lager in Holzminden, das für seine strengen Haftbedingungen und die schlechte Behandlung von Gefangenen bekannt war. Melli schrieb, sie mache sich große Sorgen um ihn.

Sich vorzustellen, dass Melli jetzt allein und isoliert in ihrem großen Haus war, während ihr geliebter Mann fern von ihr in einem Lager gefangen gehalten wurde, schnürte Joanna die Kehle zu. Und sie konnte ihr nicht helfen.

Und so brachte jeder Tag neue Enttäuschungen und Rückschläge. Aber Joanna wollte die Suche nach ihrem Sohn nicht aufgeben, auch wenn sie allmählich sämtliche Möglichkeiten ausgeschöpft hatte.

Doch – eine Möglichkeit hatte sie noch. Reginald und Elena Morris. Dorians Eltern.

Seit Dorians Tod hatte sie keinen Kontakt mehr mit ihnen gehabt. Wussten sie überhaupt, dass sie ein Enkelkind hatten? Dorian hatte nicht gesagt, ob er ihnen geschrieben hatte, nachdem er erfahren hatte, dass er Vater wurde.

Und jetzt würde sie ihnen gleich wieder Kummer bereiten müssen: Sie musste ihnen erzählen, dass sie Großeltern waren, aber dass ihr Enkelkind verschwunden war.

Nein, das brachte sie nicht übers Herz. Sie ließ den Stift wieder sinken.

Es war schließlich auch mehr als unwahrscheinlich, dass Aidan bei ihnen war – er wusste ja nicht einmal, wo genau Dorians Eltern wohnten.

Nein, entschied sie. Sie würde Elena und Reginald schreiben, sobald der kleine Jemmy wieder zurück bei ihr war. Vorher nicht.

33.

JOANNA

Glengarriff, März 1915

Joanna fühlte sich, als würde sie gegen eine unsichtbare Mauer kämpfen, die sie daran hinderte, voranzukommen. Aber trotz aller Rückschläge klammerte sie sich verzweifelt an die Hoffnung, ihr Kind irgendwann wiederzufinden.

Doch nicht nur das Verschwinden ihres Sohnes lastete schwer auf ihr. Kurz nach Beginn des Krieges war die zivile Fliegerei in vielen Ländern verboten worden – auch in Irland. Jetzt durfte einzig und allein für militärische Zwecke geflogen werden.

Als Folge mussten sämtliche zivilen Flugschulen schließen, und natürlich fielen damit auch die Flugshows weg, an denen Joanna so gern wieder teilgenommen hätte. Es war ein weiterer harter Schlag für sie, der ihr das Herz schwer machte.

Aber dann, während überall in Irland Rekrutierungsplakate und Zeitungsanzeigen die jungen Männer zu den Waffen riefen, offenbarte sich ihr plötzlich eine unerwartete Möglichkeit.

Sie eilte den Flur entlang, eine Zeitung fest in der Hand.

Als sie Carols Zimmer erreichte, riss sie die Tür auf und fand ihre Schwester, die während der vorlesungsfreien Zeit zu Hause war, vertieft in ihre Studien.

»Ich weiß, was ich tun werde!«, verkündete sie, kaum dass sie das Zimmer betreten hatte.

Carol hob den Kopf. »Und was?«

»Ich gehe zur Armee«, erklärte Joanna. »Dort brauchen sie Piloten.«

Sie hielt Carol die Zeitung entgegen, auf der sie eine Anzeige dick umkringelt hatte:

> **»Dein Einsatz zählt!**
> Unterstütze dein Land in einer entscheidenden Zeit!
> Das Royal Flying Corps sucht erfahrene Flugbegeisterte, die bereit sind, das Königreich zu verteidigen.
> Wir suchen Männer im Alter von 18 bis 30 Jahren aus verschiedenen mechanischen Berufen und andere mit guter Ausbildung. Bewirb dich beim nächstgelegenen Rekrutierungsoffizier oder wende dich schriftlich an das Hauptquartier des Royal Flying Corps.«

Carol betrachtete die Anzeige und dann ihre Schwester. »Das Königliche Fliegercorps? Bist du dir sicher?«

»Ich bin sicher. Ich kann fliegen, und wenn es hilft, werde ich es tun«, erklärte Joanna entschlossen. »Es ist Zeit, dass ich etwas beitrage.«

»Aber ich bezweifle, dass sie weibliche Piloten nehmen«,

wandte Carol ein. »In der Anzeige steht nur was von Männern.«

»Papperlapapp. Sie werden jeden nehmen, den sie kriegen können«, behauptete Joanna. »Vermutlich können sie sich einfach nicht vorstellen, dass es Frauen gibt, die fliegen können.«

Aber leider sollte Carol – wieder einmal – recht behalten.

Joannas Meldung beim Rekrutierungsbüro wurde zwar wohlwollend aufgenommen, aber nach einer kurzen Anhörung bekam sie noch vor Ort eine freundliche Absage. Man schätze ihr Engagement, aber Frauen würden nicht an der Front eingesetzt, sodass ein Einsatz als Fliegerin für sie nicht infrage käme. Alternativ schlug man ihr vor, sich als Krankenschwester oder weibliche Hilfskraft in der Verwaltung zu bewerben. Aber das war für Joanna keine Option.

Auch als Flugzeugmechanikerin wollte man sie nicht – hier waren ebenfalls nur Männer gefragt. Um überhaupt etwas zu tun, verlegte sie sich darauf, sich mit allen möglichen verschiedenen Motoren zu beschäftigen. Da es durch den Krieg nur noch wenige Mechaniker im Umkreis gab, begann sie, sich neben Flugzeugmotoren auch mit denen für Automobile auseinanderzusetzen. Am Renault ihres Vaters tauschte sie die Zündkerzen aus, wechselte das Öl und verpasste ihm einen neuen Ölfilter. Außerdem kümmerte sie sich um die beiden Flugzeuge, die noch immer in Onkel Elliots Schuppen standen, ihre selbst gebaute *Sparrow* und Dorians *Aripa*. Sie überprüfte regelmäßig ihre Funktionstüchtigkeit und führte kleinere Wartungsarbeiten an Motor und Fahrgestell durch.

Eines Tages, als sie wieder im Schuppen bei den beiden Flugzeugen war, widmete sie sich dem Motor der *Aripa*. Sie baute ihn aus, dann begann sie, ihn sorgfältig auseinanderzunehmen, um seine Funktionsweise genauer zu verstehen. Sie nahm jedes einzelne Teil und dessen Zustand genau unter die Lupe, während sie überlegte, wie sie die Leistung des Motors optimieren könnte. Dann griff sie nach ihrem Notizblock. Auch wenn sie selbst nicht in die Lüfte steigen durfte, wollte sie dennoch einen Beitrag zur Fliegerei leisten.

Sie war schon früher gut darin gewesen, ihre Gedanken schriftlich niederzulegen. Jetzt begann sie, den Aufbau des Motors der Blériot zu beschreiben, und fügte ein paar eigene Vorschläge zur Verbesserung hinzu. Sie schrieb wie im Rausch, verbesserte sich, präzisierte, strich weg und verfeinerte. Nach zwei Stunden hatte sie einen Text, mit dem sie zufrieden war. Sie kehrte ins Haus zurück, lieh sich Vaters Schreibmaschine aus und tippte den gesamten Text noch einmal in Reinform ab. Sie fügte noch zwei selbstgezeichnete, einfach gehaltene Illustrationen dazu und lehnte sich dann erschöpft, aber zufrieden zurück.

Die *Flight* erschien nach wie vor, wenn auch inzwischen mit mehr Artikeln zum Krieg auf dem Festland und weniger über zivile Fliegerei. Das wusste Joanna, weil sie die Zeitschrift nach wie vor abonniert hatte. Sie würde diesen Artikel an die *Flight* schicken.

Kurz zögerte sie, wie sie Artikel und Anschreiben unterzeichnen sollte. Mit Joanna Sheridan? Man hatte eine Frau schon nicht als Pilotin gewollt, vermutlich würde man ihr auch nicht zutrauen, sich in Fragen der Mechanik und

Flugzeugtechnik angemessen zu äußern. Also ein Pseudonym. Am besten eines, das nicht so weit entfernt von ihr selbst war.

Morris. Sie würde einfach Dorians Nachnamen nehmen. Und ihren eigenen Vornamen zu Jo abkürzen. Nein, zu Joe, mit e, das klang mehr nach Mann. Joe Morris. Ja, das hörte sich gut und männlich und voller Fachkunde an – und würde Dorian zumindest in diesem Aspekt unsterblich machen. So würde sie sich als Journalistin nennen.

Die *Flight* druckte ihren Artikel, und sie bekam sogar etwas Geld dafür. Und, was noch besser war: Man war an weiteren Texten von »Mr Joe Morris« interessiert.

Also schrieb Joanna. Weitere Artikel über die Wartung, Reparatur und Verbesserung verschiedener Flugzeugtypen, wobei sie sich auf generelle Techniken und bewährte Verfahren konzentrierte. Über die Pionierleistungen berühmter Piloten. Außerdem über ihre eigene Flugerfahrung, wobei sie Ratschläge für angehende Piloten und Flugbegeisterte gab. Und wie zuvor unterzeichnete sie alle Artikel mit dem Namen »Joe Morris«.

Endlich hatte sie das Gefühl, etwas Sinnvolles zu tun. Und wenn der Krieg erst vorbei war – und nach Aussage einiger optimistischer Stimmen sollte das nicht mehr allzu lange dauern –, dann würde sie sich wieder ihrer eigenen Fliegerei widmen können.

*

Aidan richtete sich auf und streckte den schmerzenden Rücken durch. Die Sonne brannte erbarmungslos auf das Hafengelände von Brooklyn, wo er und seine Kollegen seit den frühen Morgenstunden arbeiteten. Die Geräusche von Hämmern und Sägen erfüllten die Luft, Kräne bewegten schwere Lasten. Aidan hatte sich schnell an die harte körperliche Arbeit gewöhnt, die hier von ihm und den anderen verlangt wurde: Ziegelsteine und Holzbalken tragen, Gerüste aufstellen, Mörtel mischen, Wege ausbessern und Ähnliches mehr. Es war nicht sonderlich anspruchsvoll, aber es lenkte seinen Geist ab und brachte Geld.

Geld. Er versuchte, etwas für Jeremiah zurückzulegen, aber noch gelang ihm das nur selten. Viel zu oft gab er es weiterhin für Drogen oder Alkohol aus. New York war schließlich eine Stadt der Verlockungen und der Möglichkeiten, die er mit beiden Händen zu ergreifen versuchte.

Irgendwann würden bessere Zeiten kommen.

Immerhin hatte er seit seiner Abreise aus Irland Dorian nicht mehr gesehen. Niemand, der ihn verfolgte. Kein Geist, der ihn heimsuchte. Hier war er frei. Hier konnte er nach vorn blicken und alles Vergangene hinter sich lassen. Vielleicht würde er auch irgendwann wieder fliegen können. Er hatte gar nicht gedacht, dass es ihm so fehlen würde, aber seit er zuletzt in der Luft gewesen war, sehnte er sich danach zurück.

Eine Glocke ertönte, und Aidan legte wie seine Kollegen erleichtert sein Werkzeug beiseite und ließ sich zur Mittagspause im Schatten einer nahen Mauer nieder. Er kam, wie meist, neben Michael zu sitzen, der bereits sein Essen auspackte und in einer Zeitung blätterte.

Aidan hatte Michael Donnelly nur wenige Tage nach seiner Ankunft in New York kennengelernt. Sie hatten hintereinander in der Reihe von Arbeitswilligen gestanden, die sich für einen Job, welcher Art auch immer, bewarben, und waren schnell ins Gespräch gekommen.

Michael stammte ebenfalls aus Irland, aus der Grafschaft Kerry, und hatte ähnlich wie Aidan den Atlantik überquert, um ein neues Leben in Amerika zu beginnen. Sie verstanden sich auf Anhieb und teilten die Hoffnung auf eine bessere Zukunft in ihrem neuen Land.

Schon am nächsten Tag konnten beide auf einer Baustelle an den Hafenanlagen von Brooklyn beginnen. Sie gehörten zu einer großen Gruppe von Arbeitern, die an einem neuen Lagerhaus für Rüstungsgüter arbeiteten. Während die Männer schufteten, konnte Jeremiah für ein kleines Entgelt bei Michaels Frau Mary bleiben, die ebenfalls aus Irland stammte. Sie hatte auch ein kleines Kind und konnte sich daher gut noch um Jemmy kümmern.

Auch den Donnellys gegenüber war Aidan bei seiner Geschichte geblieben, dass Jeremiah sein Sohn und dass seine Frau bei der Geburt gestorben sei. Selbst wenn er Michael als einen guten Freund bezeichnete, brachte er es einfach nicht über sich, ihm die Wahrheit über Jemmy zu erzählen. Anderes dagegen hatte er ihm freimütig berichtet, zum Beispiel von seinem abgebrochenen Studium und dass er einen Pilotenschein hatte und in Europa geflogen war.

Als auch Aidan jetzt seine Zeitung aufschlug, sprang ihm ein kleiner Artikel ins Auge, den er mit wachsender Begeisterung las.

»Sieh mal, Michael«, sagte er dann und deutete auf die Überschrift. »In Seattle arbeitet ein Ingenieur an einem neuen Flugzeugtyp. Einem Wasserflugzeug aus Holz, Leinen und Draht.«

Michael legte seine Zeitung beiseite und warf einen Blick auf den Artikel. »Sag mir nicht, du willst nach Seattle. Das ist an der Westküste!«

Aidan biss in sein Brot. »Ich weiß«, sagte er mit vollem Mund. »Aber vielleicht ist das meine Chance, wieder in die Lüfte zu kommen.«

»Du willst also fliegen?«, fragte Michael.

Aidan nickte und kaute fertig. »Es muss ja nicht unbedingt sofort sein und auch nicht dort. Aber vielleicht ergibt sich ja demnächst irgendwo eine Gelegenheit.«

Als er sein Brot zur Seite legte, um etwas zu trinken, glaubte er ganz kurz, eine schemenhafte Gestalt zu sehen. Ein Mann in einem Fliegeranzug, der um die Ecke eines der Lagerhäuser bog.

Dorian?

Ein Schauer lief Aidan über den Rücken, und für einen Moment war er wie erstarrt.

Dann schüttelte er den Kopf. Nein, das konnte nicht sein. Es war nur eine Illusion, eine Einbildung. Dennoch packte er sein erst halb gegessenes Brot weg. Der Appetit war ihm vergangen.

*

Der Tag neigte sich dem Ende zu. Joanna stand am Fenster und beobachtete den Sonnenuntergang über der Bucht, die sich in den leuchtenden Farben dieses Maiabends spiegelte. Die Familie hatte sich im Esszimmer versammelt, aber die leisen Unterhaltungen der anderen drangen nur gedämpft zu ihr durch.

Die Suche nach Aidan und dem kleinen Jemmy war bis zuletzt erfolglos geblieben. Noch immer war keine Spur von ihnen zu finden gewesen, und mit jedem Tag, der verging, war ein weiteres Stück Zuversicht aus Joanna geschwunden. Und doch weigerte sie sich zu akzeptieren, dass sie ihren Sohn nie wieder sehen würde. Da war immer noch ein Funke Hoffnung, der einfach nicht erlöschen wollte. Sie würde niemals aufhören, nach Jemmy zu suchen, niemals aufhören zu hoffen, dass sie ihn eines Tages finden und wieder in ihre Arme schließen konnte. Vielleicht nicht heute, vielleicht nicht morgen, aber irgendwann.

Die Tür öffnete sich, und als Letzte betrat auch Carol, die wie stets die Ferien daheim verbrachte, den Raum. Sie entschuldigte sich kurz für die Verspätung, und alle setzten sich.

Etwas an Carols Erscheinung war anders. Dann entdeckte Joanna den kleinen Anstecker, den ihre Schwester am Revers ihrer Bluse trug. Es war ein filigranes Gewehrsymbol, über dem ein paar verschlungene Buchstaben standen.

Auch Onkel Elliot hatte es bemerkt. »Was ist das für ein Anstecker, Carol?« Er beugte sich ein wenig vor, um ihn genauer zu betrachten. »Sehe ich das richtig: Ist das ein Gewehr? Ein ungewöhnliches Symbol für eine junge Dame.«

Carol hob die Hand an den Anstecker und lächelte.

»Das ist ein Erkennungszeichen für eine Organisation, der ich vor Kurzem beigetreten bin«, erklärte sie vage.

»Interessant«, entgegnete Onkel Elliot und hob eine Augenbraue. »Und was genau ist das für eine Organisation?«

Joanna spürte plötzlich eine gewisse Spannung im Raum. Alle Aufmerksamkeit war jetzt auf ihre Schwester gerichtet.

Carol zögerte und blickte kurz zu Joanna, bevor sie antwortete.

»Es ist eine Organisation von Frauen, die sich für die Freiheit und Unabhängigkeit Irlands einsetzt.« Sie atmete tief ein. Ein Hauch von Entschlossenheit zeigte sich auf ihren Zügen. »Ich kann noch nicht viel darüber sagen. Aber ich möchte nicht nur zuschauen, wie die Geschichte voranschreitet. Ich möchte Teil davon sein.«

Ein kurzes Schweigen trat ein, als alle ihre Worte verarbeiteten. Onkel Elliot war es schließlich, der das Schweigen brach, sein Glas erhob und sich an die Versammelten wandte.

»Auf die Töchter der Familie Sheridan, die ihre eigenen Wege gehen und die Welt verändern wollen!«, verkündete er mit einem breiten Lächeln.

Darauf stießen alle an. Joanna fiel das süßsäuerliche Lächeln ihrer Mutter auf, die damit ihre kaum verhohlene Missbilligung ausdrückte. Immerhin widersprach sie nicht.

Was auch immer diese Organisation war, sie schien Carol wichtig zu sein. Joanna hatte natürlich bemerkt, wie ihre Schwester die Antworten auf die Fragen geschickt umging. Carol wusste mehr, als sie preisgab, aber Joanna entschied sich, nicht weiter nachzuhaken.

Sie fing den Blick ihrer Schwester auf, ein unsichtbares Band der Unterstützung und Zuneigung zwischen ihnen. Unter dem Tisch legte sie ihre Hand auf Carols und drückte sie sanft.

34.

SARAH

Bay View Lodge, Glengarriff, April

Sarah saß auf dem Bett ihres wunderschön eingerichteten B&B-Zimmers vor ihrem Laptop, auf dem sie mehrere Websites geöffnet hatte. Sie wollte versuchen, auch die letzten offenen Fragen zu klären, um die Suche nach ihren Vorfahren für Helen und sich abschließen zu können.

Aidan Sheridan war irgendwann in den ersten Jahren nach seiner Ankunft in Amerika mit dem Flugzeug über den Salt Basin Dunes von Texas abgestürzt. Davor war er offenbar mit dem kleinen Jeremiah von Irland nach Amerika gereist. Darüber musste es doch irgendwelche Unterlagen geben.

Anfang des zwanzigsten Jahrhunderts konnte man nur mit dem Schiff nach Amerika gelangen. Vielleicht fanden sich im Internet irgendwelche Passagierlisten oder etwas in dieser Art.

Sarah hatte zwar kein genaues Datum, aber eingrenzen ließ sich die Zeit schon. Jeremiah war am 5. Januar 1914 geboren und Ende 1917 im Alter von fast vier Jahren adoptiert worden.

Das engte das Zeitfenster auf 1914 bis 1917 ein.

Sarah machte sich an die Arbeit und begann nach Schiffen zu suchen, die in der fraglichen Zeit von Irland aus nach Amerika gefahren waren.

Cork, Dublin, Belfast, Galway. Das waren die möglichen Häfen. Sie konzentrierte sich bald auf Cork, da dieser Hafen Glengarriff am nächsten lag und schon immer einer der wichtigsten Ausgangspunkte für Schiffsreisen von Irland in die USA gewesen war. Sie suchte die Namen aller verfügbaren Schiffe heraus und entdeckte zu ihrer Freude, dass von den meisten tatsächlich auch Passagierlisten der damaligen Überfahrten im Internet zu finden waren. Ein Hoch auf die moderne Technik! Sie begann, die Listen sorgfältig zu überprüfen.

Die *RMS Mauretania.*

Die *RMS Baltic.*

Die *SS California.*

Die *SS Arabic.*

Das war anstrengend. Ein weiteres Schiff. Die *SS St Paul.* Sie hatte am 27. Mai 1914 in Southampton abgelegt, war einen Tag später im französischen Cherbourg gewesen und am Freitag, dem 29. Mai 1914, in Queenstown, wie der Hafen von Cork damals hieß. Von Queenstown aus war sie dann nach New York aufgebrochen.

Sarah klickte auch hier auf die online einsehbare Passagierliste.

Allmählich verschwammen ihr die Namen vor den Augen. Das konzentrierte Lesen der Passagierlisten erwies sich als recht mühselig. Dennoch wollte sie nicht die automatische Suchfunktion bemühen, da sie befürchtete, sonst womöglich etwas zu übersehen – eine falsche Schreibung oder Ähnliches.

Möglicherweise war das alles hier umsonst. Möglicherweise hatte Aidan gar nicht seinen richtigen Namen angegeben und war unter einem Alias gereist. Aber in diesem Fall, überlegte Sarah, hätte er doch sicher falsche Papiere benötigt. Also war das eher unwahrscheinlich, wenn auch nicht ganz unmöglich.

Die Namen in der Liste waren alphabetisch sortiert. Sarah blinzelte, konzentrierte sich erneut.

Mrs E. Schapiro
Mr L. Schapiro
Miss M. Schapiro
Mr A. Sheridan und Säugling
Mr M. Smith
Mr N. Sokoloff

Sarah stieß einen leisen Schrei aus. *Mr A. Sheridan und Säugling*. Das musste er sein! Sie scrollte schnell nach oben, um sicherzustellen, dass sie den Eintrag richtig gelesen hatte. Ihre Finger zitterten vor Aufregung, als sie die Zeilen erneut las.

Ja, da war er! *Mr A. Sheridan und Säugling*. Aidan und Jeremiah!

Mit einem triumphierenden Lächeln klappte sie den Laptop zusammen, stand auf und ging hinaus auf den Gang.

Sie klopfte hastig an die Tür zu Helens Zimmer, das neben ihrem lag, und öffnete, ohne auf eine Antwort zu warten.

»Ich hab's!«, verkündete sie triumphierend.

Helen, die sich auf dem Bett ausgestreckt hatte, richtete sich überrascht auf. »*Was* hast du?«

»Die Passagierliste der *St Paul* von 1914«, sagte Sarah aufgeregt. »Ich glaube, dass Aidan und dein Großvater Jeremiah mit diesem Schiff von Cork nach New York gefahren sind. Hier, sieh dir die Namen auf der Liste an!« Sie setzte sich neben Helen auf das breite Bett, klappte den Laptop wieder auf und zeigte ihr den Eintrag.

Helens Augen weiteten sich vor Aufregung.

»Wunderbar«, sagte sie. »Ganz wunderbar, Sarah. Das heißt, Aidan ist mit dem Kind wirklich nach Amerika gereist.«

»Okay. Gehen wir mal davon aus, dass Aidan tatsächlich nicht der Vater von Jeremiah war. Jeremiahs Geburtsname lautete Jeremiah Sheridan. Falls Joanna seine Mutter war, würde das bedeuten, dass sie unverheiratet war. Eine ledige Mutter – das war damals sicher ein Problem.«

»Ja, das ist richtig. Erinnerst du dich an den Brief von Carol an Lavinia, den wir in einem der beiden alten Koffer gefunden haben? Da schrieb sie doch etwas davon, dass Joanna in Dublin angekommen sei, dass Carol ein Zimmer für sie besorgt habe und dass sie ihr helfen werde. Oder so ähnlich. Für mich hört sich das ganz so an, als ginge es da um eine geheim gehaltene Schwangerschaft.«

»Stimmt«, sagte Helen. »Dann fragt sich jetzt nur, wer Jeremiahs Vater war.«

»Wurde in dem DNA-Test, den du gemacht hast, nicht ein größerer osteuropäischer Anteil in deinem Erbgut festgestellt?«

»Ja, und zwar fünfundzwanzig Prozent«, sagte Helen.

»Was bedeutet, dass einer von meinen Großeltern aus Osteuropa kam. Wir sind anfangs davon ausgegangen, dass Aidan als angeblicher Vater meines Großvaters möglicherweise eine Liaison mit einer polnischen Angestellten hatte.«

»Aber«, nahm Sarah den Faden auf, »wenn Joanna die Mutter deines Vaters war, dann hat sie vermutlich ein Kind mit einem Osteuropäer bekommen.«

»Joanna war Pilotin. Vielleicht hat sie sich mit einem Flieger von dort eingelassen.« Helen überlegte. »Was genau zählt denn alles zu Osteuropa?«

»Puh, so einiges. Polen, Ungarn, Rumänien, Tschechien, die Ukraine. Und ich habe bestimmt was vergessen.«

»Könnte man nicht mal nachschauen, welche Piloten damals aus diesen Ländern kamen?«

Eine kurze Google-Suche ergab einen vielversprechenden Treffer.

»Hoppla!«, sagte Sarah und schob den Laptop so, dass auch Helen gut auf den Bildschirm sehen konnte. »Hier haben wir doch schon jemanden: Aurel Vlaicu. Ein rumänischer Ingenieur und Luftfahrtpionier.«

Neben dem Text war auch ein Bild von Aurel Vlaicu zu sehen, das ihn vor seinem nach ihm benannten Flugzeug, der *Vlaicu II*, zeigte. Daneben drei weitere Männer, die offenbar zu seiner Crew oder seinem Unterstützerkreis gehörten.

Sarah überflog den Text. »Vlaicu war 1912 auf einer großen Flugshow bei Wien. Wenn Joanna auch dort war, könnten sie sich getroffen haben. Leider ist er am 13. September 1913 bei einem Absturz ums Leben gekommen.«

»Dennoch wäre es möglich«, sagte Helen. »Jeremiah

wurde Anfang Januar 1914 geboren. Das könnte bedeuten, dass Vlaicu sein Vater war …«

Sarah runzelte die Stirn und las weiter. »Vlaicu war nicht verheiratet. Und es ist nicht bekannt, dass er ein Kind hatte.«

»Um ein Kind zu bekommen, muss man nicht verheiratet sein«, sagte Helen mit spitzbübischem Grinsen.

»Ja«, gab Sarah trocken zurück. »Das habe ich auch schon gehört. Kommt noch dazu: Falls es um eine geheim gehaltene Schwangerschaft ging, würde er auch weiterhin als kinderlos gegolten haben. Das ist also nicht wirklich zielführend. Gib mir noch mal das Foto von deinem Dad.« Helen hatte es Sarah am Anfang ihrer Reise gezeigt.

Helen griff nach ihrer voluminösen Handtasche, kramte ein wenig darin herum und zog schließlich ein Bild heraus; die in durchsichtiges Plastik eingeschweißte Fotografie eines Mannes in den Sechzigern.

Sarah vergrößerte die Aufnahme von Aurel Vlaicu auf dem Bildschirm ein wenig, dann hielt sie das Bild von Jeremiah Masters, geborener Sheridan, daneben.

»Möglich«, murmelte Helen. »Auch wenn ich jetzt keine große Ähnlichkeit erkennen kann.«

»Nein, ich auch nicht«, stimmte Sarah zu. »Aber es muss nicht immer äußerlich sein. Vielleicht gibt es andere Gemeinsamkeiten.«

»Und wenn es nicht Vlaicu war? Wenn es ein anderer war? Wer sind diese Männer dort?« Helen deutete auf den Bildschirm.

Sarah klickte auf die Beschreibung.

»Ganz links Constantin Silişteanu, Ingenieur«, las sie vor. »Daneben George Valentin Bibescu. Dann Vlaicu selbst.

Ganz rechts Dorian Morris, sein Chefmechaniker und ebenfalls Pilot.«

»Ebenfalls Pilot?«, wiederholte Helen. »Und ›Morris‹? Das hört sich eher Englisch als Rumänisch an.«

Sie hielt das Bild ihres Vaters neben jeden der anderen drei Männer.

»Sieh mal«, sagte sie dann aufgeregt. »Ich finde, hier erkennt man eine Ähnlichkeit!«

»Zwischen Morris und deinem Vater?« Sarah beugte sich noch etwas vor, um die Bilder der beiden Männer zu vergleichen. »Ja, du hast recht. Die beiden sehen sich tatsächlich ein wenig ähnlich. Lass uns mal nach ihm suchen.«

Sarah gab den Namen »Dorian Morris« in das Suchfeld ein, ergänzt um ein paar mögliche Jahreszahlen.

Bingo! Es gab mehrere Treffer in alten Flugzeitschriften, darunter die englische *Flight*, aber hier wurde meist nur auf Mr Morris' fliegerische Aktivitäten eingegangen.

Da. In der deutschen Zeitschrift *Flugsport* war ein längerer Artikel einzusehen.

Sie klickte auf die angegebene Ausgabe. Sie verstand nur wenig Deutsch, aber sie kopierte den Text in ein Online-Übersetzungsprogramm, und mit dessen Hilfe ließ sich der fremdsprachige Text gut übersetzen.

> **»Tragödie auf dem Flugfeld**
>
> BERLIN-JOHANNISTHAL, OKTOBER 1913. Gestern kam es auf dem Flugfeld in Johannisthal zu einem tragischen Unglück. Dorian Morris, ein angesehener Pilot und ehemaliger Chefmechaniker des berühmten und leider bereits

ebenfalls verstorbenen Flugpioniers Aurel Vlaicu, kam bei einem tragischen Flugunfall ums Leben.
Mr Morris war mit einem neu entwickelten Blériot-Flugzeug zu einem Flug gestartet und hatte dabei wie so oft ein paar Kunstflugmanöver durchgeführt. Augenzeugen berichteten, dass der Pilot bald nach Flugbeginn die Kontrolle über seine Maschine zu verlieren begann. Trotz verzweifelter Versuche, die Maschine zu stabilisieren und an Höhe zu gewinnen, konnte Morris einen Absturz nicht verhindern.
Es gelang ihm jedoch, das Flugzeug in eine Richtung zu lenken, die es vom Publikum wegführte, und damit die Zuschauer zu verschonen, bevor das Flugzeug zu Boden ging.
Mr Morris starb noch an der Unfallstelle. Die Luftfahrtgemeinschaft ist zutiefst betrübt über den Verlust dieses herausragenden Piloten und Technikers.«

»Oje«, murmelte Sarah. »Das ist ja heftig. Sehr traurig, dass er schon so jung sterben musste. Aber das würde passen. Sofern es sich bei ihm wirklich um Joannas Geliebten handelte, ist sie dann nach seinem Tod schwanger nach Dublin. Und da sie nicht verheiratet war, war das damals durchaus ein Problem.« Sie hob die Schultern. »Keine Ahnung, ob es so war und ob wir das je herausfinden können.«

»Warte, ich habe noch ein paar andere Fotos von Dad. Als er jünger war.«

Helen suchte kurz erneut in ihrer Handtasche, dann zog sie ein kleines Mäppchen heraus und blätterte darin herum.

»Hier«, sagte sie schließlich und reichte Sarah ein weiteres Foto. »Das bin ich als kleines Kind mit meinem Vater. Das muss Anfang der 1950er-Jahre gewesen sein.«

Die verblasste Schwarz-Weiß-Fotografie zeigte ein kleines, ungefähr zweijähriges Mädchen mit Mäntelchen und ordentlich frisierten Haaren an der Hand eines Mannes Ende dreißig. Helen gab ihr noch ein weiteres Foto, das denselben Mann in T-Shirt und leichter Hose bei der Gartenarbeit zeigte, offenbar ein paar Jahre früher. Dunkelhaarig, mit einem charmanten Lächeln, fast ein wenig wie ein Filmschauspieler.

»Dein Vater war ein gutaussehender Mann«, sagte Sarah anerkennend.

»Ja, finde ich auch.«

Helen hielt die drei Fotos ihres Vaters eines nach dem anderen neben das Bild von Dorian Morris auf dem Bildschirm und betrachtete sie eingehend. Auf allen Fotos konnte man die Ähnlichkeit zwischen den beiden Männern erkennen. Die gleiche Form der Nase und der Augen, dieselbe Ausstrahlung.

Helen strich sanft über die Aufnahme auf dem Bildschirm. »Glaubst du, das war er? Mein Großvater, meine ich?«

Sarah nahm sich einen Moment Zeit, um die Bilder noch einmal genauer zu betrachten, bevor sie antwortete. »Ja, das glaube ich«, sagte sie dann. »Da existiert eine starke Ähnlichkeit, vor allem, als dein Vater jünger war.«

»Dann kommen meine fünfundzwanzig Prozent Osteuropa also von ihm«, sagte Helen und lachte leise. »Dorian Morris. So hieß er also. Aber warum hatte er einen englischen Namen?«

»Keine Ahnung«, antwortete Sarah. »Vielleicht hat er sich umbenannt. Oder seine Eltern.«

Sie schwiegen eine Weile, beide in ihre Gedanken versunken.

»Das ist irgendwie doppelt traurig«, sagte Sarah schließlich.

»Was genau meinst du?«

»Dass nicht nur dein Vater nie erfahren hat, wo er herkam, sondern auch, dass Joanna ihren Sohn vermutlich nie wieder gesehen hat.«

Helen nickte nachdenklich, dann lächelte sie. »Dennoch – ich finde das alles ziemlich überwältigend«, sagte sie mit einem Hauch von Rührung in der Stimme. »Wir haben meinen Großvater gefunden.«

In dieser Nacht konnte Sarah nicht einschlafen. In der ungewohnten Stille ihres Zimmers beschäftigten sie die vielen noch immer ungelösten Fragen. Vorhin hatten sie und Helen auf der Online-Seite von Ellis Island, der Einwanderungsstation vor New York, ebenfalls Aidans Namen gesucht und gefunden, aber mehr Informationen, als wann und woher er mit dem Kind eingereist war, gab es dort nicht.

Auch nach Michael Donnelly hatten sie geforscht, dem Mann, der den kleinen Jeremiah ins Waisenhaus gebracht hatte, aber leider auch hier ohne Erfolg. Der Name »Michael Donnelly« war ziemlich verbreitet, und ohne weitere Anhaltspunkte, wie sein Geburtsdatum, seinen Wohnort oder irgendeinen anderen Hinweis, fanden sie nichts heraus.

Jetzt aber kehrten Sarahs Gedanken immer wieder zu Dorian Morris zurück. Sein tragisches Schicksal und die mögliche Verbindung zu ihrer eigenen Familiengeschichte ließen sie nicht los. Und nachdem sie sich eine ganze Weile schlaflos von einer Seite zur anderen gewälzt hatte, machte sie das Licht an und klappte erneut ihren Laptop auf.

Abermals rief sie die Seite der *Flight* auf, dazu weitere digital archivierte alte englische Zeitschriften, die sich mit Fliegerei befassten; die *Aero* und die *Aerial Age*. Mithilfe der Suchfunktion recherchierte sie jetzt nach Joanna, aber vergeblich. Joanna Sheridan. *Irish Bird.* Ein winziger Eintrag, aber nichts Hilfreiches. Und sonst: nichts.

Dann gab sie »Morris« in das Suchfenster ein.

Oje – viel zu viele Einträge, darunter auch Namen wie Morrisson oder Morris-Smith.

Sie begrenzte die Suche auf 1914 bis 1920.

Die Einträge wurden weniger, darunter etliche von einem »Joe Morris«, die ersten aus dem Jahr 1915. Sarah klickte einen davon an.

Na sieh mal einer an, was haben wir denn da? Sarah hätte am liebsten zum Handy gegriffen und Helen angerufen, aber es war schon nach zwölf. Diese Überraschung musste bis zum nächsten Morgen warten.

Die Morgensonne tauchte das gemütliche Frühstückszimmer des B&B in ein warmes Licht, als Sarah gegenüber von Helen Platz nahm.

»Ich habe sie gefunden«, verkündete sie.

Helen hob überrascht den Blick von ihrer Teetasse. »Wen – Joanna?«

»So ist es. Und jetzt weiß ich auch, warum wir bislang nur so wenig über sie gefunden haben. Ich glaube, sie hat nach ihrer Fliegerkarriere Zeitungsartikel geschrieben, und zwar unter einem Pseudonym. Joe Morris hat sie sich genannt. Unter diesem Namen hat sie sehr kenntnisreich über Flugzeugbau, Motoren und Ähnliches geschrieben. Ich habe etliche Artikel gefunden, alle nach 1915.«

»Morris wie Dorian Morris? Aber warum ein männliches Pseudonym?«

»Keine Ahnung. Vielleicht wollte sie in diesen eher männlich dominierten Kreisen nicht als Frau erkannt werden. Vielleicht wollte sie aber auch nur den Namen ihres Geliebten irgendwie erhalten.«

»Dann hat Joanna also für ihre journalistische Arbeit Dorians Nachnamen angenommen. Kein Wunder, dass wir nur so wenig über sie gefunden haben«, schloss Helen mit einem nachdenklichen Nicken.

»Also«, sagte Sarah. »Fassen wir noch einmal zusammen. Ganz sicher können wir zwar nicht sein, aber es spricht vieles dafür, dass nicht Aidan Sheridan der Vater des kleinen Jeremiah war, sondern seine Schwester Joanna war Jeremiahs Mutter.«

Helen nickte. »Dad hat stets Aidan Sheridan für seinen Vater gehalten. Aber der war sein Onkel.«

»Joanna hat ein uneheliches Kind bekommen, vermutlich von einem Mann osteuropäischer Herkunft. Dieser Mann war höchstwahrscheinlich Dorian Morris, ein rumänischer Pilot und der ehemalige Chefmechaniker von Aurel

Vlaicu. Fragt sich nur, warum Aidan sich als Vater ausgegeben hat. Und warum hat Joanna ihr Kind weggegeben?«

Helen hob die Schultern. »Das werden wir vermutlich nie erfahren. Möglicherweise spielten die uneheliche Geburt und die gesellschaftlichen Normen ihrer Zeit eine Rolle. Ich weiß nur, dass dieses ungeklärte Rätsel meinen Vater nie losgelassen hat. Er hat zwar nur sehr selten darüber gesprochen, aber ich weiß, dass er sein Leben lang darunter gelitten hat, nie wirklich über seine Herkunft Bescheid zu wissen.« Helen machte eine kurze Pause. »Jedenfalls wurde dieses Kind mit Namen Jeremiah von Joannas Bruder Aidan als dessen Sohn ausgegeben, mit dem er dann in die USA verschwand. Dort ist Aidan dann irgendwann mit dem Flugzeug abgestürzt.«

»Was aber niemand wusste«, ergänzte Sarah, »da dieses Flugzeug erst vor Kurzem gefunden wurde.«

»So ist es. Und als Aidan nicht mehr auftauchte, landete der kleine Jeremiah im Waisenhaus und wurde später von den Eheleuten Masters adoptiert.«

»Zu schade, dass dein Vater nicht mehr lebt. Ich hätte es schön gefunden, wenn er noch erfahren hätte, wo er wirklich herkommt.«

»Ja, ich auch.« Helen seufzte. »Aber er wäre heute hundertundzehn Jahre alt – ich glaube nicht, dass er noch leben würde.«

35.

SARAH

Glengarriff, April

Regen trommelte gegen die Fenster des Pubs, als Sarah eintrat. Diesmal war sie früher dran als beim letzten Mal, und es war noch nicht so voll wie damals. Der Barkeeper hinter der Theke begrüßte sie wie eine alte Bekannte, und sie hatte kaum genickt, als sie auch schon ein Pint mit dunklem Bier mit fester Schaumkrone hingestellt bekam.

Ihr Herz machte einen kleinen Sprung, als sie Kilian in der Ecke entdeckte, die für die Musiker reserviert war. Er saß dort mit seiner Gitarre, wo auch die anderen bereits ihre Instrumente stimmten, und winkte ihr zu. Sie lächelte zurück und suchte sich einen Platz. Nach und nach wurde es voller. Sarah genoss die Atmosphäre aus gedämpften Gesprächen und erwartungsvoller Vorfreude.

Das Plätschern des Regens draußen verstärkte die gemütliche Stimmung. Während Sarah an ihrem Bier nippte, begannen die Musiker das erste traditionelle Lied zu spielen, und das Gemurmel der Gäste verstummte allmählich. Zu Sarahs eigenem Erstaunen gefiel ihr, was sie hörte.

Sie spielten noch ein paar weitere Lieder, dann griff Kilian nach dem vor ihm stehenden Mikrofon.

»Und jetzt«, sagte er, »haben wir noch etwas ganz Besonderes für euch. Die Melodie ist bekannt, aber den Text habe ich neu geschrieben. Ich wurde dazu von jemand ganz Besonderem inspiriert. Er ist noch ganz frisch, also bitte, habt ein wenig Nachsicht, falls es noch ein bisschen hakt.«

Sarahs Herz begann ein wenig schneller zu schlagen. Kilian hatte ein Lied geschrieben?

Freudiges Klatschen und ein paar Pfiffe ertönten. Auch Sarah klatschte verlegen, vermutlich war sie dunkelrot angelaufen.

Kilian wandte sich an die anderen Musiker, um das Stück einzuleiten. Dann begannen sie zu spielen, und Kilian stimmte mit kraftvoller Stimme das umgedichtete Lied an.

Nach den ersten Klängen erkannte jeder im Pub die Melodie: *The Star of the County Down.* Aber nun ging es nicht um das schöne Mädchen aus Down, das jeden verzaubert, sondern um den rebellischen Geist von Cork und um ein Mädchen aus der Stadt, die *Rebel Queen, Star of County Cork.*

In Sarahs Bauch wurde es ganz warm.

Als der letzte Ton verklungen war, brandete Applaus auf, begleitet von anerkennenden Rufen aus der Menge. Sarah war ganz atemlos vor Freude, sie spürte eine Welle der Bewunderung und Zuneigung für Kilian.

Er bedankte sich und kündigte eine kurze Pause an.

Kurz darauf stand er vor ihr.

»*Rebel Queen*, soso«, sagte sie.

Er zuckte leicht verlegen mit den Schultern. »Ich fand das irgendwie passend«, sagte er. »Und? Wie hat es dir gefallen?«

Sarah lächelte ihn an, überwältigt von dem Herzrasen, das das Lied in ihr geweckt hatte. In diesem Moment hätte sie ihn am liebsten geküsst. Aber sie zögerte. Morgen würde sie abreisen. Außerdem kannte sie ihn doch noch gar nicht gut genug, um sich über seine Gefühle sicher zu sein. Andererseits: Er hatte ein Lied geschrieben, zu dem sie ihn inspiriert hatte. Das musste doch etwas bedeuten.

»Das war einfach … unglaublich«, sagte sie. Und dann zog sie ihn behutsam an seinem Hemd herunter zu sich und küsste ihn doch.

Er war kurz überrascht, dann erwiderte er ihren Kuss, während er sie gleichzeitig fest an sich zog.

»Na endlich«, sagte jemand laut und vernehmlich neben ihnen, und Sarah löste sich peinlich berührt von Kilian.

Finn stand nur eine Armlänge entfernt und grinste.

»Finn, ich habe dich gar nicht gesehen. Wo kommst du denn her?«, fragte sie, um überhaupt etwas zu sagen.

»Ich hab da drüben gestanden.« Er deutete auf einen freien Platz in der Nähe. Sein Grinsen wurde breiter. »Heiratet ihr jetzt?«

Der Flughafen von Cork war Sarah mittlerweile vertraut. Sie hatten den Leihwagen zurückgebracht, und Helen hatte ihr Gepäck eingecheckt – zwei große Koffer und eine Reisetasche. Sie würde mit einem Direktflug nach New York fliegen und von dort einen weiteren Flug nach Boston nehmen.

Zurück in ihr altes Leben.

Jetzt ging es ans Abschiednehmen. Sarah seufzte leise bei dem Gedanken, dass ihre gemeinsame Zeit nun vorbei war. Es war schön gewesen und hatte ihr viel bedeutet, mit Helen auf Recherchetour zu gehen und all diese besonderen Momente zu erleben.

Sie umarmten sich.

»Ich werde dich vermissen«, gestand Sarah.

»Und ich dich erst.« Helen strich ihr sanft über den Rücken.

»Wann werden wir uns wiedersehen?«

»Ich muss ein paar Dinge regeln«, sagte Helen. »Aber dann könnte ich mir sehr gut vorstellen, wieder zurückzukommen. Jetzt, wo ich meine Enkelin kenne.«

»Ehrlich?« Sarah lächelte. »Das würde mich riesig freuen.«

Sie verabschiedeten sich mit einer weiteren langen Umarmung voneinander, dann griff Helen nach ihrem Handgepäck und machte sich auf den Weg zur Sicherheitskontrolle. Sarah winkte ihr, bis sie hinter der Absperrung verschwand, dann drehte sie sich um und ging. Das Herz war ihr seltsam schwer.

Nach ihrer Rückkehr in die Stadt fand sich Sarah wieder in ihrem bescheidenen WG-Zimmer und in ihrem wenig geliebten Job im Souvenirladen ein.

Als sie am nächsten Tag von der Arbeit nach Hause kam, fand sie einen dicken, an sie gerichteten DIN-A4-Briefumschlag im Briefkasten. Er war von Sabine, der Pächterin des ehemaligen Sheridan House, das jetzt ein Bed and Breakfast war. Sarah öffnete den Umschlag neugierig. Eine altersfleckige Mappe war darin, außerdem eine kurze Notiz von Sabine, die sich entschuldigte, dass sie diese Sachen erst nach Sarahs Abreise in einem alten Schrank entdeckt hatte. Vielleicht könne Sarah noch etwas damit anfangen.

Sarah legte ihre Sachen ab, dann setzte sie sich an den Küchentisch und öffnete die Mappe.

Es waren weitere Dokumente, Fotografien und Briefe darin. Darunter war auch ein Umschlag, in dem sich ein schmaler goldener Ring befand. Sarah holte den Ring heraus, hielt ihn ins Licht und drehte ihn, sodass sie die Gravur im Inneren erkennen konnte.

D + J konnte sie entziffern, sehr klein geschrieben.

Ein aufgeregtes Prickeln durchfuhr sie. Sie hatten recht gehabt! Joanna und Dorian waren ein Liebespaar gewesen.

War das ein Ehering? Nein, vermutlich nicht, sonst wäre wohl ein Heiratsdatum und nicht bloß die Initialen der Namen eingraviert gewesen.

Sie gab den Ring zurück in den Umschlag und widmete sich den Fotografien. Einige zeigten Menschen, von denen sie manche zu erkennen glaubte – Mitglieder der Familie Sheridan und deren Bekannte. Es gab auch einige Zeitungsseiten, säuberlich zusammengelegt, die Kanten vergilbt und nach altem Papier riechend. Sarah faltete eine davon vorsichtig auseinander. Die Zeitung war vom April 1916 und beschrieb den Osteraufstand in Dublin und die darauffolgenden Ereignisse. Auf einem der daneben abgedruckten Bilder war eine Gruppe von Frauen zu sehen, alle in einer Art Uniform gekleidet, stolz mit Gewehren auf der Schulter posierend. Die Überschrift lautete: *»Auch mehrere Dutzend Frauen unter den Aufständischen. Alle kamen ins Gefängnis.«*

Sarah betrachtete die Frauen auf dem Foto genauer. Ein Gesicht kam ihr bekannt vor. Sarah hatte inzwischen so viele Fotos der Familie Sheridan gesehen, dass sie sich ziemlich sicher war: Wenn sie nicht alles täuschte, dann musste das Carol sein, Joannas Schwester! Auch sie trug eine Uniform und posierte mit einem Gewehr in der Hand neben ihren Mitstreiterinnen.

War Carol eine von diesen aufständischen Frauen gewesen?

Am folgenden Tag, als Sarah nach ihrem Job heimkehrte, bemerkte sie einen verpassten Anruf von Helen auf ihrem Handy. Sie entschied sich, ihre Großmutter über Skype zu kontaktieren, öffnete ihren Laptop und wählte.

Kurz darauf stand die Verbindung, und Helens Gesicht erschien auf dem Monitor, im Hintergrund ihr gemütliches Wohnzimmer in den USA.

»Sarah!«, rief Helen erfreut. »Ich hatte versucht, dich zu erreichen, aber du warst wohl auf der Arbeit.«

»Ja, genau«, bestätigte Sarah. »Wie geht es dir? Bist du gut angekommen?«

Helen auf der anderen Seite der Erde nickte. »Ja, alles bestens. Einen Augenblick, ich wollte dir etwas zeigen.« Für einen Moment verschwand sie aus dem Bild, dann kam sie zurück. »Darf ich vorstellen: Mr Henry, der Teddybär meines Vaters.« Sie hielt den Bären aus dunkelblauem Stoff dicht an die Kamera, sodass er für Sarah das ganze Bild ausfüllte.

»Freut mich sehr, Mr Henry«, sagte Sarah und musste ganz unerwartet schlucken.

Deutlich konnte sie die alten Nähte und liebevollen Reparaturen erkennen. Sie wusste zwar nicht, was genau dieser Bär schon erlebt hatte, aber seine Anwesenheit allein löste ein Gefühl von Nostalgie und Vertrautheit in ihr aus.

Sie sprachen ein wenig über Mr Henry und die Erinnerungen, die er hervorrief, bis Sarah etwas einfiel.

»Sabine hat mir noch weitere Unterlagen geschickt. Und einen Ring.« Aufgeregt erzählte sie Helen von der kurzen Gravur, die der erste klare Hinweis darauf war, dass Joanna und Dorian ein Liebespaar gewesen waren. Helen war sichtlich gerührt.

»Wie wunderschön«, sagte sie.

Dann erzählte Sarah ihr von den Dokumenten und Zeitungsartikeln über Joannas Schwester Carol. »Es sieht so aus, als hätte Carol eine Rolle in den Ereignissen des Osteraufstandes gespielt.«

»Das ist wirklich hochinteressant«, sagte Helen, die ihr aufmerksam zugehört hatte. »Wer hätte gedacht, dass auch die zweite Schwester offenbar ein faszinierendes Leben geführt hat.«

Sarah nickte. »Weißt du«, sagte sie nachdenklich, »wir wissen jetzt zwar Bescheid über Joanna und Jeremiah und Aidan – aber wenn ich ehrlich bin, dann würde ich gern noch weiter forschen. Die Familie Sheridan birgt noch so viele Geheimnisse.«

Helen lächelte. »Geht mir genauso. Was hältst du davon, wenn wir beide unsere Nachforschungen fortsetzen? Vielleicht könnte ich demnächst wiederkommen. Nicht sofort, aber in ein paar Wochen …«

»Das klingt großartig«, gab Sarah begeistert zurück.

Sarah betrachtete ihren geöffneten Kleiderschrank, die Reihe von dunklen Kleidungsstücken und auffälligen Accessoires. Einige ihrer Lieblingsstücke waren schwarze Kleider mit Spitze und auffälligen Schnitten, dazu passende Stiefel mit Nieten und dunkle Mäntel mit dramatischen Details – eine Mischung aus Gothic-Ästhetik und individuellem Flair. Sie fühlte sich wohl in diesen Outfits, die ihre Persönlichkeit zum Ausdruck brachten und sich nicht den Modetrends der Massen beugten. Sie ließ sich ungern reinreden, weder in ihrem Kleidungsstil noch in anderen Bereichen ihres Lebens.

Während sie darüber nachdachte, was sie morgen anziehen würde, ertappte sie sich dabei, wie sie die Melodie des Liedes summte, das Kilian neulich im Pub gesungen hatte. *»She's my Rebel Queen, the Star of County Cork.«*

Sarah war zwar wieder zurück in Cork, aber ihr Kopf war immer noch bei Kilian. Der Kuss neulich im Pub hatte eine Flut von Gefühlen in ihr ausgelöst, die sie nicht einfach ignorieren konnte. Und der Ausdruck in seinen Augen, als sie sich verabschiedeten, ließ sie vermuten, dass es ihm ähnlich ging.

Sie hatten sich mit dem festen Versprechen getrennt, in Kontakt zu bleiben. Cork und Glengarriff waren schließlich nicht so weit voneinander entfernt. Und die Vorstellung, schon bald wieder dorthin zu fahren, ließ ihr Herz schneller schlagen.

Dass Joanna und nicht Aidan zu ihren direkten Vorfahren gehörte, erfüllte sie mit einem Gefühl von Stolz. Ja, es machte sie froh, dass sie von dieser Frau abstammte. Einer Rebellin. Einer der ersten Fliegerinnen ihrer Zeit, die zudem noch ein uneheliches Kind bekommen hatte.

Sie glaubte eine Art Verbindung zu dieser mutigen Frau zu spüren, die sich den Konventionen ihrer Zeit widersetzt hatte und trotz aller Hindernisse ihren eigenen Träumen gefolgt war.

War es das, was sie selbst auch schon so lange beschäftigte? Ihr ständiges Gefühl des Nicht-Hineinpassens in diese Welt? Ihr aufmüpfiger Geist, der sich nicht den Erwartungen anderer beugen wollte? War das das Erbe ihrer Vorfahren, das sie so lange gespürt, aber nie ganz verstanden hatte?

Jetzt, da sie zumindest einen Teil der Geschichte ihrer Vorfahrin Joanna aufgedeckt hatte, erkannte sie, dass auch in ihr jene rebellischen Gene schlummerten. Erst jetzt, Generationen später, hatte sich dieses Erbe wieder ans Licht gearbeitet. Interessanterweise schien Helen, ihre amerikanische Großmutter, nur wenig davon geerbt zu haben; offenbar übersprang dieses Erbe manchmal eine oder mehrere Generationen.

Diese Erkenntnis ließ Sarah sich ein wenig besser fühlen. Vielleicht war es an der Zeit, ihr Leben zu ändern und ihren eigenen Weg zu gehen.

Sie stand auf und machte sich einen Becher löslichen Kaffee. Damit setzte sie sich ans Fenster, mit Blick auf die beleuchteten Straßen von Cork. Ihr bescheidenes Zimmer mochte nicht viel bieten, doch der Ausblick auf die Stadt bei Nacht war unvergleichlich.

Während sie ihren Kaffee trank, ließ sie ihre Gedanken schweifen. Ihre Großmutter war in ihr Leben getreten, und gemeinsam hatten sie ihre Wurzeln entdeckt – Joanna, Dorian und Jeremiah. Doch damit war die Reise noch lange nicht beendet.

Wie hatte Helen zum Abschied gesagt? Familie ist wichtig. Diese Worte hallten in Sarahs Kopf wider, als sie auf die

Uhr sah. Es war kurz nach neun Uhr abends. Neun Uhr. In der Antarktis war es vier Stunden früher. Dann wäre es dort jetzt kurz nach fünf. Das war erfahrungsgemäß die beste Zeit für einen Anruf bei ihrem Vater, kurz nach Feierabend.

Sarah trank ihren Kaffee aus und griff nach ihrem Handy.

Zeit für einen Schritt vorwärts.

Entschlossen scrollte sie durch ihre Telefonliste, bis sie den gesuchten Eintrag gefunden hatte. Dann holte sie tief Luft und drückte mit klopfendem Herzen auf das Wählen-Symbol.

Epilog

AIDAN

Lubbock, Texas, September 1916

Aidan stieg in den Pilotensitz und richtete seinen Blick auf die weite, offene Landschaft der Prärie vor ihm. Es war sein dritter Flug in dieser Woche, und er freute sich erneut auf das Gefühl der Freiheit, das ihm das Fliegen verlieh.

Seit einigen Wochen lebte und arbeitete er hier. Die Pioneer Aircraft Company aus Texas hatte im vorigen Jahr mit der Entwicklung ihres Flugzeugs begonnen und das erste Exemplar im Frühjahr dieses Jahres fertiggestellt und erfolgreich getestet. Daraufhin hatte die Firma begonnen, weitere Testpiloten zu suchen. Aidan hatte die Anzeige entdeckt und sich sofort beworben. Es war gutes Geld, das er hier verdiente, und er fühlte sich endlich wieder gebraucht.

Aidan griff in seine Tasche und zog ein kleines Mäppchen heraus. Er öffnete es. Neben seiner Fluglizenz verwahrte er dort eine Fotografie. Auf dem Bild war er selbst zu sehen, und daneben ein kleiner Junge in Matrosenkleidung – Jeremiah. Der Junge hielt den Teddybären im Arm, den Joanna für ihn genäht hatte und den Aidan mit nach Amerika genommen hatte.

Jeremiah war inzwischen zweieinhalb Jahre alt und ein

wahrer Sonnenschein. Aidan vermisste den Kleinen, doch im Moment lebte Jemmy noch bei Michael Donnelly in Quincy, Massachusetts. Während es Aidan nach Texas gezogen hatte, war Michael an der Ostküste geblieben, wo er als Bauleiter tätig war. Er und seine Frau Mary hatten inzwischen ein weiteres Kind bekommen, und ein drittes war unterwegs. Aidan war Michael und Mary zutiefst dankbar dafür, dass sie sich so liebevoll um Jemmy kümmerten, bis Aidan genug verdient haben würde, um den Kleinen nachzuholen.

Er packte das Mäppchen wieder fort.

Die *Eagle* war eine robuste Doppeldecker-Maschine aus einer recht stabilen Holz- und Stoffkonstruktion. Aidan startete den Motor und spürte die Vibrationen durch den Rumpf der Maschine. Der Propeller begann sich zu drehen.

Aidan holperte über die Graspiste und zog den Steuerknüppel langsam nach oben. Der Motor brummte vertraut, als die *Eagle* leicht und mühelos in die Luft stieg. Heute hatte Aidan keinen konkreten Auftrag, kein festes Ziel vor Augen. Es war ein Routineflug, um Strecke zu machen und das Flugzeug zu testen.

Er stieg höher und ließ sich treiben, genoss die Freiheit des Fliegens. Unter sich sah er das endlose texanische Flachland, gesprenkelt mit kleinen Farmen und vereinzelten Siedlungen. Eine offene Landschaft, so weit das Auge reichte. Es war eine völlig andere Umgebung als die, die er von zu Hause in Irland kannte, mit ihren sanften Hügeln und grünen Wiesen. Für einen Moment überkam ihn Sehnsucht nach seiner Heimat, der windgepeitschten Küste von Irland, nach Glengarriff und den grünen, felsgesprenkelten Bergen von Kerry. Dann konzentrierte er sich erneut auf den Flug.

Er spürte, wie die Wirkung des Kokains schon wieder nachließ. Er griff in seine Hosentasche, holte zwei weitere Pillen heraus und schluckte sie trocken.

Das offene Cockpit ließ den Wind ungehindert durchströmen, und Aidan konnte das Rauschen der Luft und das Flattern der Stoffbespannung hören. Einige dunkle Wolken zogen am Himmel auf, und die ersten Tropfen fielen auf sein Gesicht.

Während er über die weitläufigen Ebenen flog, ließ er sich von den aufkommenden Luftströmungen treiben. Das Land unter ihm verschmolz mit den grauen Wolken am Horizont, und der Regen wurde langsam stärker. Die Tropfen prasselten auf das Cockpit, und Aidan zog seinen Mantel enger, um sich vor der eisigen Kälte zu schützen.

Ein starker Wind kam auf, rüttelte am Flugzeug und warf es hin und her. Für eine ganze Weile kämpfte Aidan einfach nur damit, nicht die Kontrolle zu verlieren.

Schließlich hatte er die Maschine wieder im Griff. Er ging etwas tiefer und tauchte durch die Wolkendecke. Die Landschaft unter ihm sah völlig verändert aus. Er hatte keine Ahnung, wo er war. War er so weit abgetrieben worden? Er hatte davon gehört, dass heftige Windströmungen ein Flugzeug bis zu hundert Meilen vom Kurs abbringen konnten.

Er ging noch ein bisschen tiefer, um mehr zu erkennen. Strahlend weiße Dünen erhoben sich unter ihm und bildeten einen atemberaubenden Kontrast zu den dunklen, hoch aufragenden Klippen der Berge dahinter. War das hier wirklich, oder träumte er?

Er war nicht mehr allein. Direkt neben ihm, kaum zwei Flugzeuglängen entfernt, flog eine Blériot. Er erkannte den vertrauten Aufbau, die charakteristische Form der Flügel und des Rumpfs. Dorians Flugmaschine. Aber das war nicht möglich, diese Blériot war bei Dorians Absturz komplett zerstört worden …

Ein Schauder lief Aidan über den Rücken, und vor lauter Entsetzen schien sein Herz für ein paar Schläge auszusetzen.

Dorian selbst steuerte die Maschine, ohne Fliegerkappe, seine dunklen Haare wehten im Wind. Er hob einen Arm, um Aidan zu winken.

»Ist das alles, was du zu bieten hast?«, rief er ihm zu. Aidan verstand seine Worte trotz des starken Windes mühelos.

»Was willst du von mir?«

»Dich herausfordern«, gab Dorian zurück. »Aber vermutlich traust du dich nicht.«

Er schnitt ihm eine Grimasse, dann zog er seine Blériot steil nach oben, so, wie er es früher so oft getan hatte.

Was bildete dieser Idiot sich ein? Die lähmende Angst war aus Aidan verschwunden. Dorian hatte keine Macht mehr über ihn.

»Na warte«, murmelte er. »Dir werd ich's zeigen!«

Er tat es ihm nach, zog den Steuerknüppel zurück und lenkte seine *Eagle* ebenso steil nach oben, die Nase in den Himmel. So war er noch nie geflogen, so frei und wagemutig.

Er schraubte sich nach oben, höher und höher hinauf, Dorian mit seiner Blériot immer an seiner Seite. Dann vollführte Dorian einen Looping und drehte sein Flugzeug, bis es im Sturzflug wieder in Richtung Erde sauste. Aidan folgte seinem Beispiel, ließ seine *Eagle* ebenfalls nach unten stürzen, während ihm der Wind um die Ohren pfiff. Hinunter, hinunter, wo endlose weiße Weite zu sehen war.

Ein unbändiges Glücksgefühl durchströmte ihn. Ja, das war es. Es war ganz einfach. Aidan fühlte sich lebendiger als je zuvor. Er breitete die Arme aus und nahm die Hände vom Steuerknüppel. Er fühlte sich frei. Schwerelos.

Der Boden mit den weißen Dünen kam rasend schnell näher. Jetzt. Jetzt war es an der Zeit, das Flugzeug abzufangen, im letzten Moment wieder aufzusteigen. Aber er tat es nicht.

Die weichen, weißen Dünen, die sich bis zum Horizont erstreckten, sahen aus wie ein Meer aus Sand. Wie eine endlose Landschaft des Friedens. Und tröstlich wie eine Umarmung.

Aidan lächelte und schloss die Augen.

Nachwort und Hintergründe

Dieser Roman ist der erste Teil der Rebel-Sisters-Trilogie, in der die Geschichte der Sheridan-Schwestern erzählt wird. In den kommenden Bänden werden wir sie noch weiter kennenlernen.

Was ist wahr, was erfunden?

VERGANGENHEIT

Die ersten Flugpionierinnen

Joanna Sheridan ist eine fiktive Figur, aber für diese Geschichte habe ich mich zum Teil von den Biografien echter Fliegerinnen inspirieren lassen, deren Leben oft so spannend war wie ein Roman. Zum Beispiel von Lilian Bland, die als erste Frau selbst ein Flugzeug gebaut hat (die *Mayfly*) und von der ich die Idee mit dem Hörrohr als provisorischen Benzinschlauch übernommen habe. Aber auch von Harriet Quimby, Raymonde de Laroche, Hélène Dutrieu – alles mutige Pionierinnen des Fliegens.

Weitere historische Flieger und Fliegerinnen

Hilda Hewlett (1864–1943), britische Pilotin und Gründerin der ersten englischen Flugschule; erwarb als erste Frau Großbritanniens den Pilotenschein.

Aurel Vlaicu (1882–1913), rumänischer Ingenieur, Pilot und Flugzeugbauer; bekannt für seine Pionierarbeit in der rumänischen Luftfahrt und für die Konstruktion von Flugzeugen, darunter die *Vlaicu I*, die als erstes rumänisches Flugzeug bekannt wurde.

Melli Beese (1886–1925), deutsche Fliegerin, erste Deutsche, die einen privaten Pilotenschein erwarb; auch Beeses Morphiumsucht ist verbürgt, ebenso ihre Heirat mit Charles Boutard und die »Melli-Beese-Taube«. Während des Ersten Weltkriegs mussten sie und ihr französischer Ehemann ihre Flugschule schließen und wurden später interniert. 1925, nach einer Bruchlandung und einem Leben voller Herausforderungen, beging sie Selbstmord mit den Worten: »Fliegen ist notwendig. Leben nicht.«

Roland Garros (1888–1918), französischer Luftfahrtpionier, nach dem die French-Open-Tennisturniere benannt wurden. Berühmt für seine Flugrekorde.

Samuel Cody (nicht zu verwechseln mit Samuel »Buffalo Bill« Cody) (1867–1913), amerikanischer Kunstflieger; von ihm ist die Geschichte über das Kricketspiel mitsamt der ausrangierten Flugzeugkufe überliefert sowie die berüchtigte Geschichte über den Tod einer Kuh bei einer Bruchlandung.

Kunstflug

Zwischen 1912 und 1914 begann die Entwicklung der Kunstfliegerei mit den ersten spektakulären Stunts bei Flugshows. Diese Shows waren äußerst populär und lockten ein breites Publikum an. Flieger wie Adolphe Pégoud und Lincoln Beachey wurden bekannt für ihre waghalsigen Kunststücke in der Luft. Zu den beliebten Stunts zählten Loopings, Rollen, Spiralen und Sturzflüge.

Pégoud, der auch als Testpilot für Blériot tätig war, erlangte europaweite Berühmtheit, weil er als Erster einen Rückenflug und einen Looping vorführte. (Dies geschah 1913 und damit ein Jahr später, als ich es in diesem Roman dargestellt habe.)

Garinish Island

Die Entstehungsgeschichte von Garinish Island in der Bantry Bay entspricht den Tatsachen. Die Familie Bryce erwarb die Insel im Jahr 1910 und begann bald darauf mit ihrer Umgestaltung. Offiziell wird die Insel als Garinish Island bezeichnet, aber die Bryces bevorzugten den Namen Ilnacullin, was auf Irisch »Insel der Stechpalme« bedeutet. Unter anderem wurde ein Teil des Torffeldes trockengelegt und in einen Sandtennisplatz umgewandelt, der im August 1911 für die ersten Spiele genutzt wurde.

Women's Coronation March/Marjery Bryce

Die älteste Tochter der Bryces, Marjery (oder Marjory), war eine leidenschaftliche Frauenrechtlerin und Suffragette. Beim Women's Coronation Procession in London am 17. Juni 1911 führte sie, als Jeanne d'Arc verkleidet, einen Suffragettenmarsch zu Pferd an – eine Demonstration von ungefähr vierzigtausend Frauen aus fast dreißig Wahlrechtsorganisationen.

Marjerys Vater Annan Bryce war entschieden gegen das Wahlrecht für Frauen.

Medizinstudium für Frauen

Carols Entscheidung für ein Medizinstudium war nicht allzu ungewöhnlich, denn im Gegensatz zu einigen anderen Ländern wie England war dieses Studium für Frauen seit einiger Zeit in Irland möglich – ein bedeutender Schritt in Richtung Gleichberechtigung, der es Frauen ermöglichte, sich in einem Bereich zu engagieren, der zuvor von Männern dominiert worden war.

Maskottchen

Maskottchen waren für viele Flieger ein wichtiger Begleiter während ihrer Flüge.

Von Adolphe Pégoud, der 1915 tödlich verunglückte, ist sein Maskottchen erhalten geblieben, die Figur eines kleinen Pinguins, der in den Trümmern seiner Maschine gefunden wurde. Heute wird dieser Pinguin im Musée de l'Armée in Paris neben Pégouds Uniform aufbewahrt.

Verbot des zivilen Fliegens ab 1914

Mit dem Ausbruch des Ersten Weltkriegs im Jahr 1914 wurde die zivile Fliegerei in vielen Ländern stark eingeschränkt oder sogar ganz verboten. Dies galt auch für Irland, da es zu dieser Zeit Teil des Vereinigten Königreichs war. Der Krieg führte zu einer Umorientierung der Luftfahrtressourcen auf militärische Zwecke, was zur Schließung vieler ziviler Flugschulen und Flugshows führte.

Aidans Flugzeug 1916

Die Pioneer Aircraft Company sowie die *Eagle* sind erfunden, wurden jedoch durch historische Vorbilder inspiriert.

GEGENWART

Garinish Island
Die wunderschöne Garteninsel Garinish Island mit dem Wohnhaus der Bryces kann heute noch besucht werden. Die Fähre dorthin fährt normalerweise erst ab dem 1. April jedes Jahres; aus dramaturgischen Gründen habe ich das etwas vorverlegt.

Schwimmen um Garinish Island
Diese Veranstaltung findet jedes Jahr zweimal statt, im Mai und im September. Die Teilnehmer schwimmen von Glengarriff bis nach Garinish Island, umrunden die kleine Insel und kehren dann wieder zurück. (Leider musste die Veranstaltung im vergangenen Jahr aufgrund schlechten Wetters abgesagt werden.)

Dank

Mein Dank geht an:

meine Agentin Mascha Vassena, die mich auf die Idee brachte, über eine Pilotin zu schreiben,

meine Lektorinnen Gerke Haffner und Dr. Ulrike Brandt-Schwarze, die mit ihrem fachkundigen Rat entscheidend zum Gelingen dieses Werkes beigetragen haben,

meine wunderbare Mutter und an meine liebe Freundin Katja für ihre unermüdliche Unterstützung und das »Finger-in-die-Wunde-Legen«,

Günter Nietsch für Hilfe beim Rumänischen,

meine treue kleine Inspirationshilfe Charlotte,

meine viel zu früh verstorbene Freundin und Schriftstellerkollegin Sabine Wassermann, die mich durch ihre Leidenschaft für das Schreiben enorm inspiriert hat. Ihre Hingabe und ihr Talent werden immer ein Vorbild für mich sein. Danke dafür, dass du ein Teil meines Weges warst!

meinen Mann Stefan, der mich stets ermutigt hat, meine kreativen Ideen zu verfolgen. Danke für deine bedingungslose Unterstützung und deinen Glauben an mich – und für die Modell-Blériot, die jetzt an der Decke meines Arbeitszimmers hängt.

A ghrá, gabhaim buíochas leat as gach rud.
(Mein Liebster, ich danke dir für alles.)